ELIZABETH LANDRY

L'Hôtesse de l'air - Tome 1

À ma mère, Francine, pour m'avoir répété des milliers de fois que les rêves peuvent devenir réalité.

À mon père, Jean, pour m'avoir démontré concrètement qu'il faut travailler et persévérer pour accomplir de grandes choses.
« Quand le chemin est dur, le Dur continue son chemin... »

Contents

1

Chapitre 1

Aéroport de Montréal (YUL)

–Mesdames et messieurs, ceci est une annonce d'embarquement pour le vol VéoAir 762 à destination de Rome. Nous invitons maintenant tous les passagers à se présenter à la porte 61.

C'est étrange. J'ai l'impression que ça fait une éternité que je n'ai pas entendu ce message. Pourtant, j'ai déambulé des milliers de fois dans les couloirs de cet aéroport. L'habitude m'a sans doute immunisée contre certains bruits. Avec le temps, ils se sont transformés en une douce ambiance sonore à peine perceptible. Je ne les remarque même plus. Quoique, aujourd'hui, la situation diffère légèrement. D'un sourd murmure à un cri strident, je perçois tout. Je suis nerveuse, car d'ici une demi-heure je m'envolerai vers Rome. D'ordinaire, toutes ces annonces retentissantes n'arriveraient guère jusqu'à moi, car je ne serais pas assise sur l'un de ces bancs inconfortables à réfléchir avant de monter à bord d'un avion. En fait, j'attendrais plutôt à l'intérieur de l'appareil l'arrivée des passagers et je n'aurais probablement pas le temps de penser.

C'est que je suis agente de bord. Mais comme plusieurs m'ont déjà demandé, incrédules : « Quoi ? Agent de bar ? Tu es serveuse, tu travailles dans un bar ? », je préfère dire que je suis « hôtesse de l'air ». Les confusions sont ainsi évitées et c'est de loin beaucoup plus sexy que « agent de bord » qui, à mon avis, sonne un tantinet masculin.

Dans le temps, être hôtesse de l'air rimait avec « je ne tombe pas enceinte, je ne grossis pas et je vous sers du Pepsi sans broncher. Bref, je suis parfaite ». Et puis, comme tout évolue, les choses ont changé. Dorénavant, hôtesse de l'air, alias agent de bord, rime avec « j'ai des bébés, je peux grossir, et ne me demandez pas un surclassement gratuit en première classe car la réponse sera non, c'est moi le boss ! ».

Décidément, le boulot a vraiment évolué ! En revanche, un aspect reste inchangé : le mystère du métier. Intrigant ? Évidemment ! Mon bureau est situé à 36 000 pieds dans les airs et se déplace à 850 kilomètres à l'heure. Il est conduit par deux bonshommes habillés de vestons noirs aux manches garnies de larges lignes jaunes inspirant le respect. Ils jasent de femmes et emploient des termes techniques que je ne comprends pas.

Dans l'avion, derrière cette porte blindée qui leur fait dos, s'affairent de petites, moyennes et grandes abeilles surnommées « agents de bord », « hôtesses de l'air », « stewards » ou « PNC » (personnel navigant commercial). Nous les appelons les juniors, les séniors ou les vieilles sacoches. Elles bavardent entre elles, se chicanent parfois, se confient leurs problèmes ou se méprisent selon leur ancienneté. Elles sont belles ou moches, massothérapeutes ou sportives, femmes d'affaires ou cuisinières. Elles se promènent dans une énorme ruche de métal volante remplie de personnages de toutes sortes : des hommes, des femmes, des enfants, des vieillards, des exilés, des prisonniers, des voleurs. Certains de ces passagers sont gentils et courtois, mais d'autres sont furieux, malades, nerveux ou complètement intoxiqués par l'alcool. Il y en a même qui donnent l'impression d'avoir laissé tout bonnement leur cerveau au comptoir d'enregistrement avec leurs bagages.

De plus, ces messieurs-dames parlent parfois. Entre eux, bien sûr, mais ils s'adressent aussi à l'occasion à des petites abeilles telles que moi. Lorsqu'ils le font, ils demandent, exigent, chialent et interrogent. « C'est quoi ton pays préféré ? » « Ah ! Ça ne doit pas être évident pour fonder une famille ! » « Ils sont comment les pilotes ? » « C'est quoi la pire chose que tu aies vécue dans l'avion ? » Passionnant !

Parler de mon métier divertit mes passagers et les fait rêver. Par politesse, je réponds toujours avec un sourire à leurs nombreuses interrogations, et quelquefois même avec un enthousiasme inexpliqué. À l'occasion, je me surprends avec des répliques comme : « Wow, vous êtes vraiment le premier à me poser la question ! », alors que ce n'est évidemment pas le cas. Mais pour être honnête, j'ai rarement le désir de répondre à cet interrogatoire répétitif.

J'en ai déjà suffisamment plein les bras de jouer à la bête de cirque en vol en me laissant observer dans l'allée pendant des heures par mes passagers. On me regarde manger mon sandwich et on me scrute à la loupe lors des décollages. On me tire la jupette pour attirer mon attention ou on me dérobe mes magazines laissés une seconde sur le comptoir. Et en bonus, on me fait une interview sur mon métier. Tout compte fait, je devrais peut-être aller me reposer à Rome quelques jours.

* * *

Ce soir, je ne suis qu'une passagère. J'accompagne John, l'homme que j'aime, pour un court séjour de trois journées en Italie. Il est pilote et il est déjà à bord de l'avion que je devrais prendre. Par contre, moi, j'attends toujours sur ce banc inconfortable. C'est étrange, lorsque j'ai accepté son invitation, j'étais convaincue que les soixante-douze prochaines heures seraient les plus belles de ma vie, et maintenant je ne sais plus. Je suis perdue dans mes pensées et je refuse de bouger. J'ai l'impression que mon univers changera à jamais si je mets les pieds dans cet avion. Je préfère réfléchir encore un peu avant de monter à bord. Il me reste du temps, de toute façon, les passagers font encore la file avec leurs cartes d'embarquement et leurs passeports.

* * *

Bien que mon métier regorge d'anecdotes divertissantes, être hôtesse de l'air, c'est plus que ça. Pour tout dire, je sauve le monde. Bon, je n'ai pas encore eu à sauver la vie de qui que ce soit, mais ne serait-ce pas l'une de mes tâches premières si jamais, par extrême malchance, l'avion s'écrasait ? J'avoue que je ne souhaite pas du tout que ça arrive, mais d'une certaine façon j'aime bien penser que je serais celle qui pourrait faire la différence lors d'un accident. J'ouvrirais la porte rapidement et je m'écrierais : « Sautez, glissez, dégagez ! » En un clin d'œil, tout le monde serait hors de danger. Ça, c'est mon scénario idéal. Mais personne ne peut prévoir comment il réagira une fois devant cette éprouvante réalité.

L'autre scénario pourrait être le suivant : j'ouvrirais la porte et je m'assurerais que la glissière est bel et bien gonflée, je regarderais dehors puis à l'intérieur de la cabine pour regarder à nouveau dehors. Légèrement hésitante, je jetterais encore un coup d'œil à l'intérieur, là où les flammes et la fumée créeraient un tumulte, et dans tout ce bordel je m'écrierais finalement : « Venez, suivez-moi, par ici la sortie ! » La parfaite héroïne, non ?

Bon, il faut admettre qu'on a tous voulu un jour sauver le monde à notre façon. Les petits gars veulent être des pompiers ou des policiers pour aider les plus faibles ou arrêter les méchants bandits. Les petites filles, elles, souhaitent devenir vétérinaires ou professeures pour soigner les animaux ou s'occuper des enfants. Je ne fais donc pas exception, car j'essaie également de contribuer au bien-être de mes semblables.

Dans tous les cas, s'il devait y avoir une catastrophe, je souhaite de tout mon cœur participer à l'évacuation de mes passagers. Pour les sauver, bien entendu, mais aussi pour une autre raison. Lors d'une urgence, lorsqu'une personne se fige devant la porte et refuse de sauter sur la glissière, l'hôtesse de l'air doit carrément la pousser hors de l'avion. C'est le seul moment où le personnel de cabine est autorisé à pousser un passager. Hon !

Être hôtesse de l'air, c'est avant tout veiller à la sécurité de ses passagers (policière). Ensuite, c'est s'amuser à leur plaire pour qu'ils reviennent voler sur nos ailes (séductrice). Mis à part la distribution de café et de thé (serveuse), je suis là pour panser les blessures (infirmière), écouter les inquiétudes et les confidences (psychologue) et, tant qu'à y être, empêcher la propagation d'infections contagieuses à bord (bactériologiste), régler les chicanes (gardienne d'enfants), faire des sourires forcés (comédienne) et dire : « Ah ! Je comprends, mon cher monsieur, vous avez raison », et ce, même si monsieur a tort. Tout ça pour prévenir les incidents qui pourraient nous mettre en danger. Et voilà, c'est exactement ce que je disais, je sauve le monde ! Mais encore ?

En hiver, je voyage vers des destinations ensoleillées comme la Jamaïque, le Mexique ou la République dominicaine. Mes passagers se prénomment Cindy, Pauline ou Roger, et je leur sers du Pepsi ou du 7Up.

Durant cette période, je passe la majorité de mon temps dans l'avion, loin des plages idylliques. Ces vols sont en quelque sorte des vols d'agaces, comme j'aime bien les appeler. Par exemple, je vole pendant quatre heures vers Cancún et, une fois l'avion atterri et tous les passagers débarqués, je reste dans l'appareil. Je ne descends pas avec eux pour me faire bronzer sur les plages de sable fin. Non, car je dois ramener vers le Canada des vacanciers maintenant tout brûlés par le chaud soleil mexicain. Pendant que l'avion se fait refaire une beauté pour le trajet de retour, je m'installe à l'extérieur, dans l'escalier, et je me fais dorer au soleil une vingtaine de minutes. Ensuite, c'est reparti, d'autres passagers embarquent et bye bye Cancún. Si je suis encore plus chanceuse, quelques agents de bord ayant beaucoup d'ancienneté dans la compagnie aérienne resteront quelques jours au chaud et seront remplacés par d'autres séniors qui auront également passé quelques jours sous les tropiques.

En été, au moins, je me gâte. Je voyage à Paris, Madrid, Londres ou ailleurs, et comme les vols sont beaucoup trop longs pour revenir au Canada immédiatement, j'ai le plaisir de passer la nuit sur place. Je fais donc le plein de confit de canard en France et j'achète mes souliers en Espagne. Je rentre d'Italie avec des tonnes et des tonnes de parmesan, des pâtes et de l'huile de truffe. Mes passagers s'appellent désormais Arnaud, Fabrizio ou Agathapoulos, et je leur sers du vin rouge et des jus plutôt que des boissons gazeuses.

D'ailleurs, j'ai remarqué un phénomène universel lié à la consommation des jus. À tout coup, été comme hiver, de par le monde, d'une culture à l'autre, ce phénomène se répète et m'irrite sincèrement. Je ne parle pas ici du jus d'orange ou du jus de pomme qui, la plupart du temps, ne me contrarient vraiment pas. Par contre, je n'ai aucun plaisir à servir du jus de tomate. Je déteste ça. Je l'avoue, le jus de tomate me répugne.

Voici pourquoi.

Selon moi, personne ne boit du jus de tomate à la maison. Par sa nature, il n'est pas désaltérant. On en prend lorsqu'on a faim, ou on le commande en table d'hôte au restaurant quand on n'aime pas la soupe du jour. Je ne croirai jamais qu'un bon jus de tomate est la boisson idéale à boire en tout temps. Non ! Pourtant, lorsqu'on part en voyage (et je m'inclus là-dedans), on dirait que c'est soudainement le rafraîchissement le plus populaire. Et le jus de tomate est comme la peste. Quand quelqu'un a le malheur d'en demander un verre, c'est inévitable, tous les autres passagers en veulent aussi. Ça m'énerve !

C'est simple, si M. A, assis au hublot, pense au fameux jus de tomate et ose en demander, c'est bien certain que MM. B et C, dans la même allée, en réclameront aussi. Ensuite suivront Mmes D et E. Un peu plus tard, Mlles F, G et H de la rangée en arrière, qui auront également entendu entre les branches qu'on servait du jus de tomate à bord de cet avion, en voudront aussi. Si je suis chanceuse, je réussirai peut-être à n'en donner qu'une dizaine, sinon le mot se sera répandu à la vitesse de l'éclair et, d'ici à la fin du vol, nous n'aurons plus de jus de tomate pour le trajet de retour. Merci beaucoup, monsieur A !

* * *

Finalement, je crois que la question de savoir si je dois embarquer ou pas dans cet avion m'angoisse plus que je ne l'aurais imaginé. J'attends depuis plus d'une heure mon départ vers Rome, mais je n'arrive pas à me décider : je pars ou je reste ? C'est quoi mon problème? Je suis une jeune femme de trente ans qui s'en va en Italie avec l'homme qu'elle aime. Il n'y a rien de mal là-dedans ! Normalement, je devrais être debout, comme les autres passagers, à piétiner pour monter dans l'avion, mais curieusement je ne suis pas du tout certaine de vouloir y mettre les pieds. Moi qui essaie tous les jours de maîtriser mon empressement sans y arriver véritablement, je veux maintenant rester assise à attendre ? C'est le monde à l'envers !

Toute cette impatience qui serpentait dans mes veines hier, avant-hier ou le jour d'avant vient soudainement de disparaître. Même ces bouffées d'exaspération qui me poussent normalement à me précipiter à la rescousse de mes passagers marchant lentement, trop lentement vers leurs sièges lors d'un embarquement ne se font pas sentir. Je suis là à réfléchir dans l'aire d'attente de l'aéroport et je ne sais toujours pas quoi faire. Je serais même prête à rester assise les mains croisées toute la nuit à regarder les passagers monter à bord un à un. Pour une fois, j'aurais le temps de faire un choix éclairé.

Il est bien évident que j'ai la tête ailleurs. Je prends le temps d'observer minutieusement tous ces hommes et ces femmes qui remettent leurs cartes d'embarquement à l'agente au comptoir. Je vais même jusqu'à les compter. J'ai vraiment besoin de temps avant de me décider. Mais je ne voudrais tout de même pas en arriver à entendre prononcer au micro :

« Attention, appel final ! Mme Scarlett Lambert est invitée à se présenter immédiatement à la porte 61. Appel final ! »

De toute façon, bien que je sois impatiente de nature, j'aime être la dernière à embarquer. Je préfère rester assise sur ce banc plutôt que d'avancer à pas de tortue vers la porte de l'avion. Agir ainsi ménage mes nerfs, car je déteste par-dessus tout attendre en file indienne. C'est simple : avoir l'impression que rien ne bouge m'exaspère. Bien sûr, les gens avancent, mais rarement assez vite pour moi. Quelle est la vitesse d'embarquement adéquate pour me satisfaire ? Difficile à déterminer, mais disons qu'elle n'est pas souvent au rendez-vous. C'est que plusieurs facteurs entrent en ligne de compte. Par exemple, sur une échelle de 1 à 10, la vitesse d'embarquement varie selon le type d'appareil, le nombre de passagers, d'enfants, de personnes âgées et, ultimement, la nationalité des personnes qui montent à bord. Si l'avion est rempli de Japonais, le pointage s'élèvera très rapidement pour atteindre un score parfait de 10 sur 10. Comme passagère, je n'hésiterais pas une seule seconde à me mettre en file avec eux. Par contre, si ce sont des Italiens qui voyagent, là, c'est une autre affaire. Si j'étais l'une des hôtesses de l'air qui opèrent ce vol vers l'Italie, pendant l'embarquement, j'aurais le temps de me refaire une beauté dans les toilettes, de prendre un café à l'arrière de l'appareil avec une collègue et de lire le dernier chapitre du plus épais des romans.

Rares sont les vols remplis d'Italiens qui obtiendront un pointage plus élevé que 5 sur 10. Les Italiens ne peuvent pas aller plus vite, car ils parlent à toute la *famiglia* en chemin ! Ils ont probablement rencontré le *padrino* d'un tel dans l'aire d'attente ou la *mamma* d'un autre à la boutique hors taxes. Difficile alors de ne pas faire un brin de jasette avec leur nouvel ami tout en se dirigeant vers leur siège. Nul doute, le temps passe plus vite, et même si j'essayais de les faire bouger plus rapidement, l'un d'eux me répondrait quelque chose qui me serait totalement incompréhensible en gesticulant. Et là, toute la parenté s'en mêlerait.

Je ne bougerai pas d'un centimètre tant que la dame au comptoir ne fera pas son annonce finale d'embarquement. D'ailleurs, je sens que ça approche. Je dois prendre une décision. En préparant mes bagages ce matin, je savais ce que je voulais. Maintenant, je ne sais plus.

Finalement, je m'approche légèrement de la porte d'embarquement. Un pas en avant, c'est déjà ça ! Depuis une bonne quinzaine de minutes, j'entends la même phrase prononcée sur le même ton par la dame au comptoir : « Merci et bon vol ! » Je la trouve très joyeuse, celle-là. Elle a dû être engagée récemment pour être aussi rayonnante de bonheur. Je lui donne deux mois, pas plus. Pire, lorsque les vols vers le Sud commenceront vers le mois de novembre, à peine deux semaines suffiront pour que son humeur change. Comme d'habitude, munie de son grand sourire, elle imprimera les cartes d'embarquement des passagers. Croyant avoir bien fait, elle leur remettra joyeusement leurs papiers en leur souhaitant bon voyage. Et puis, sans crier gare, un homme bedonnant déjà bourré gueulera: « Heille, toé ! Ch'té dit que je voulais un siège au hublot, pis là, tu m'as donné un siège au milieu. Ma blonde est même pas assise avec moé ! » Et la blonde de renchérir en mâchant sa gomme : « Pus jamais VéoAir, pus jamais

! » Ouais, cette employée souriante va le perdre bien vite, son beau sourire, c'est garanti.

* * *

Depuis un moment, je ne fais qu'observer alentour au lieu de réfléchir vraiment à mon choix. Pourquoi j'hésite ? Je devrais être heureuse de partir en voyage avec John. N'ai-je pas désiré cet homme dès le premier regard, dès le premier jour ?

2

Chapitre 2

Montréal (YUL) – San José (SJO)

Dix-huit mois auparavant

Il n'y a rien de plus satisfaisant que de rester blotti sous de chauds draps de flanelle lors d'une froide nuit de février. Le plaisir est palpable, mais aussi très volatil, surtout lorsque le téléphone sonne à 4 heures du matin. Dans ce cas, au revoir les rêves épiques et bienvenue le cauchemar !

Ce matin-là, j'étais sur appel. Dans le jargon de l'aviation, c'est ce qu'on appelle « être en réserve ». Je jouais pour ainsi dire le même rôle que celui d'une roue de secours lors d'une crevaison pour permettre à la voiture de se rendre à bon port. En fait, pour chaque type d'aéronef, un nombre minimum d'agents de bord est requis. Si l'un de ceux à qui un vol est déjà assigné tombe soudainement malade, c'est moi, la petite hôtesse de l'air sans ancienneté, qu'on tente de joindre. Je suis donc appelée quelques heures avant le départ du vol et obligée de me dépêcher pour me rendre à l'aéroport. Pas de moment de détente ou de temps pour me prélasser dans mon lit. Voilà pourquoi, ce jour-là, je ne ressentais aucun plaisir à l'idée de décrocher le téléphone qui résonnait dans le silence glacial de ma chambre.

C'est drôle comme les choses peuvent changer en peu de temps. Ça faisait deux ans et demi que j'étais agente de bord et je dois avouer que toute l'excitation éprouvée lors de mes premiers vols s'évanouissait chaque fois qu'une sonnerie retentissait par ces froids matins d'hiver.

Lors de mon premier courrier, j'étais très excitée, car je venais tout juste d'emménager à Montréal avec ma bonne amie Béa qui, elle aussi, avait été engagée comme agente de bord. Après notre formation, pour épargner un peu, nous avions convenu de cohabiter et d'accueillir également parmi nous un autre collègue et maintenant ami, Rupert. Nouvel appartement, nouveaux colocataires, nouveau job. J'avais de quoi être exaltée. Pour couronner le tout, je m'étais envolée pour Londres lors d'un chaud après-midi d'été. Rien à voir avec ce que je m'apprêtais à vivre en répondant à ce satané appel.

En fait, les choses n'avaient pas tellement changé pour moi depuis cette première journée en tant qu'agente de bord. J'étais toujours célibataire et j'habitais encore avec Rupert et Béa dans le même appartement. Je volais encore pour VéoAir, sauf que c'était maintenant l'hiver et que je venais de me faire réveiller en plein sommeil. Et je savais que lorsque je répondrais à mon ami/ennemi *crew sked*, il m'enverrait sans doute au Mexique pour faire un aller-retour au lieu de m'assigner un vol vers Londres.

Crew sked, surnom donné au Bureau d'affectation des équipages, est chargé de gérer le personnel navigant. Il s'assure de remplacer un agent de bord malade par un autre. Il réserve les chambres d'hôtel lorsque nous passons la nuit à l'étranger. Il nous appelle à Paris pour nous dire que l'avion est en retard ou bien retrouve mon portefeuille si je l'oublie à l'aéroport et me le fait parvenir par avion à l'hôtel… *Crew sked* a aussi le pouvoir de nous envoyer quatre jours à Athènes ou en aller-retour à Orlando dans un appareil rempli d'enfants bruyants. Mieux vaut donc être son ami que son ennemi.

Avant d'attraper le combiné, je me pris à espérer que la chance me sourirait. Ce n'était pas impossible, car la compagnie savait peut-être que je venais d'avoir vingt-neuf ans et pourrait m'assigner un vol vers le Sud pour que je dorme sous les tropiques. Le plus beau des cadeaux ! Mais peu importe la destination où on m'enverrait ou l'heure à laquelle on venait de m'appeler, je me devais de répondre. Je sortis un bras hors de ma couette et décrochai.

— Oui, allo ?

J'avais essayé d'y mettre un peu d'intonation pour ne pas sembler trop endormie.

— Bonjour, j'aimerais parler à Scarlett Lambert, s'il vous plaît.

Procédure oblige, mon interlocutrice devait d'abord s'assurer que c'était la bonne personne au bout du fil.

— Oui, c'est moi, répondis-je.

— Bonjour, Scarlett, c'est Nancy, de l'affectation des équipages.

Nancy me parlait doucement, à voix basse, comme pour ne pas me brusquer, ou peut-être se sentait-elle gênée de me réveiller à cette heure-là. Le mal étant déjà fait, j'espérais qu'elle me dirait le plus rapidement possible où j'allais partir dans quelques heures.

— J'aurais besoin de toi ce matin pour un allerretour à San José, décollage à 7 heures, retour à 18 h 45.

Tu travailles à l'aller et tu reviens en *deadhead*.

— OK. Merci. Bye.

Je n'étais pas du genre à faire répéter et j'avais toutes les informations dont j'avais besoin. Je savais que je devais être à bord de l'appareil à 6 heures du matin, soit une heure avant le départ, et que je ne partais pas pour longtemps. Je n'emporterais qu'une simple valise à roulettes (*carry-on*) avec un lunch pour ne pas avoir à déguster les délicieux repas de l'avion, qui sont remplis de sodium et qui donnent de la cellulite.

Et comme je ne travaillais que durant le vol de Montréal vers San José, au Costa Rica, je partirais vêtue de mon uniforme et je mettrais dans ma valise des vêtements confortables pour le trajet de retour.

Ce vol qu'on venait de m'assigner était loin d'être un vingt-quatre heures à Punta Cana, mais revenir en *deadhead*, ce n'était déjà pas si mal que ça. En fait, comme les vols entre le Canada et le Costa Rica sont beaucoup trop longs pour que les mêmes agents de bord opèrent le trajet dans les deux sens, *crew sked* désigne deux équipages. À l'aller, pendant que le premier équipage s'affaire à servir les passagers, les membres du second s'assoient dans l'avion et se reposent. Au retour, les rôles s'inversent. Bref, revenir ou partir en passager, ou faire une mise en place vers une autre destination sans travailler durant le vol, c'est ce qu'on appelle faire un *deadhead*.

Ce soir-là, je reviendrais donc du Costa Rica en faisant « la tête morte ». Mon cerveau serait alors mis en veilleuse et je pourrais regarder un film ou boire un verre de vin. En tout cas, c'était mieux de travailler pendant cinq heures à l'aller et de revenir en passager que de faire le contraire. Je remerciai *crew sked* intérieurement.

Après avoir répondu à l'appel, je ne devais pas tarder à me lever si je voulais avoir le temps de me préparer adéquatement sans trop me presser. Normalement, lorsque je suis seule à l'appartement, j'aime bien mettre de la musique pour me réveiller, même s'il est 4 heures du matin. Ce jour-là, je me résignai à émerger du sommeil en silence, car Rupert et Béa dormaient dans leurs chambres qui donnaient directement sur la pièce principale. Béa était en congé pour au moins deux jours, car elle venait de rentrer d'une série de vols la veille. Quant à Rupert, il était également en réserve, mais il n'avait pas encore été appelé.

Je sautai le plus vite possible hors du lit et ramassai ma robe de chambre. Il faisait si froid dans l'appartement que je risquais l'hypothermie. Si je n'allais pas sous la douche d'ici une seconde, je resterais congelée toute la journée. D'ailleurs, je ne savais pas pourquoi il faisait si froid. J'avais pourtant monté le chauffage avant de me coucher. Ce devait être Rupert qui avait encore joué avec le thermostat. Même après tout ce temps de cohabitation, il n'arrêtait pas de me dire que je chauffais trop et que le montant de notre facture d'électricité était trop élevé. Au moment où je me posais toutes ces questions inutiles à propos du chauffage, Rupert fit son apparition dans le salon. J'étais surprise de le voir debout à cette heure-là.

— Tu ne dors pas, Rupert ? lui dis-je, encore à moitié endormie.

— *Crew sked* vient de m'appeler. Ils m'ont donné un vol, me répondit-il en se grattant la tête.

Il avait les cheveux tout ébouriffés et ses yeux étaient encore collés. Le torse nu sans aucun frisson, il remonta son caleçon et me regarda entrer dans la salle de bain. J'étais impatiente de me réchauffer sous la douche, mais également curieuse de savoir où il allait partir.

— Tu t'en vas où ? chuchotai-je.

— Je fais juste un aller-retour à San José, mais je reviens en *deadhead* au moins, me répondit-il sans excitation.

Il était déçu et je le comprenais. Tout comme moi, il aurait préféré être appelé pour un vol vers Punta Cana afin de passer la nuit sur place et prendre du bon temps à la discothèque de l'hôtel. Évidemment, j'aurais aimé pouvoir aller danser avec lui, mais je savais que Rupert aurait souhaité dormir en République dominicaine non pas pour s'éclater sur la piste de danse avec sa colocataire, mais pour rencontrer de beaux agents de bord européens fraîchement installés au *resort*. Il est volage, ce Rupert, mais il demeure discret de ce côté-là. Il préfère s'amuser avec des hommes d'autres compagnies aériennes plutôt que de jouer au conquérant avec des agents de bord de VéoAir. Faute de faire le tour de la compagnie, ses histoires font le tour du monde. Rien de moins.

Décidément, Rupert avait vraiment l'air moins enchanté que moi de partir à San José. À voir la tête qu'il faisait, je me devais de l'encourager.

— Ne sois pas trop déçu, je pars avec toi et on pourra se relaxer ensemble au retour.

J'essayais d'avoir l'air heureuse de voler avec mon ami, mais honnêtement je craignais un peu de faire partie du même équipage que lui. En fait, Rupert est le type d'agent de bord qui porte malheur, car tout lui arrive. Soit son avion est en retard, soit un passager tombe gravement malade et l'appareil doit atterrir d'urgence, soit ses bagages sont perdus, et j'en passe. De tous les membres d'équipage de VéoAir, il n'y en a pas un qui ait vécu la moitié de ce que Rupert a expérimenté en deux ans et demi.

Quelques mois auparavant, il avait été appelé pour un vol vers Francfort, en Allemagne. Il n'était pas censé être sur ce vol, mais à la dernière minute une agente de bord était tombée malade et *crew sked* avait contacté Rupert-porte-malheur. L'avion devait décoller vers 9 heures du soir. Une fois l'embarquement terminé, l'homme qui remplissait les réservoirs d'eau de l'appareil avait fait une mauvaise manœuvre avec son camion et accroché le fuselage de l'avion. Il avait créé une légère bosse qui ne pouvait être ignorée. Le commandant avait donc été avisé et n'avait eu d'autre choix que de retarder le vol, le temps de réparer le bris. Comme la pièce était facile à remplacer, le retard n'avait duré qu'une heure, mais je suis certaine que si Rupert n'avait pas été à bord de l'avion, le camion n'aurait pas effleuré le moindre centimètre de fuselage.

Mais attention, l'histoire ne s'arrête pas là. L'avion avait enfin décollé et avait atterri à Francfort sans incident. Rupert y avait passé vingt-quatre heures, le temps de faire une sieste et de marcher un peu dans la ville. Il était allé manger avec l'équipage dans un petit restaurant près de l'hôtel et s'était couché tôt afin de récupérer son sommeil perdu. Le lendemain, il repartait vers le Canada. Deux heures après que l'avion eut dépassé les côtes irlandaises, à 36 000 pieds d'altitude, en plein au-dessus de l'océan Atlantique, une femme était arrivée à l'arrière de l'appareil, là où Rupert s'affairait à préparer les chariots de repas. Elle avait perdu connaissance et lui était tombée dans les bras. Après l'avoir déposée sur le sol, il lui avait soulevé les jambes pour l'aider à revenir à elle. Normalement, la technique des jambes en l'air fonctionne dans 99 % des cas d'évanouissement, mais là, la dame n'avait pas repris ses esprits. Rupert avait demandé l'aide d'un autre agent de bord et appelé aussitôt le directeur de vol. Dans le temps de le dire, la situation s'était dégradée et la femme avait cessé de respirer. Aucun médecin n'était à bord. Le point d'atterrissage le plus proche étant maintenant beaucoup trop loin, il ne servait à rien de s'y rendre. Il fallait agir vite. Un agent de bord avait alors commencé les manœuvres de réanimation. Oxygène et défibrillateur avaient été utilisés. Sans succès. La dame était morte. L'avion avait poursuivi sa route en direction du Canada. La femme avait été déposée sur des sièges libres à l'arrière de l'appareil, le visage recouvert d'un masque à oxygène, telle une malade. L'équipage avait continué son service aux passagers comme si rien ne s'était passé, et ce, pendant les quatre heures restantes. Heureusement, aucun voyageur ne s'était aperçu de quoi que ce soit.

Une fois l'avion arrivé à Montréal, les secours étaient venus récupérer le corps de la dame. Comme elle avait été assise pendant plusieurs heures dans la même position, ses membres avaient eu le temps de se raidir. Les ambulanciers avaient dû lui casser les articulations des jambes pour réussir à déposer son corps sur la civière. Rupert en était revenu traumatisé. Je l'avais été également. Le porte-malheur avait frappé fort.

Voilà l'une des raisons pour lesquelles je n'étais pas très enjouée à l'idée de partir avec lui. Néanmoins, je ne pouvais rien y changer, alors j'essayai autant que possible de ne pas m'inquiéter. Je sautai enfin sous la douche.

En sentant l'eau chaude sur mon corps, je me mis, comme d'habitude, à rêvasser. Lorsque je prends une douche quand je suis encore somnolente, je pense trop. Les remises en question se succèdent. Si je m'écoutais, je changerais de vie. Je partirais à l'aventure au bout du monde loin de mes responsabilités. Et puis, une heure plus tard, une fois à l'aéroport, je redeviens sereine, je réalise que j'aime mon job et qu'il me convient en tous points. Ce matin-là, les mêmes réflexions me trottaient dans la tête.

« Scarlett, tu veux vraiment faire ça toute ta vie, te lever à 4 heures du matin et avoir l'estomac à l'envers pendant des heures ? »

« Scarlett, tu as vingt-neuf ans et tu es toujours célibataire ! Tu vis avec un gai de vingt-cinq ans qui va d'aventure en aventure et une fille de vingt-six ans qui n'est pas prête non plus à se ranger. Ce ne sont sûrement pas eux qui te présenteront l'homme de ta vie. Vers quoi tu t'enlignes, là ? »

« Scarlett, reviens à toi, arrête de trop penser, tu sais qu'aussitôt que tu mettras les pieds dans l'avion tu te sentiras à nouveau dans ton élément et heureuse d'y être. »

Mieux valait faire taire mon imagination, car de toute façon, après avoir enduré le froid hivernal dans ma voiture et la noirceur nocturne sur la route, j'allais retrouver le sourire dès mon arrivée à l'aéroport. Me préparer était décidément plus constructif, alors je me concentrai sur ma toilette plutôt que sur les mauvaises idées qui me polluaient l'esprit.

Après avoir laissé la salle de bain à Rupert, je me dirigeai vers ma chambre. Je n'ai jamais été le genre de fille qui prend son temps pour se maquiller, s'habiller ou se coiffer. Je conserve plutôt la même routine pour gagner du temps, surtout lorsqu'il est 4 heures du matin et qu'il me faut quitter l'appartement au plus vite.

Je montai mes longs cheveux bruns en chignon à l'aide d'un « beigne » que j'avais acheté en Angleterre l'été précédent. Ce petit truc fait des merveilles et est devenu l'accessoire indispensable dans la trousse capillaire de toutes les hôtesses de l'air. Il suffit de passer sa queue de cheval à travers l'ouverture et, ensuite, de coiffer ses cheveux tout autour. Le chignon a alors l'air plus gros et est parfaitement égal.

Une fois cette étape dûment accomplie, j'appliquai un trait de crayon noir sur mes paupières et mis du mascara acheté à la boutique hors taxes de l'aéroport. J'enfilai ensuite mon *jumper* noir, la pièce d'uniforme que je préfère, car si par mégarde un dégât survient, ma chemise blanche, cachée dessous, n'en subit pas les conséquences. Néanmoins, je dois avouer que j'aime bien ce vêtement pour une autre raison : le derrière qu'il me fait.

Voyons ! Je ne suis pas dupe. Je sais que les uniformes font fantasmer. Quiconque me dirait le contraire, je l'enverrais promener. Je me souviendrai toujours de la réponse de Béa lorsque je lui ai demandé ce qu'elle pensait de notre futur uniforme lors de notre formation initiale : « Je me fous de ce à quoi il ressemblera, un uniforme d'hôtesse de l'air, c'est toujours sexy, et je vais m'assurer de bien profiter de cet avantage. Les pilotes ne se gênent pas, alors je vais faire pareil ! »

Elle avait bien raison : les filles tombent comme des mouches lorsqu'elles croisent des pilotes se promenant fièrement, parés de leurs galons aux épaules, alors pourquoi ne pas séduire les hommes avec notre sourire et notre élégant derrière ? En tout cas, Béa s'en sert. Elle est toujours accompagnée de riches mecs qui l'emmènent ici et là, sur des yachts à Nice ou dans des restos aux trois étoiles Michelin.

Béa est une professionnelle du charme avec ou sans uniforme, mais pas moi. Je sais seulement que ma tenue me va bien. Je l'enfilai ce matin-là en ne pensant à rien d'autre que ne pas arriver en retard à l'avion. D'ailleurs, il était temps pour Rupert et moi de partir. Soigneusement, j'enroulai mon foulard autour de mon cou et mis à ma toilette la dernière touche qui allait faire de moi une véritable hôtesse de l'air irrésistible : un rouge à lèvres rose fuchsia appelé « Envoûtée ».

Allais-je en hypnotiser quelques-uns ?

3

Chapitre 3

Montréal (YUL) – San José (SJO) – Montréal (YUL)

C omme Rupert et moi avions été appelés à la dernière minute, nous nous étions présentés en retard à l'aéroport ce matin-là et nous avions manqué le *briefing* du commandant à l'équipage. Par obligation, Justin, le directeur de vol, nous avait fait un résumé des conditions de vol à notre arrivée à la barrière. Nous avions été informés qu'il y avait des possibilités de turbulences pour la première heure du trajet, que ce dernier durerait cinq heures et quinze minutes et que, comme nous étions les derniers arrivés, nous ne pouvions pas choisir nos positions dans l'avion selon l'ordre d'ancienneté. Nous étions donc condamnés à prendre ce qu'il restait.

Rupert serait chargé de faire l'embarquement, une place peu enviée en raison des bonjours et des au revoir qu'elle impliquait, et je serais responsable de la *galley* arrière, cette cuisine où se situent les chariots de repas et de boissons.

Durant le vol, Rupert et moi eûmes le temps de jaser un peu. Il s'était fait un malin plaisir de me donner de juteux détails sur certains membres de l'équipage que je ne connaissais pas. Il faut dire que, malgré le fait que Rupert soit un porte-malheur indésirable, il est le meilleur potineur de la compagnie. Un rapide tête-à-tête avec lui avant chaque vol me permet toujours de savoir à qui j'ai affaire.

— Allez, Rupert, potine-moi ça.

— Hum, toutes ces belles hôtesses ont une bonne réputation, mis à part peut-être Suzie qui a couché avec la moitié de la compagnie, me dit-il avec désinvolture.

— Suzie ? C'est laquelle, ça ?

— C'est celle qui chialait après l'embarquement parce qu'il faisait trop chaud dans la cabine et qui chialait encore quand on a décollé et quand on a commencé la distribution des boissons.

— Ah oui, je vois qui c'est. Elle a couché avec tout le monde ? Des pilotes, je suppose ?

— À ton avis ? Et ils avaient tous des blondes, c'est ça le pire.

— Je n'en reviens pas ! Comment une femme peut-elle faire ça à répétition sans même avoir une petite pensée pour les copines de ces gars-là ? Si on s'entraidait un peu entre filles et qu'on ne couchait qu'avec des gars célibataires, jamais personne ne se ferait tromper !

— Ben voyons, Scarlett, ne me fais pas croire que tu n'as jamais couché avec un pilote qui était en couple… Suzie n'est sûrement pas la première ni la dernière. Vous autres, les filles, vous les trouvez tous beaux même quand ils sont laids.

— Rupert ! On vit ensemble depuis bientôt trois ans, tu devrais savoir que je n'ai jamais fait ça ! dis-je, insultée.

— Tu n'en as pas embrassé deux ou trois quand on a commencé ?

— Oui, mais je les ai juste embrassés parce que j'étais soûle et je n'ai su que plus tard qu'ils étaient en couple. En tout cas, aujourd'hui, je connais la chanson, alors aucune chance que je couche avec l'un de ces pilotes prétentieux.

Rupert était fier de ma réponse. Il était sûrement ravi que je ne sois pas comme cette Suzie mangeuse de pilotes. Il aurait pu se contenter de sourire, mais il me posa une dernière question :

— Et si tu tombais en amour avec l'un d'eux, les trouverais-tu encore aussi prétentieux ?

— Alors là, ça ne risque certainement pas d'arriver ! répondis-je, complètement convaincue.

* * *

Après cette séance éclair de bavardage, je me remis aussitôt au travail. Plus nous approchions de notre destination et plus je pensais que Rupert-porte-malheur avait limité son influence maléfique sur notre avion en cette journée de février. Je m'en réjouissais déjà. Mon énergie avait peut-être neutralisé le mauvais sort.

Une fois la descente commencée, le commandant nous avisa que les vents au Costa Rica étaient légèrement de travers et qu'il y avait des chances que ça brasse à l'atterrissage. Nous rangeâmes alors tous les chariots et fîmes les dernières vérifications en cabine à l'avance afin de nous asseoir le plus rapidement possible.

J'avoue que, durant ma courte carrière, je n'avais jamais senti la queue d'un avion valser autant. J'avais d'ailleurs la certitude que cette danse était inhabituelle, car à mes côtés était assise une collègue expérimentée qui semblait vraiment stressée par la situation. J'aurais cru qu'après quinze années de métier elle aurait été plus calme que moi, mais au contraire, c'était plutôt elle, l'angoissée.

En fait, on ne peut pas savoir comment on réagira lors d'une situation d'urgence avant d'en rencontrer une. J'imagine aussi qu'avec l'expérience on connaît les conséquences et les possibilités qu'une telle valse peut comporter. Pour moi, ce n'était rien d'autre que de forts vents poussant dans tous les sens la carlingue de mon avion. Je n'en étais pas affolée. J'aimais même ça. Au début, en tout cas.

Lorsque nous fîmes notre approche finale, mon attitude changea du tout au tout. J'avais maintenant peur, car je réalisais que ce balancement était plutôt extrême. Ayant déjà vu sur Internet des atterrissages effectués de peine et de misère avec des vents de travers, je pouvais visualiser mentalement la position de l'avion. Le nez de l'appareil ne devait être aligné avec la piste que partiellement. Depuis mon mini-hublot, je constatai que la queue semblait quant à elle hors piste. Mais je voulais croire qu'à la dernière minute le pilote redresserait le tout et poserait ce gros oiseau au sol avec succès. Restait quand même que ces oscillations commençaient sérieusement à me donner la nausée. Je n'osais même pas imaginer l'état des passagers : maux de cœur assurés et sans doute aussi quelques déversements indésirés.

Il me fallait rester tranquille. Je demeurai bien agrippée à mon strapontin, ce siège rabattable réservé aux agents de bord. Ma collègue, de son côté, était assez comique avec ses « Oh » et ses « Ah » émis entre chaque coup de vent. Il faut dire que nous étions assises dans la queue de l'avion et qu'il était donc normal que nous ressentions davantage les secousses. Quand les roues touchèrent enfin brusquement, pour ne pas dire violemment, le sol, nous étions bouche bée. Le silence régnait dans la cabine. Pas d'applaudissements comme à l'accoutumée. De mon hublot, je pouvais voir les bordures de la piste s'éloigner et se rapprocher dangereusement. Je n'aimais pas ce qui se passait. Allions-nous quitter la piste ? La queue de l'appareil bougeait trop à mon goût. Une seconde passa. Deux. Trois. Peut-être plus. Ça me parut une éternité. Et puis la valse cessa.

L'avion était désormais bien droit. Ma collègue reprit son souffle et moi également. Était-ce la malédiction de Rupert qui venait de nous secouer ? Sans aucun doute, et j'espérais que le maléfice se résumerait à cela.

CHAPITRE 3

Le débarquement terminé, je pouvais enfin retirer mon uniforme pour m'asseoir paisiblement dans l'avion comme une simple passagère. J'allais me reposer et visionner un film. Je profiterais de ce *deadhead* et prendrais un bon verre de vin pour me détendre. Je m'avançai vers les toilettes de la première classe pour m'y changer. Je m'étais précipitée à l'avant, car je n'utilise jamais celles à l'arrière de l'avion. Surtout après un vol de plus de cinq heures. Je préfère aller dans des toilettes plus propres, et malheureusement pour les gens de la classe économique, ce sont souvent celles de la première classe qui répondent le mieux à ce critère. C'est uniquement parce qu'elles n'ont été utilisées que par une quinzaine de personnes qu'elles sont encore à peu près nettes et non parce que ceux qui y ont accès sont plus propres.

Une fois à l'avant, j'aperçus le premier officier près des escaliers. Il prenait un peu d'air frais. Avec ses chaussures à semelles épaisses, il mesurait probablement 5 pieds et 4 pouces et il se tenait bien droit, le torse gonflé. Il devait avoir vingt-cinq ans, tout au plus. Comme il avait l'air jeune et qu'il était certainement peu expérimenté, je me dis que c'était sûrement lui qui avait effectué cet atterrissage tumultueux. Je m'approchai et lui demandai d'un ton aimable :

— Ouf ! On a été secoués tout à l'heure. Qui a atterri ?

— C'est quoi, cette question-là ! Ça ne se demande pas, ça ! T'as pas vu les vents dehors ? me répondit-il d'un air hautain.

— Justement, je les ai sentis, les vents, et c'est pour ça que je te le demande. On aurait aimé savoir ce qui s'est passé.

Je n'avais pas besoin de parler davantage avec lui. C'était évident qu'il avait fait atterrir l'avion. Sinon il n'aurait pas réagi de la sorte. Encore une fois, ça me prouvait que l'*ego* des pilotes était gros. Insulté par mon commentaire, il me tourna le dos, me signifiant que la discussion était terminée. Je me retournai moi aussi, indifférente à son attitude, et partis me changer dans les toilettes.

Lorsque je sortis, le commandant de bord, que je n'avais pas rencontré à cause de mon retard le matin même, demanda à tout le monde de venir à l'avant pour qu'il nous fournisse quelques explications sur cet atterrissage mouvementé. Je m'assis sur un siège de passager et l'écoutai.

— J'aimerais d'abord m'excuser auprès de ceux qui se sont fait brasser en arrière. Les vents étaient très forts et nous ne pouvions malheureusement pas faire autrement.

J'avoue que je fus surprise par son humilité. Rares étaient les pilotes qui avaient le courage de s'excuser ainsi. Ce commandant venait de me faire ravaler les propos que j'avais tenus quelques heures auparavant au sujet des pilotes prétentieux. En tout cas, il y en avait un qui faisait exception ce jour-là.

Après nous avoir expliqué ce qu'étaient les vents de travers, il nous souhaita un bon vol de retour et regagna la cabine de pilotage. Je n'avais jamais vu ce commandant auparavant. À mon grand étonnement, il éveillait ma curiosité. Bien sûr, il avait été gentil en nous fournissant des explications, mais il y avait autre chose qui retenait mon attention. Il avait l'air timide et discret. Il avait l'air inaccessible, et ça, c'était intrigant.

* * *

Durant le vol de retour, Rupert me fit la conversation pendant une heure tout en buvant un verre de vin rouge. Il le sirotait de peur d'être soûl trop vite. C'était toujours comme ça. Il n'avait qu'à avaler deux verres pour que l'alcool lui monte aussitôt à la tête. Je préférais donc le laisser boire à son rythme.

Comme j'étais crevée et que je savais qu'après un peu de vin je m'endormirais rapidement, j'en profitai pour demander immédiatement à

Rupert s'il connaissait le commandant de bord avec qui nous volions.

— Non, curieusement, je n'ai jamais entendu parler de lui, me dit-il.

Cette réponse me surprit, car mon fidèle compagnon connaissait tout sur tout le monde, même quand ce « tout le monde » n'était personne.

— C'est quoi son nom ? lui demandai-je.

— John Ross. Du moins, c'est ce qui est écrit sur le résumé de notre itinéraire de vol. Pourquoi ? Qu'est-ce que tu lui trouves ? Il n'a rien d'impressionnant, à part peut-être un beau sourire.

— Je ne lui trouve rien de spécial. C'était juste pour savoir, lui répondis-je, désireuse de cacher mon jeu.

Je refusais d'admettre que cet homme m'attirait. Il avait certes un physique avantageux, mais il y avait autre chose. Était-ce son attitude de gars inaccessible ou son sourire timide ? En tout cas, je n'allais pas l'avouer à Rupert, surtout après la discussion que nous avions eue à propos des pilotes. La conversation n'alla donc pas plus loin. Je n'y tenais pas. Quelque peu troublée par l'intérêt inattendu que ce commandant de bord éveillait en moi, je décidai qu'il valait mieux que je m'endorme au plus vite.

$$* * *$$

À notre arrivée à l'aéroport, Rupert et moi passâmes les douanes rapidement et nous dirigeâmes vers l'arrêt de l'autobus qui nous amènerait au stationnement des employés. J'étais contente que nous soyons rentrés sans véritables anicroches. « Voler avec Rupert n'est pas si pire que ça, après tout ! » pensai-je.

Pendant que nous attendions à l'extérieur, j'en profitai pour écouter mes messages sur mon téléphone portable.

Le premier était de Béa, qui m'informait que Rachel nous avait invitées à souper chez elle avec notre autre amie Paule. Sachant que je serais fatiguée au retour de mon vol, Béa lui avait plutôt proposé de venir à la maison. Par contre, ce que Béa avait volontairement omis de lui mentionner, c'était que j'aurais de toute façon refusé de me déplacer chez elle pour ne pas être obligée d'entendre son bébé pleurer toute la soirée. Après un vol, c'était inévitable, j'avais besoin d'un peu de silence.

Il faut l'admettre, des bébés dans un avion, ça pleure. Ils sont tout coincés, ressentent la nervosité de leurs parents et ont mal aux oreilles. Leurs cris résonnent dans la cabine tels des rugissements de lion et il n'y a aucun endroit où s'isoler. La règle d'or est d'endurer patiemment impatiemment. Et puis un bébé, ça reste un bébé. On ne peut pas lui en vouloir de pleurer lors de la descente à cause de la pression exercée sur ses tympans. Malgré tout, après un vol, je préfère de loin le calme.

Étant également agente de bord, Béa comprenait bien cet état d'âme d'après vol et avait donc eu la très bonne idée d'inviter les filles à l'appartement. Rien ne servait de lui confirmer que le programme me convenait, car il était 19 heures. Rachel et Paule devaient déjà être arrivées. J'avertis Rupert qu'il allait y avoir des femmes chez nous ce soir. Il se contenta de hocher la tête, indifférent, puisqu'il avait d'autres plans pour la soirée avec un ex-petit ami. J'écoutai ensuite le second message.

Comme d'habitude, ma mère avait parlé brièvement sur mon répondeur. N'aimant pas « jaser à une machine », elle se refusait à me laisser des messages dignes de ce nom. Soit elle n'en laissait tout simplement pas et rappelait sans arrêt jusqu'à ce que je réponde, soit elle envoyait un message rapide et froid à glacer le sang. Un message effroyable du genre : « Quelqu'un est mort, appelle-moi ! »

Ma mère ne se doute probablement pas que l'une de mes peurs est de partir travailler et de ne pouvoir être là s'il devait arriver un malheur à un proche. Mais ferait-elle plus attention si elle le savait ? Cette fois encore, son ton était sec :

— Scarlett ! (Pas de « bonjour ma chérie » ou de « allo Scarlett », non, juste « Scarlett ».) C'est ta mère. Appelle-moi !

Ce n'était pas le bon moment pour lui parler, sauf qu'encore une fois elle venait de m'inquiéter. Comme le bus n'était toujours pas là, je la rappelai.

— Allo ?

— Salut, maman, c'est moi.

— T'étais où ? me demanda-t-elle en panique, comme si elle ne savait pas que j'étais hôtesse de l'air et que je partais souvent à la dernière minute.

— Je suis allée au Costa Rica aujourd'hui.

— Oh ! Chanceuse !

— Je ne suis pas restée là-bas. C'était un allerretour. Je n'ai rien vu, précisai-je.

— Ah ! Chanceuse pareil ! insista-t-elle.

Apparemment, elle ne voulait rien comprendre à mon job, alors j'acquiesçai.

— Maman, est-ce que tu avais quelque chose d'urgent à me dire ? Parce que je viens d'arriver et que je dois raccrocher dans pas long.

— Ah ! Non, non. Je voulais juste te jaser.

— Eh bien, je te rappellerai demain, OK ?

— En passant, ton oncle Albert a laissé ta tante Pauline pour une autre femme, enchaîna-t-elle en ignorant mon intention de mettre fin à la conversation. Ton père et moi n'en revenons toujours pas. Après tout ce qu'elle a fait pour lui. Leurs enfants venaient de partir de la maison. Elle recommençait tout juste à respirer quand il a décidé de la laisser pour une autre. Il n'a pas de cœur !

Ma mère continua avec fougue son monologue à propos d'oncle Albert et de tante Pauline. Elle était enragée. Elle n'avait pas besoin d'en dire plus sur le sujet, car je savais déjà ce qu'elle pensait du divorce. Pour le moment, je n'avais pas d'énergie à lui consacrer pour comprendre la raison de cette triste séparation, ni pour écouter l'opinion négative qu'elle avait de mon oncle. À nouveau, je tentai de mettre fin à la conversation.

— Tu as raison, maman, c'est une horrible histoire. Mais là, comme je te l'ai dit, je n'ai pas de temps pour jaser. Je te rappelle demain.

— OK, ma fille, à demain alors.

Ma mère venait de prendre son petit ton piteux, probablement déçue de ne pas pouvoir me parler davantage. Au moins, elle n'avait plus de panique dans la voix et mon angoisse s'était évaporée. Je raccrochai et m'apprêtais à consulter mes courriels sur mon iPhone quand, soudain, mon regard se porta vers le reste de l'équipage qui avançait vers l'arrêt d'autobus. Parmi eux se trouvait mon commandant de bord. À sa vue, je répétai instinctivement son nom dans ma tête : « John Ross. » Je ne pouvais toujours pas croire qu'il m'attirait. Un pilote ! C'était impossible ! Je me ressaisis aussitôt et nous montâmes tous à bord du bus.

Rupert parlait avec un collègue, alors j'en profitai pour observer discrètement mon beau commandant qui s'était assis au fond de l'autobus, perdu dans ses pensées. J'espérais que nos regards se croiseraient, même si je me savais incapable de soutenir le sien, noir et profond. Incontestablement, il me troublait, et il ne s'en rendait même pas compte. Je passais inaperçue.

Tout le long du trajet, il ne me regarda pas une seule fois. Rien. *Niente. Nada.* Frustrant !

Lorsque nous arrivâmes au stationnement, il sortit au premier arrêt. Il se leva, se tourna vers l'équipage et nous souhaita un bon retour à la maison. J'aurais aimé qu'il me dise « Au revoir », mais je devais me rendre à l'évidence : ses paroles ne m'étaient pas personnellement adressées. Apparemment, mon rouge à lèvres « Envoûtée » n'avait pas fait effet ce jour-là, quoiqu'il s'était estompé depuis fort longtemps...

4

Chapitre 4

Montréal (YUL) Au retour de San José (SJO)

En arrivant à la maison, je saluai rapidement mes amies et filai sans tarder à la salle de bain. C'était un rituel. En revenant d'un vol, même si j'avais des invités, je devais sauter sous la douche illico presto. Les bisous de bienvenue et le verre de vin passaient après. D'ailleurs, les filles ne désiraient probablement pas tant que ça me faire la bise, car l'odeur d'un avion qui pénètre dans la peau est officiellement dégoûtante. Avec les années, elle est devenue l'une des odeurs que je déteste le plus au monde. J'exagère à peine. Un seul mot ne suffirait pas pour décrire cette puanteur. En fait, mes cheveux, mes vêtements et ma peau empestent la vieille poussière sèche qui s'est imprégnée d'effluves de repas brûlés, de vapeurs de vomissures et d'exhalaisons de pieds humides mélangés à quelques flatulences de passagers évacuées au cours du vol. Loin d'être appétissant ! Vite, sous la douche !

Quelques minutes plus tard, propre et parfumée, j'enfilai des vêtements confortables et rejoignis enfin mes copines. Béa s'avança pour me donner mon verre de vin. Elle était, comme d'habitude, très belle et stylée avec ses cheveux courts modelés sur la tête. Elle portait de longues boucles d'oreilles fabriquées par des Massaïs qu'elle avait rencontrés en Afrique lors d'un safari avec l'une de ses riches conquêtes.

— Tiens, Scarlett. Prends une bonne gorgée, ça va te détendre. C'était comment, ta journée ?

— Ça a bien été. Je vous raconterai, mais avant, je vais faire la bise aux filles. C'est gentil de vous être déplacées ce soir, dis-je en regardant Paule et Rachel.

Je tenais à souligner que j'appréciais leur geste, car depuis que Paule avait une petite fille maintenant âgée de deux ans et que Rachel avait un bébé de bientôt dix mois, c'était toujours Béa et moi qui devions aller chez elles. J'étais d'ailleurs surprise qu'elles aient accepté l'invitation.

— Qui garde les enfants ce soir ? demandai-je.

— Les gars. Ils sont sortis ensemble la semaine passée et ils nous en devaient une, m'expliqua Paule avec un sourire.

— Tant mieux, alors ! Profitons-en !

Paule et Rachel étaient beaucoup plus proches depuis qu'elles avaient une famille bien à elles. Béa et moi aussi nous étions rapprochées depuis que nous travaillions dans l'aviation. Nos réalités étaient différentes et c'était compréhensible que nous ayons chacune plus d'affinités avec telle ou telle autre selon nos centres d'intérêt. Seulement, je n'avais jamais pensé que nos chemins pourraient se séparer autant après la naissance de leurs enfants. J'avais l'impression que Paule me regardait de haut depuis qu'elle était maman. De son côté, Rachel n'avait pas trop changé, mais elle faisait des commentaires teintés de mépris et de reproche à propos de mon style de vie et de mon célibat. Béa, pour sa part, semblait soustraite de cette situation, et ce, même si elle était tout comme moi célibataire et hôtesse de l'air. Je savais que, d'une certaine façon, j'étais différente, mais je n'avais pas non plus le désir de changer, et Rachel essayait souvent de me faire entendre raison. Ce soir-là, encore une fois, la conversation s'engagea dans cette direction.

— Tu es allée où déjà aujourd'hui ? me demanda- t-elle.

— Rupert et moi, on est allés au Costa Rica, répondis-je avec une pointe de dégoût dans la voix, comme pour signifier que j'avais trouvé désagréable de voler.

— Ah ! C'est cool le Costa Rica ! Est-ce qu'il faisait chaud ? s'enquit Paule.

— Ça avait l'air très humide, mais je ne suis pas restée longtemps. Juste le temps de sortir la tête à l'extérieur deux minutes et de refermer la porte aussitôt pour respirer l'air sec pressurisé, répliquai-je piteusement.

J'avais pris l'habitude de parler ainsi de mon travail devant les filles, car je percevais toujours chez elles une envie à l'égard de mon emploi. En dénigrant mon métier, je sentais qu'elles ne me jalousaient plus autant et qu'elles se disaient qu'il était plus agréable pour elles de s'occuper des couches et des biberons que de voyager dans le monde entier. D'ailleurs, j'avais la curieuse impression que c'est ce qu'elles essayaient de me faire comprendre.

— Alors, Scarlett, as-tu rencontré quelqu'un récemment ? me demanda Paule.

— Les filles, vous le sauriez si j'avais rencontré quelqu'un.

— Oui, sûrement, mais tu ne penses pas que si tu continues d'être aussi exigeante envers les hommes tu ne trouveras personne ? me dit Rachel d'un ton moralisateur.

— Premièrement, je ne cherche pas, je laisse les choses se faire par elles-mêmes. Et deuxièmement, en quoi suis-je si exigeante, Rachel ? Parce que je ne couche pas avec n'importe qui, ça fait de moi une fille exigeante ? Béa est aussi célibataire, que je sache, et vous ne lui mettez pas sur le dos son célibat comme vous le faites avec moi ! m'exclamai-je.

Fatiguée par le vol et lassée des critiques répétées de mes copines, j'avais bien l'intention de remettre les pendules à l'heure ce soir, à cette minute même, à cette seconde précise. Maintenant.

— Béa n'est pas comme toi, Scarlett. Elle rencontre plein de monde et elle a toujours une nouvelle conquête au bras. Au moins, elle essaie. Toi, tu ne fais rien, renchérit Rachel.

Maintenant impliquée dans l'histoire, Béa n'eut d'autre choix que d'intervenir :

— Wô, les filles, je n'essaie pas, je prends du bon temps. C'est mon choix d'abaisser mes exigences pour m'amuser. Si je cherchais l'homme de ma vie, peut-être que je me laisserais guider par certains critères moi aussi, mais ce n'est pas le cas pour le moment. Je ne comprends pas en quoi le fait que Scarlett tienne compte d'un minimum de galanterie ou de ci ou de ça est un problème.

— Tu as juste vingt-six ans, Béa, tu es plus jeune que Scarlett et tu es loin d'être aussi exigeante qu'elle. Tu en as fréquenté des gars qui n'ouvraient pas les portes et ils n'étaient pas si idiots que ça. Nous les avons rencontrés et ils étaient très sympas… remarqua Paule.

— Et ça n'a pas fonctionné ! la coupa Béa.

— Calme-toi. On essaie seulement de comprendre ce qui cloche chez Scarlett, répliqua Rachel.

Cette dernière se tourna aussitôt vers moi.

— Si tes critères se résument à la galanterie, pourquoi tu refuses de rencontrer mon beau cousin ? Il les ouvre, les portes, et il est célibataire depuis plus d'un an, me précisa-t-elle.

— Parce qu'il a laissé sa femme alors qu'ils avaient un enfant ensemble ! Voilà pourquoi!

Venais-je vraiment de dire ça ? Jamais je ne m'étais exprimée sur cette question lorsque Rachel me parlait de son cousin Marc. Je me contentais de l'écouter. Je connaissais son histoire et je la désapprouvais. Il avait trompé sa femme plusieurs fois avec différentes filles. Elle ne s'en était pas doutée. Et puis, un jour, il l'avait laissée. C'était pour cette raison que je ne pourrais jamais sortir avec ce Marc. Je serais la plus jalouse des femmes. Pourquoi cet homme serait fidèle à une fille qu'il connaissait à peine alors qu'il ne l'avait pas été avec la mère de son enfant ? Je gardai mes pensées pour moi, mais Rachel entendait bien me faire la leçon.

— OK. Pour moi, c'est ça, être exigeante. Tu viens d'avoir vingt-neuf ans et bientôt tu en auras trente. Les hommes de notre âge ont déjà un passé, Scarlett. Et puis, au-delà de tes mystérieux critères, comment tu espères rencontrer quelqu'un alors que tu es toujours partie ?

Rachel ne m'avait jamais autant rabaissée. Pourquoi voulait-elle absolument que je fréquente quelqu'un ? Être célibataire faisait si pitié que ça ? On aurait dit que c'était le cas, parce que Paule hochait la tête à chaque parole qu'elle prononçait en signe d'approbation. Béa avait quant à elle les yeux sortis des orbites et les joues rouges de colère. Elle devait espérer que je mettrais un point final à ces fâcheux propos.

— Ben là, les filles, je n'en reviens pas ! Mêlez-vous donc de vos affaires ! Je suis exigeante ? J'ai déjà été en couple pendant cinq ans au cas où vous l'auriez oublié ! Je ne rejette pas les bons gars. Reste seulement à les rencontrer. Je suis prête à attendre. Et puis j'ai tout de même déniché mon emploi de rêve et il me convient parfaitement. Au moins, j'aime mon job. Si votre vie parfaite avec des couches vous plaît, tant mieux pour vous autres. Je ne vous fais pas la morale, alors ne me la faites pas non plus !

Je ne pouvais pas croire que mes amies me disent des choses pareilles. Elles me connaissaient depuis longtemps. Elles devaient bien savoir que j'avais toujours aimé voyager et que j'étais beaucoup plus épanouie depuis que j'étais devenue hôtesse de l'air. Pourquoi insinuaient-elles qu'il valait mieux que je me trouve un job quelconque afin qu'un nouvel amoureux puisse entrer dans ma vie ?

— Ne t'énerve pas comme ça, Scarlett, ce n'est pas ce qu'on voulait dire. Je voulais juste te faire comprendre que je ne crois pas à l'amour avec un grand « A » et qu'il faut parfois donner une chance aux coureurs, affirma Paule doucement.

Comment pouvais-je suivre ses conseils alors qu'elle-même n'avait jamais donné la moindre chance aux coureurs ? Paule avait rencontré son mari à dixhuit ans, ils s'étaient aimés, étaient devenus de bons amis, s'étaient installés dans un confort bien douillet et, avec le temps, elle avait dû se contenter de ce qu'il restait. Malheureusement, l'amour ne semblait plus y être. Je préférais donc continuer de rêver au grand amour. Au pire, me dis-je, cet amour avec un grand « A » que nous connaîtrions mon futur amoureux et moi se transformera peut-être en un amour avec un mini « a ».

Je ne désirais pas leur faire entendre raison. Paule et Rachel vivaient dans une autre réalité que Béa et moi. Par contre, je souhaitais tout de même mettre les choses au clair.

— Les filles, je comprends votre point de vue. Rachel, tu as rencontré ton chum sur un site internet. C'est une manière de procéder et j'admire ce que tu as fait, mais pour ma part, choisir mon chum dans un menu ne me branche pas. Je n'y crois pas. J'ai déniché un métier que j'aime. L'homme de ma vie viendra un jour, mais je n'ai pas l'intention de partir à la chasse par peur d'être seule. Je maintiens mes exigences. Désolée.

J'avais piqué leur curiosité. Elles me demandèrent de décrire davantage ces fameuses exigences. Elles semblaient enfin disposées à tenter de comprendre mon point de vue. Connaissant déjà ma liste secrète, Béa abaissa le menton pour m'inciter à la dévoiler. Si je voulais que mes amies cessent de me juger, peut-être devais-je leur révéler quelques-uns de ces critères de sélection qui me tenaient tant à cœur. Je me lançai :

— Pour être honnête, et bien que vous croyiez qu'être célibataire à mon âge est une honte, je reste convaincue qu'il vaut mieux être seule que mal accompagnée. Depuis que Béa et moi travaillons dans un avion, vous n'imaginez pas à quel point nous avons été témoins de comportements individualistes au sein des couples. Franchement, je n'aimerais pas devoir porter mon bébé et toutes les valises pendant que mon chum se rend à son siège les mains dans les poches. Tout comme je ne voudrais pas non plus qu'il porte tout tout seul. Un couple est une équipe et on devrait toujours s'entraider et considérer l'autre. Rachel, peut-être qu'en apparence ton cousin Marc est incroyablement séduisant et qu'il ouvre les portes, mais ce genre de galanterie s'apprend. Ce n'est pas parce qu'un homme tient la porte à une femme qu'il est nécessairement moins individualiste. Moi, ce que je remarque, ce sont ces gestes qui nous trahissent, ceux qu'on fait inconsciemment et qui dénotent clairement un manque de respect et de considération pour l'être aimé. Je me demande par exemple si ton cousin Marc passerait le Pepsi à sa blonde…

— Mais de quoi tu parles ? s'exclama Paule.

C'est vrai que les filles ne connaissaient pas les expériences auxquelles Béa et moi soumettions nos passagers pour rigoler un peu. J'expliquai en deux mots que tout avait commencé par hasard, lorsque nous avions remarqué certains gestes récurrents effectués par des membres de la gent masculine. Nous avions alors décidé de tester d'autres hommes pour voir s'ils agiraient pareillement. Je demandai à Béa de décrire ce test tout simple en me disant que, si ma colocataire appuyait cette théorie, Rachel et Paule commenceraient peut-être enfin à comprendre mon point de vue.

— Bon, c'est un test que nous avons appelé le « Test du verre de Pepsi pour la courtoisie ». Comme Scarlett l'a dit, nous n'avions jamais pensé à tester nos passagers, mais ils se sont eux-mêmes soumis à l'expérience et nous y avons pris goût. Maintenant, lorsque nous travaillons sur le même chariot et qu'un passager remplit les conditions nécessaires, nous le mettons en observation. La théorie est rarement démentie, assura Béa.

— J'aime bien le nom que vous avez donné à votre théorie révolution-
naire, mais c'est quoi exactement ? l'interrompit Rachel, impatiente.

— C'est simple. Nous affirmons que les hommes de notre génération,
qui s'avèrent donc être des prétendants potentiels pour Scarlett, sont en
général moins attentionnés envers leur dulcinée que ceux qui sont plus
âgés ou de nationalité espagnole, italienne ou française, par exemple,
déclara Béa.

— C'est un peu fort, votre théorie, mais j'avoue que certains gars de
notre âge sont moins enclins à payer l'addition au restaurant, remarqua
Paule, qui semblait assez d'accord avec nous.

— Et comment faites-vous pour tester vos cobayes ? Je ne crois pas
que VéoAir aimerait apprendre que vous faites des expérimentations
pendant vos heures de vol, dit Rachel, amusée.

— Eh bien, expliquai-je, nous les testons à leur insu lorsque nous
les servons. Pour faire l'expérience, nous devons d'abord choisir des
candidats. Premièrement, le candidat doit être un homme et il doit
être accompagné d'une femme, qu'elle soit son épouse, sa copine ou
sa maîtresse. Deuxièmement, ils doivent être installés l'un à côté
de l'autre. Troisièmement, il faut que l'homme soit assis près de
l'allée et que sa compagne soit ainsi plus éloignée de l'hôtesse de l'air.
Quatrièmement, le couple doit boire la même chose.

— OK, mais quel est le rapport entre la courtoisie et le Pepsi ?
demanda Rachel, qui n'arrivait pas à comprendre le sens de toute
cette histoire.

Je tâchai de clarifier :

— Imagine que ton chum et toi, vous êtes dans l'avion. Moi, je suis
votre hôtesse de l'air. Ton chum s'appelle Jonathan, comme dans la
réalité. De toute évidence, il remplit le premier critère qui veut que
le candidat soit un homme. Critère n° 1 respecté ! Ensuite, vous êtes
ensemble dans l'avion. Que vous soyez mariés ou conjoints de fait, je

m'en fiche. Il voyage avec toi, c'est ça l'important. Critère n° 2 respecté ! Toi, Rachel, tu es assise du côté hublot et Jonathan est assis près de l'allée. Critère n° 3 respecté ! Lorsque je passe avec mon chariot pour vous offrir une boisson, je vous regarde tous les deux et vous demande ce que vous aimeriez boire. Vous me répondez unanimement : « Du Pepsi. » Critère n° 4 respecté ! Et voilà, ton Jonathan est éligible ! Le test peut avoir lieu.

— Et si je ne bois que de l'eau ? blagua Rachel avec un sourire en coin.

— Que tu boives de l'eau, du café ou je ne sais quoi d'autre, l'important est que ton Jonathan prenne la même chose que toi. Sinon l'expérience ne fonctionne pas, répliquai-je.

— OK, OK. Alors, dis-moi, qu'est-ce que mon chum va faire de si horrible ?

— C'est là qu'il prouvera sa vraie nature, répondisje d'un air grave. Une fois que vous m'avez demandé du Pepsi, je verse ladite boisson dans le premier verre. Comme je suis dans l'allée, il m'est naturellement plus facile de le donner à la personne qui est assise près de moi, car elle m'est plus accessible. Et comme ça, j'évite de renverser du liquide sur les passagers. C'est une logique qui me semble évidente. Je pars du principe que tout le monde devrait comprendre ça et faire la distribution par la suite.

« Malheureusement, ce n'est pas le cas de tous, et surtout pas de ton Jonathan, poursuivis- je. Je lui donne donc le premier verre de Pepsi, parce qu'il est assis du côté de l'allée, mais aussi parce qu'il est soumis à l'épreuve. Je teste la considération qu'il témoigne à sa douce Rachel. Il t'aime, sans aucun doute, mais sait-il vraiment que tu existes ?

« Eh bien, il semblerait que non ! Ton chum prend le premier verre de Pepsi dans ses mains et il ne te le passe pas. Il le garde pour lui. Ce verre t'était pourtant destiné, belle éloignée. Pendant que Jonathan se trempe les lèvres dans le Pepsi glacé, toi, tu n'as toujours rien à boire. Finalement, au risque d'accrocher la tête de ton cher amoureux, j'allonge mon bras vers toi afin de te servir le second Pepsi. Et voilà, ton copain vient d'échouer au « Test du verre de Pepsi pour la courtoisie ». Alors, Rachel, aimerais-tu être accompagnée par ce Jonathan que je viens de dépeindre ?

— Bien sûr que non ! Mais mon chum n'est pas comme ça. Je te trouve dure de penser que si un homme ne passe pas le verre de Pepsi il ne mérite pas la moindre chance en amour, rétorqua Rachel qui, encore une fois, n'arrivait pas à voir le *big picture* de l'expérience.

— Est-ce que j'ai dit ça ? Je ne fais que t'exposer les observations que Béa et moi avons faites. C'était un exemple stupide pour te faire comprendre que les hommes d'aujourd'hui me semblent centrés sur euxmêmes et que c'est peut-être pour ça que je ne perds pas mon temps avec certains d'entre eux. À petite échelle, ce n'est pas bien grave, ce n'est qu'un verre de Pepsi, mais en société ou en couple, ne penser qu'à soi peut faire de gros dommages. Je me tiens loin de ce genre d'homme parce que je cherche l'amour et non pas à me divertir avec le premier mâle assis au bord de l'allée.

— C'est ridicule comme test, Scarlett. En tout cas, mon Jonathan, je l'aime comme il est, s'obstina Rachel.

Décidément, elle ne voulait rien comprendre. Je venais de lui dire que j'avais pris son chum en exemple pour l'aider à s'imaginer la situation. Je n'avais soudainement plus aucun désir de parler. Béa le remarqua et se mit à raconter ses histoires avec de riches conquêtes pour détourner l'attention.

Elle commença par décrire comment elle avait rencontré Damien, un milliardaire français. En escale dans la Ville lumière, elle s'était assise au comptoir d'un café parisien, un livre à la main, et il s'était tout simplement installé à ses côtés. Béa avait cet air espiègle qui attirait les hommes. Son regard perçant et sa bouche pulpeuse incitaient les gens à lui parler instinctivement. Damien avait quarante-cinq ans et était bel homme. Il lui avait offert du champagne toute la soirée. Ils avaient discuté de tout et de rien. Avant de lui dire au revoir, il lui avait proposé de venir sur son yacht ancré à Cannes. Pour Béa, c'était une occasion en or. Elle avait accepté l'invitation et, quelques semaines plus tard, elle passait six jours de rêve avec ce riche inconnu sur un énorme bateau au bord de la Méditerranée. J'admirais Béa pour son audace et je n'étais pas la seule. Paule et Rachel étaient absorbées par son récit.

— Wow, Béa, je n'en reviens pas que tu puisses être si ouverte. Quelle histoire ! Voilà ce qu'il faut dans la vie, être ouverte, affirma Rachel qui, sans nul doute, me lançait un message détourné.

— Comment pouvais-tu savoir que cet homme-là était correct ? demanda Paule, effarée. Tu aurais pu te faire violer ou tuer !

— Tu as raison, mais dès la première seconde où je lui ai parlé, j'ai su qu'il était une bonne personne. Cet homme transpirait la douceur. Et jusqu'ici, mon flair ne m'a jamais trompée.

Béa était convaincue de son affirmation et elle n'avait pas tort. La semaine qu'elle avait passée en France avait été extraordinaire, rien n'avait cloché.

Cette confiance inexpliquée qu'elle avait instantanément ressentie à l'égard de Damien, j'étais moi aussi persuadée de l'avoir éprouvée quelques heures plus tôt envers ce beau pilote. Mon instinct me disait que John avait un bon cœur. Je ne savais pas s'il était galant et je ne m'en souciais guère. Son énergie m'attirait et je ne pouvais pas expliquer pourquoi. À cet instant, perdue dans mes pensées, je souhaitais sincèrement pouvoir confirmer mon impression dans un avenir rapproché.

Chapitre 5

Montréal (YUL) – Nantes (NTE)

J'avais passé les jours suivants à la maison. Bien que, en tant qu'agente de bord de « réserve », je recevais un salaire pour un minimum d'heures volées, je n'avais pas été appelée du reste du mois. D'un côté, je m'en réjouissais, car je n'avais pas eu à effectuer ces heures de vol et elles m'étaient tout de même payées. Mais de l'autre, j'aurais aimé voler davantage pour avoir la chance de revoir mon mystérieux pilote. Et puis je commençais à me tourner les pouces à ne rien faire, car étant sur appel je devais demeurer disponible. Je ne pouvais donc pas m'éloigner trop longtemps de l'appartement afin d'être en mesure de me rendre à l'aéroport en moins de trois heures si j'étais contactée.

Février s'était terminé rapidement et j'avais volé davantage durant le mois de mars. Je fus même appelée pour effectuer des vols depuis Halifax pendant une semaine. J'aime cette ville et ses habitants. C'est peut-être la mer qui apporte cet aspect serein et chaleureux à ce coin de pays. Je m'y sens mieux que dans beaucoup d'autres villes dans le monde. Il y a des endroits qui vous charment sans raison évidente. Certains de mes collègues détestent Madrid, par exemple. Ils préfèrent Barcelone et je peux facilement comprendre pourquoi. Elle borde la mer et, grâce à ce cher Gaudi, l'architecture est à couper le souffle. J'aime bien cette ville, mais je préfère Madrid pour ses habitants qui font la fête à toute heure du jour, pour son odeur de jambon et pour toutes sortes de raisons que je ne peux expliquer. C'est tout simplement indescriptible. Nul doute, son aura me fait vibrer. Comme lorsqu'on tombe amoureux, ça ne s'explique pas, ça se ressent.

* * *

Après que j'eus passé l'hiver à faire des allersretours dans la même journée, la belle saison arriva enfin avec ses vols long-courriers à l'étranger. Pour la première fois en trois ans, j'obtins un horaire de vol fixe. Je savais maintenant à l'avance où j'allais partir. Je pouvais enfin planifier ma vie ! Loin d'avoir une routine de bureau telle que « je travaille de 9 heures à 17 heures du lundi au vendredi », j'avais tout de même la chance de prévoir mes activités en sachant les jours où je serais absente. En ayant un horaire, je pouvais même échanger des vols avec d'autres agents de bord. Si, par exemple, je n'avais obtenu que des vols vers Londres et qu'une collègue désirait se rendre dans la capitale britannique et moi dans une autre destination, j'avais la possibilité de modifier légèrement mon horaire à ma convenance.

C'est ce que Béa avait fait pour voler avec moi en ce mois de mai. Afin de fêter notre premier horaire fixe, elle avait échangé un vol pour m'accompagner à Paris, via Nantes. En résumé, nous effectuerions un vol entre Montréal et Nantes, en France, et par la suite nous nous rendrions en train vers la Ville lumière. Nous dormirions à Paris et, le lendemain, nous opérerions un vol vers Montréal.

C'était un courrier réparti sur trois jours, mais en réalité nous n'allions nous absenter qu'une quarantaine d'heures. Nous étions jeudi et le décollage était prévu pour 18 heures. Nous atterririons à Nantes vers 6 h 30 le lendemain matin et prendrions aussitôt le train. Nous arriverions à Paris vers les 11 heures, une heure parfaite pour faire une sieste satisfaisante et pouvoir ensuite déguster un bon repas sans presse. Tout allait pour le mieux.

Afin que nous ayons la chance de travailler ensemble, Béa avait choisi une position du côté droit à l'arrière de l'appareil. Elle était donc chargée, en cas d'urgence, d'ouvrir la porte arrière droite et elle devait s'occuper des passagers assis de ce côté de l'avion. Pour ma part, j'avais choisi d'être responsable de la porte droite située juste au-dessus des ailes. De cette façon, je pouvais travailler avec Béa, mais avec l'aide de l'hôtesse du côté gauche, je veillais aussi sur la grande majorité des passagers durant l'embarquement. Ce qui me déplaisait dans tout ça, ce n'était pas d'être entourée de passagers, mais plutôt ce que ma position centrale impliquait. J'avoue que certaines des tâches qui m'incombaient ne m'enchantaient pas spécialement.

Lors de cet embarquement, j'étais debout au milieu de la cabine avec ma collègue du côté gauche. Ne la connaissant pas, j'hésitais à lui faire la conversation. Je ne savais que dire, mis à part lui poser quelques questions de base.

— Désolée, je ne me souviens plus de ton nom, lui dis-je pour briser la glace.

Je l'avais vraiment oublié, et ce, à peine dix minutes après que nous ayons fait connaissance. J'ai toujours eu cette gênante habitude d'oublier le nom de mon interlocuteur lors de la première présentation. Par bonheur, ma collègue n'était pas soupe au lait.

— Ah ! Ne t'en fais pas ! Je m'appelle Nicole. Toi ?

— Scarlett, répondis-je, heureuse de constater qu'elle non plus ne se souvenait plus du mien. Ça fait longtemps que tu es dans la compagnie ?

— Onze ans.

— Wow ! Onze ans ! J'imagine que tu aimes vraiment ça après tout ce temps.

— Le job en tant que tel est OK, c'est le style de vie qui est incroyable. Quand je vole, j'ai l'impression que le temps passe si vite. Je ne réalise pas que je suis au bureau. Ça doit vouloir dire que j'aime encore ça. Surtout que je peux faire toutes mes heures le plus vite possible et, ensuite, être en congé pour le reste du mois. Je te mets au défi de trouver un job qui te donne deux semaines de congé par mois, tu n'en trouveras pas !

Elle avait bien raison : depuis que je travaillais dans l'aviation, le temps passait vite. Moi aussi j'étais tombée amoureuse de ce métier. Loin de m'être amourachée de mes passagers ou de mes maux de pieds intolérables causés par de longues heures à rester debout, j'adorais tout de même ma profession. Lorsque je partais voler, curieusement, j'avais l'impression que je revenais aussitôt. C'est vrai que je n'effectuais quasiment jamais de trajets long-courriers de huit jours, mais même dans ces cas-là, si l'équipage était agréable, le temps filait à la vitesse de l'éclair. Ne pas regarder sa montre en étant au bureau valait un prix d'or.

— C'est encourageant ! J'espère que j'apprécierai mon job autant que toi dans dix ans, répliquai-je avec un sourire avant de m'éclipser pour aider un passager avec son bagage.

* * *

Aider les passagers à placer leurs bagages à main dans les compartiments n'est pas une tâche qui m'importune. Je préfère d'ailleurs m'en charger, car je sais rapidement où les mettre pour ne pas tout encombrer.

Plus vite un bagage est rangé, plus vite le passager est assis, plus vite l'allée est dégagée, plus vite les autres voyageurs prennent place et plus vite l'avion peut décoller. Mieux vaut être proactive.

Vient ensuite le temps de refermer les compartiments et de m'assurer que tout est prêt pour le décollage. Durant cette tournée, je ne peux ignorer aucune de mes tâches, même celles que je ne porte guère dans mon cœur, en l'occurrence les *briefings* faits aux parents accompagnés d'un bébé !

Il y a beaucoup d'agents de bord qui adorent les nourrissons, qui les cajolent et même qui les bécotent. Mais moi, Scarlett Lambert, je ne porte aucun intérêt aux bébés des passagers. Je les trouve mignons, certes, sauf que les bébés des autres ne m'attirent pas. Je suis prête à les entendre pleurer par obligation, mais de là à jouer à l'hôtesse de l'air salvatrice qui détient LE remède pour calmer monsieur bébé, non merci !

Par contre, comme je suis responsable de la sécurité de tous, je me fais un devoir de m'assurer que bébé sera prêt pour le décollage dans les bras de maman ou de papa.

Ce jour-là, comme à l'accoutumée, je m'avançai vers l'une des familles qui avaient pris place dans l'avion. Je regardai le père et la mère droit dans les yeux et leur demandai sans chichis :

— Bonjour, avez-vous reçu les instructions pour savoir comment tenir votre enfant lors du décollage et de l'atterrissage ?

— Non, me répondirent-ils, peu attentifs à ma question.

— D'accord, je vais vous expliquer comment faire, alors, affirmai-je, décidée à leur livrer mon discours le plus rapidement possible.

Je me baissai à la hauteur de la mère pour ne pas parler trop fort. Je me mis à lui faire mon exposé, car c'était elle qui tenait le poupon. Je pris également bien soin de parler de « l'enfant » sans plus de précisions. À moins qu'un nourrisson ait des boucles d'oreilles et soit habillé tout en rose, je n'ai aucun flair pour déterminer le sexe des bébés. Ayant déjà été complètement à côté de la plaque, je ne prends dorénavant plus le risque de me tromper. Une petite fille s'appelle maintenant un « enfant ». Un petit gars s'appelle maintenant un « enfant ». Pas de genre. Pas de sexe. Tout le monde est content.

— Premièrement, vous ne devez pas attacher votre bébé avec la ceinture de sécurité. C'est à vous de tenir votre enfant.

La femme me regardait tranquillement. Le bébé aussi était calme et bavait à peine. Même pas de pleurs. Jusque-là, tout allait bien.

— Vous devez le tenir dans vos bras, contre votre corps, son visage vers vous, les jambes de chaque côté de votre buste, dans la position du rot, ajoutai-je.

À cet instant, sans crier gare, la femme ouvrit son chemisier et sortit son gros sein moelleux rempli de lait. Comme j'étais accroupie à la hauteur de sa poitrine, je vis parfaitement le mamelon brun prêt à accueillir la bouche du bébé qui, pourtant, n'avait pas encore chigné pour demander à boire. La femme continuait à me regarder dans les yeux tout en pointant machinalement son énorme lolo vers la bouche de son enfant. Gênée, je tâchai de reprendre mon discours comme si de rien n'était. « Il ne me reste plus que quelques phrases », me dis-je.

— Si, par malchance, une décompression survenait, des masques à oxygène tomberaient au-dessus de vos sièges…

Le bébé commença à téter en produisant un fort bruit de succion. Je pouvais entendre le filet de lait pénétrer dans sa minuscule bouche écarlate de nourrisson et j'avais un mal fou à ne pas poser mes yeux sur le sein de cette femme. Le bébé suçait à la perfection, mais la mère ne semblait pas satisfaite. Elle enleva alors son téton de la bouche de l'enfant. J'avais maintenant une vue panoramique sur son mamelon humide. Je poursuivis mon propos à la hâte :

— … Donc, s'il y avait une décompression, vous devriez mettre votre masque en premier et ensuite aider votre enfant.

J'avais presque terminé. Plus qu'une explication et je pourrais m'enfuir à tout jamais. Je me préparais à clore mon exposé quand mes yeux se posèrent encore une fois sur cette extrémité mammaire humide. Mon regard oscillait entre les yeux de la mère et son sein qu'elle tripotait. J'espérais qu'elle comprendrait qu'un sein tout mouillé me dérangeait et qu'elle aurait très bien pu patienter au lieu de me le faire jaillir en pleine figure. Je conclus avec un débit accéléré :

— Pour terminer, la table à langer est située dans les toilettes arrière. Je vous demande de jeter la couche dans la poubelle placée à côté du lavabo et non dans la cuvette. Merci !

Quel soulagement ! Je pouvais maintenant partir et ne plus revenir. Je me relevai avec l'impression que la mère voulait me rendre mal à l'aise. J'étais peut-être paranoïaque, mais n'empêche qu'au moment où je m'étais redressée elle n'avait pas hésité une seconde à rebrancher la bouche de son bébé sur sa tétine dégoulinante de lait frais. C'en était trop. « La prochaine fois, me dis-je tout en sachant que je n'oserais jamais le faire, je leur dirai de patienter une courte et modeste minute par respect pour mes yeux ! » L'allaitement ne m'avait jamais autant offusquée. Il faudrait des jours à mes rétines pour s'en remettre…

Je me dirigeai vers mon strapontin. J'étais encore sous le choc lorsque j'entendis l'annonce du commandant aux passagers.

— Bonjour, mesdames et messieurs, mon nom est John Ross et je serai votre commandant de bord aujourd'hui. Je serai assisté par le commandant en second Philippe Burns. Au nom de tout l'équipage, je vous souhaite la bienvenue à bord de ce vol VéoAir 322 à destination de Nantes. Le temps de vol aujourd'hui est de six heures et dix minutes, à une altitude de croisière de 37 000 pieds. Juste avant la descente vers Nantes, je vous reviendrai avec les conditions météorologiques. D'ici là, profitez du très bon service à bord. Merci et bon vol !

Avais-je bien entendu ? Le commandant qui m'avait tant intriguée quelques mois auparavant pilotait l'avion dans lequel je me trouvais ? Comment avais-je pu ne pas le remarquer ? Je me souvins alors que les pilotes ne s'étaient pas présentés directement à l'équipage ce jour-là.

C'était chose courante. Il arrivait souvent, pour des raisons d'efficacité, que le *briefing* du commandant ne soit donné qu'au directeur de vol pour être ensuite partagé avec le reste de l'équipage. Je n'appréciais guère cette procédure, désirant tout de même voir le visage de celui qui tenait ma vie entre ses mains, mais je l'acceptais, car je savais combien un décollage à l'heure pouvait nous épargner bien des ennuis.

Brusquement, j'oubliai ma mésaventure avec la femme au gros mamelon. Mon attention était désormais dirigée vers quelqu'un d'autre : mon discret commandant. Parée au décollage, je m'assis sur mon strapontin, le sourire aux lèvres, impatiente de revoir celui qui avait fait battre mon cœur sans même s'en apercevoir. « Peut-être qu'il me remarquera, cette foisci », me pris-je à espérer.

6

Chapitre 6

Nantes deadhead Paris (NTE dh CDG)

En sortant de l'avion, je montai avec le reste de l'équipage dans un autobus privé qui allait nous conduire à la gare afin de prendre un TGV pour Paris. Je pus voir pour la deuxième fois de ma vie celui qui me captivait tant. Je ne l'avais pas aperçu cette nuit-là, car il me semblait qu'il n'était sorti du cockpit qu'une seule fois pour aller aux toilettes. J'étais alors à l'arrière avec Béa à ranger des chariots. En entendant la sonnerie unique caractéristique d'un appel du poste de pilotage, je m'étais doutée que l'un des pilotes allait faire son entrée dans la cabine. Mais je me voyais mal cesser toute activité et courir vers l'avant pour vérifier si c'était bien mon commandant qui sortait du poste pour faire un brin de jasette à l'équipage. Surtout que Béa ignorait encore que j'étais fascinée par l'un de ces « prétentieux » pilotes. Elle aurait sans doute ri de l'ironie du sort et m'aurait rappelé ma dure opinion sur eux. J'avais donc décidé de demeurer à l'arrière pour vaquer à mes occupations. Inévitablement, j'allais voir John après le vol. Il me suffisait d'user d'un peu de patience.

Nous étions maintenant tous assis tranquilles dans l'autobus. Étrangement, les pilotes nous accompagnaient jusqu'à Paris. Bien souvent, une fois à destination, les pilotes et le reste de l'équipage se séparent. Mon commandant, par exemple, aurait très bien pu passer la nuit à Nantes sans nous et rejoindre son lieu d'affectation le lendemain. Mais à mon grand plaisir, ce n'était pas le cas ce jour-là. Par contre, John et son premier officier n'effectuaient pas le même vol de retour que moi vers Montréal. Ils se rendraient plutôt à Toronto accompagnés d'un autre équipage. J'étais tout de même heureuse, car j'aurais peut-être l'occasion de lui parler.

Une fois à la gare, nous nous dirigeâmes tous ensemble vers le wagon de notre train. Je m'assis à droite de John, de l'autre côté de l'allée. Béa parla quelques minutes avec le premier officier puis s'assoupit. Elle semblait le connaître. Ça pourrait m'être utile. D'autres membres d'équipage bavardaient discrètement pendant que, moi, j'observais mon voisin du coin de l'œil. Il regardait par la vitre les terres verdoyantes défiler au loin. Je trouvais étrange qu'il me plaise autant, car il ne correspondait pas à mon idéal. Rien de tout cela ne tournait rond. Où était passée mon attirance pour les grands bruns bien bâtis et bavards ? Aux oubliettes, certainement, car John était discret et silencieux. Ses cheveux étaient châtain clair et il n'était ni très grand ni très musclé, mais il dégageait une virilité impossible à ignorer. Ses mains étaient massives, fortes et puissantes. Mon imagination faisait déjà des siennes. Son regard était noir et profond, mais doux. Sa prestance et son charisme, que j'étais peut-être la seule à percevoir, m'envoûtaient. Il devait être dans la trentaine avancée. Je fantasmais sur un homme.

Un vrai.

Il avait l'air crevé et il ne m'avait même pas remarquée. Pour tout dire, nous n'avions échangé ni un sourire ni même un regard depuis que je l'avais aperçu pour la première fois au Costa Rica. Décidément, je n'avais aucun moyen de lui parler. Il était temps de dormir. « Une fois à Paris, me dis-je, je ne laisserai pas ma chance me glisser si facilement entre les doigts. »

* * *

Comme d'habitude, un chauffeur nous attendait à notre arrivée à la gare Montparnasse. Nous montâmes dans un nouveau bus, tous impatients de parvenir enfin à notre hôtel. Je me réveillai brusquement lorsque le bus s'immobilisa sur le quai des Grands-Augustins, l'une des rues longeant la Seine. La fatigue m'avait emportée à mon insu. J'étais pourtant restée assise bien droite, mais ma tête s'était posée sur le rebord de la vitre et j'avais senti ma bouche s'entrouvrir légèrement. Ma joue, moulée dans le coin de la fenêtre, avait décidé d'épouser joyeusement cette forme. Une large marque creusait ma pommette. « Très glamour que d'être hôtesse de l'air. Oui, très glamour », me dis-je.

Il faut dire qu'avant d'être dans l'aviation je ne connaissais pas l'épuisement. J'avais bien sûr déjà passé des nuits blanches à faire la fête avec des amis, mais ce n'était pas de la fatigue, loin de là. Après un vol, et surtout un vol de nuit, je peux m'endormir en un claquement de doigts. Je n'ai même pas besoin d'un lit ni d'un oreiller. Seulement d'un appui.

Être agent de bord, c'est accepter d'être si fatigué que lorsqu'on est secoué on ne se réveille même pas. Souvent, l'équipage se donne rendez-vous pour le souper. Sans surprise, certains ne se présentent tout simplement pas au point de rencontre. Non qu'ils ne désirent pas nous voir ni qu'ils ne veulent pas manger, c'est seulement qu'ils ont passé tout droit, la fatigue les ayant emportés.

Tout en m'évertuant à effacer cette profonde empreinte de coin de vitre sur ma joue, je pensais à une manigance pour approcher mon pilote. John était au comptoir de l'hôtel avec le directeur de vol et l'aidait à récupérer les clés des chambres. Je vis alors Béa qui jasait encore avec Philippe, le premier officier. Je m'avançai vers eux pour écouter la conversation. Soudain, ma chance se présenta sans que je l'aie provoquée.

— Vous prévoyez aller manger quelque part ce soir ? demanda Philippe à ma craquante Béa.

— Eh bien, je ne sais pas, dit-elle, incertaine de ce qu'elle devait répondre.

Sachant très bien qu'elle et moi mangerions ensemble et présumant que je ne souhaitais probablement pas déguster mon repas avec un « prétentieux » pilote, elle posa son regard sur moi dans l'espoir de lire une réponse sur mon expression faciale. J'acquiesçai alors d'un air complètement détendu. Surprise et incrédule devant ma soudaine ouverture d'esprit, Béa me posa directement la question :

— Qu'est-ce qu'on fait ce soir, Scarlett ?

Elle m'adressa un sourire étrange, l'air de dire : « Tu choisis, mais j'aimerais vraiment qu'il vienne parce qu'il m'intéresse celui-là. »

— Eh bien, oui, on pourrait aller souper ensemble, dis-je. Le commandant viendrait aussi, je suppose ? m'empressai-je de demander innocemment au premier officier.

— Bien sûr, nous avons déjà convenu de nous retrouver vers 18 heures dans le hall. Ça vous va ?

— C'est parfait pour nous ! affirmai-je. On se voit à 18 heures, alors. Bonne sieste et à tantôt !

Je me tournai vers Béa pour m'assurer que ça lui convenait. Elle avait l'air très heureuse que j'aie accepté cette proposition, mais je compris aussi à son regard que je lui devais des explications sur mon revirement subit.

Nous prîmes les clés de nos chambres respectives et nous montâmes dans l'ascenseur.

— Qu'est-ce qui t'a pris tout à l'heure, Scarlett ? m'interrogea-t-elle sur le ton de la confidence pour que je lui dévoile mon secret.

— Tu vas rire de moi si je te le dis ! m'exclamai-je en ricanant.

— Ben non, franchement ! Je ne suis pas dupe. Je sais que tu n'apprécies pas la compagnie des pilotes, et là, tu as accepté l'invitation en un rien de temps.

Qu'est-ce qui se passe ? insista-t-elle.

Je gardai le silence, ce qui apeura Béa.

— Tu n'as pas un œil sur Philippe, par hasard ?

— Ben non ! Je te le laisse. C'est plutôt l'autre qui me plaît ! déclarai-je enfin.

— Wô ! Qu'est-ce qui t'arrive ? Tu es devenue folle ou quoi ? Toi, un pilote ! Suzie, sors de ce corps ! blagua Béa.

Elle n'en croyait pas ses oreilles. Moi, Scarlett, m'intéresser à un commandant ? Étais-je soudainement possédée par Suzie, la mangeuse de pilotes ? Béa se bidonnait. Ma confession la ravissait, c'était le moins qu'on puisse dire. La porte de l'ascenseur s'ouvrit sur mon étage. Je m'empressai alors de clore le sujet :

— Écoute, Béa, je ne le connais pas et je ne lui ai même pas encore adressé la parole. Il me plaît et je ne sais pas trop pourquoi, alors je te demanderais de ne pas faire allusion ce soir à ce que je viens de te dire. On passe une belle soirée et on verra comment les choses vont tourner. Peut-être qu'après trois mots il ne me plaira même plus. OK ?

— Bien sûr, Scarlett, je garde ça pour moi. Je ne vais tout de même pas gâcher l'une des rares occasions où un homme te plaît, me rassura-t-elle. Va faire ta sieste.

Tout va bien se passer. À tout à l'heure !

Je la remerciai et rejoignis ma chambre aussitôt.

Lorsque j'y entrai, l'air conditionné était au maximum. Étant déjà gelée jusqu'aux os à cause de la fatigue et de l'air froid de l'avion, je le baissai au plus vite. Puis, comme après chaque vol, je me préparai pour la douche. Je jetai mes valises sur le bureau et sur le porte-bagages qui se trouvait près du mur. Je pris bien soin de ne rien mettre au sol mis à part mes talons hauts. Ce tapis pouvait bien sembler propre, mais il ne l'était probablement pas. J'enlevai ensuite mon uniforme et l'accrochai sur un cintre afin qu'il ne se froisse pas.

Je sautai sous la douche. L'eau chaude me fit le plus grand bien. Je me mis alors à penser, avec le peu d'énergie qu'il me restait, à la soirée que je m'apprêtais à vivre. J'avais hâte de parler à John et d'en savoir davantage à son sujet. Je songeai à cette soirée jusqu'au moment de me mettre au lit. Je fermai les rideaux afin d'empêcher la lumière éblouissante du jour parisien d'entrer dans ma chambre et réglai le réveil de mon iPhone pour 16 heures. Dormir quatre heures me semblait raisonnable, car plus je restais couchée, plus il m'était difficile de me rendormir ensuite pour la nuit. Confortablement bordée par les draps blancs du lit, je sombrai dans un profond sommeil.

* * *

— Coin-coin ! Coin-coin ! Coin-coin !

Le petit canard me réveilla. Comment ne pas ouvrir les yeux en entendant une telle sonnerie ? Je n'avais pas le choix de régler mon réveil en mode « canard », parce qu'une douce harpe ne m'aurait même pas fait broncher.

— Allez, lève-toi, me dis-je tout haut.

De peine et de misère, je sortis mes jambes lourdes du lit. Je me sentais comme droguée par la fatigue. Par contre, je savais qu'après ma demi-heure de jogging je retrouverais toute l'énergie nécessaire pour profiter de la soirée. Je m'habillai rapidement pour entreprendre ma routine parisienne.

Je me souviendrai toujours de mon entrevue d'embauche chez VéoAir, durant laquelle l'intervieweur m'a demandé pourquoi je désirais devenir agente de bord. Parmi toutes les réponses que je lui ai données, l'une d'elles a été que je n'aimais pas la routine. Ce métier était assurément fait pour moi.

Pourtant, tout être humain, aussi volage qu'il soit, a besoin d'une routine. Notre corps l'exige au bout d'un moment. À Rome, j'ai ma routine, à Vancouver aussi. À Paris également. Je l'apprécie. Je la demande. Et c'est pour ça que, normalement, nous conservons les mêmes hôtels d'équipage. Ainsi, nous pouvons nous sentir, d'une certaine façon, à la maison.

Ce jour-là ne faisait pas exception. Notre hôtel étant situé dans l'un des plus beaux quartiers parisiens, Saint-Germain-des-Prés, je ne pouvais pas m'en plaindre. Je partis jogger sur le bord de la Seine. Béa ne m'accompagnait pas. Elle préférait le yoga. Quelques minutes suffirent à me revigorer. À mon retour, je sautai à nouveau sous la douche et, après m'être habillée confortablement, je descendis dans le hall de l'hôtel et dégustai un expresso. Je partis ensuite déambuler dans les ruelles avoisinantes pour faire mes courses. Je n'avais qu'une heure devant moi, il me fallait donc être efficace. Je passai faire un tour à la librairie Taschen sur la rue de Buci. J'adore leurs bouquins, car certains contiennent les œuvres des plus grands photographes en format géant. D'autres portent sur des thèmes aussi insolites que les grosses poitrines. Un arrêt était donc obligatoire.

Je me dirigeai ensuite vers quelques-unes de mes boutiques favorites pour voir s'il y avait de nouveaux arrivages. Je dénichai de jolis pantalons au style bohème à très bon prix. En passant sur le boulevard Saint-Germain, j'admirai l'église qui se trouvait à ma droite. Puis je me perdis un instant dans les rues transversales avant de me rendre à l'épicerie. Je passai devant la boutique des succulents macarons Ladurée sur la rue Bonaparte. À voir la file d'attente, je n'eus d'autre choix que de poursuivre ma route et je gagnai le Monoprix afin de me procurer une salade pour le vol de retour. J'en profitai pour m'acheter des délicieux yogourts et quelques fromages français. En attendant à la caisse, je regardai ma montre. Il était 17 h 30. Je devais vite retourner à l'hôtel ; il ne fallait surtout pas que je rate mon rendez-vous.

* * *

Après avoir déposé ma nourriture dans le miniréfrigérateur de ma chambre, j'enfilai rapidement mon nouveau pantalon bouffant. Il avait été confectionné dans un tissu léger et soyeux, et sur l'étiquette était inscrit FABRIQUÉ EN FRANCE. Voilà l'une des raisons pour lesquelles j'avais précisément opté pour ce modèle-là. Il me donnait aussi un look à la fois décontracté et stylé comme je l'aimais. Je l'agençai avec mon t-shirt passe-partout. Je jetai ensuite un dernier coup d'œil à mon reflet dans le miroir afin de m'assurer que ma promenade ne m'avait pas ébouriffé les cheveux. Tout était parfait. Je me sentais moi-même et c'était l'important. Je descendis alors dans le hall.

À mon arrivée, Béa était déjà là, assise sur un sofa bleu ciel. Elle semblait envoûtée par les paroles de son beau pilote Philippe qui discutait avec John. Je m'avançai avec un sourire timide.

— Allo, vous autres ! Bien dormi ? demandai-je instinctivement.

Je ne m'attendais pas à une réponse détaillée de leur part, car poser cette question à un agent de bord ou à un pilote revient à leur demander le traditionnel « Ça va ? » dont personne ne se soucie de la réponse.

— Oui, bien. Toi ? dirent-ils à l'unisson.

— Oui, merci ! répondis-je machinalement. En passant, je m'appelle Scarlett, ajoutai-je en regardant le premier officier et le commandant.

— Salut, Scarlett. Moi, c'est Philippe.

Je me tournai alors vers John pour qu'il se présente à son tour.

— Moi, c'est John. Enchanté, Scarlett, me dit-il avec le plus beau des sourires qu'il m'ait été donné de voir.

— Où avez-vous prévu aller manger ? demandai-je au premier officier, trop gênée pour m'adresser au commandant.

— On avait pensé aller dans un resto que je connais bien. C'est très bon et il y a une terrasse.

— C'est vrai qu'une terrasse serait cool avec le temps qu'il fait, remarquai-je.

— Parfait, alors. Allons-y ! déclara Philippe.

Nous le suivîmes sans rien ajouter. Pour éviter tout problème, un leader devait prendre les choses en mains. Combien de fois nous étions-nous donné rendez-vous pour manger tous ensemble avant que l'équipage finisse par se diviser ou visiter plusieurs adresses afin de satisfaire tout le groupe ? Du coup, lorsque l'un de nous affirmait connaître un resto, personne ne s'aventurait à le contredire tant qu'il maintenait ses convictions. Comme un troupeau de moutons, nous le suivions vers la destination suggérée. Par contre, s'il fallait qu'il se mette à douter de son choix d'établissement pour plaire à tout le monde, alors là le chaos s'installait aussitôt. « Ben là, c'est encore loin ton resto ? » « Moi, je connais un endroit pas cher. » « J'aurais aimé manger de la paella. » « Honnêtement, des tapas, ça ne me tente pas trop. » Les doutes venaient semer la panique et, comme dans un avion, celle-ci était contagieuse.

Heureusement, ce n'était pas le cas ce jour-là. Tout allait pour le mieux, car notre leader avait confiance en ses capacités de guide culinaire. Une confiance exagérée, comme celle d'un pilote. Ah ! Mais tiens donc, c'est qu'il était pilote, voilà pourquoi !

Tandis que nous nous dirigions vers le restaurant, deux groupes se formèrent naturellement. L'un était formé de Béa et Philippe, et l'autre, de John et moi. En marchant sur le boulevard Saint-Michel, je remarquai que John s'était placé du côté de la rue. Je ne savais pas s'il l'avait fait exprès, mais j'appréciais cette galanterie. Béa était à l'avant avec le premier officier. Nous les suivions de près, mais je ne pouvais pas entendre leur conversation. John et moi nous mîmes à parler de tout et de rien. La discussion était amicale. Je lui posai ma question brise-glace favorite :

— Ça fait longtemps que tu es dans la compagnie ?

— Dix ans déjà, et toi ?

— Trois ans. Je trouve aussi que le temps a passé vite. Tu faisais quoi avant VéoAir ? le relançai-je avec ma deuxième question brise-glace.

Tout le monde a un passé et j'ai toujours été intriguée par celui de mes pairs. Certains ont des enfants, une famille, et puis un jour, réalisant qu'ils ont toujours voulu être agents de bord, ils ont postulé. D'autres ont été infirmiers. Fatigués du système de santé, ils ont décidé de profiter de la vie tout en prenant soin des autres. Parmi mes collègues, il y a aussi une styliste et une championne sportive canadienne. Les agents de bord sont issus de milieux plus différents les uns que les autres. Plusieurs ont des diplômes universitaires en droit, en administration ou en enseignement et travaillent dans l'aviation par choix. Peut-être les passagers poseraient-ils un regard différent sur nous s'ils le savaient...

Pour les pilotes, avant VéoAir, la plupart avaient volé loin dans la toundra, là où il n'existe que des caribous et quelques arbres rabougris. D'autres avaient piloté des jets privés pour de riches clients en pays étrangers. Il y avait aussi les retraités de l'armée qui, pour se tenir en forme, volaient maintenant à temps plein sur nos ailes. Qu'en était-il de John ?

— Eh bien, j'étais dans le Nord, me dit-il. J'ai passé des années à piloter pour une petite compagnie là-bas. J'accompagnais souvent des géologues qui devaient analyser la composition du sol. En survolant les terres, ils pouvaient, avec leur machine, savoir si elles contenaient de l'or ou un autre métal. Moi, je volais, c'est ce qui m'importait.

Je n'avais jamais entendu parler de cette technique. Bien que tout ça soit instructif, je ne désirais pas vraiment en apprendre davantage sur le sujet. Je souhaitais plutôt en savoir plus sur lui, sur sa vie.

— Intéressant. Tu passais combien de temps perdu dans les bois ?

Tu devais trouver le temps long…

— Je restais trois mois là-bas et, ensuite, je rentrais deux semaines chez moi pour retrouver l'espèce humaine. Après trois mois, j'avais besoin de voir du monde, des femmes, je ne peux pas le cacher. Malgré tout, j'adorais voler dans le Nord. C'était le calme plat. La sainte paix. Rien que le hurlement des loups. Ça n'avait pas de prix.

En l'écoutant, je m'imprégnais de ses mots et de ses pensées. Étant originaire des Laurentides, j'adorais moi aussi la nature. D'ailleurs, je me demandais d'où il venait.

— Ross, c'est de quelle région, ça ?

— D'Irlande. Mon père est irlandais et ma mère est québécoise.

— Ah ! C'est pour ça, ton petit accent ?

— À peine perceptible, non ? dit-il, visiblement fier de bien parler le français.

— Oh ! Oui ! Tu parles très bien ! J'espère que je ne t'ai pas insulté, répliquai-je, inquiète.

— Juste un peu ! blagua-t-il en affichant un sourire désarmant.

L'entendre parler me confirmait tranquillement le bien-fondé de mon attirance inexpliquée. J'espérais tellement que rien ne clocherait d'ici à la fin de la soirée, car pour une fois quelqu'un m'intéressait.

— Scarlett, ça vient d'où, ça ? me relança-t-il.

— D'une mode ridicule des années 80 !

— Je ne comprends pas…

— Justement, moi non plus ! ris-je avant d'apporter plus d'explications. Ma mère est québécoise et elle ne parle pas l'anglais. Mon père non plus. Malgré ça, ils ont décidé de me donner un prénom anglophone pour faire « international » ! Sérieusement, qu'est-ce que « Scarlett » peut bien faire avec « Lambert » ? C'est un horrible agencement de prénom et de nom de famille. Tu ne trouves pas ?

— Euh ! J'aime bien « Scarlett » et « Lambert » aussi.

Mais ensemble, tu as raison, ce n'est pas l'idéal.

— C'est ça ! C'est horrible !

— Et c'est une mode, ça ?

— Je ne sais pas pourquoi, mais des Johnny Drouin et des Kevin Pomerleau, j'en avais plein dans mes classes de primaire. Les gens devraient réfléchir un peu plus avant de nommer leurs enfants !

— Wow ! Tu es véritablement révoltée ! En tout cas, tu es devenue internationale, mademoiselle Scarlett l'hôtesse de l'air, m'annonça-t-il avec un éclat de rire.

— C'est vrai ! Merci de m'encourager, monsieur le pilote ! fis-je avant de rougir de gêne.

Après seulement quelques minutes de marche, nous arrivâmes devant un restaurant nommé Le Pré Verre. Nous nous installâmes à la terrasse. Béa s'assit devant moi, Philippe à mes côtés et John en face de lui, dans ma diagonale. Nous commandâmes d'abord une bouteille de vin rouge suggérée par notre serveur. Après quelques gorgées, je me dégênai enfin. Je n'avais pas à être timide, d'autant qu'il n'y avait eu aucun rapprochement. Je n'arrivais pas à savoir si l'attirance était réciproque. Je voyais bien que Béa plaisait à Philippe, mais à l'inverse John ne m'avait donné aucun signe précis, bien que je sentais que la chimie était là.

Pendant le souper, sans surprise, nous parlâmes d'avions, de passagers et de potins concernant nos collègues. John riait avec nous mais demeurait discret, n'intervenant que pour donner son avis ou ajouter une information pertinente. À un moment donné, peutêtre en raison de notre trop grande consommation d'alcool, la conversation bifurqua vers une autre direction : le démon de midi.

— Est-ce que c'est vrai que les hommes commencent à vouloir aller voir ailleurs lorsqu'ils approchent de la quarantaine ? demanda Béa dans le but évident de tâter le terrain auprès de son Philippe.

— Euh, John pourrait peut-être vous en parler ?
rétorqua le premier officier pour esquiver la question.

De toute façon, nous apprendrions plus tard que Philippe n'avait que trente-quatre ans et était célibataire, alors comment aurait-il pu répondre ? Wô là ! Un petit instant ! Si Philippe refilait la question à John, est-ce que ça voulait dire que ce dernier était en couple ? Je m'alarmai. Déjà, je sentais la déception m'envahir. J'allais avoir ma réponse incessamment.

— Ah ! Le démon de midi ! Eh bien, j'ai trente-neuf ans et, curieusement, plus je me rapproche de quarante, plus j'ai l'impression que je pense différemment, affirma John.

Je venais d'apprendre son âge, et selon moi, vu sa belle gueule, il était impossible qu'il soit célibataire. Je devais en avoir le cœur net.

— Et ça fait longtemps que tu es avec ta blonde ? lui demandai-je sans retenue.

« Voilà, d'ici une seconde, j'aurai tous les détails de sa vie », pensai-je.

— Huit ans. Ce n'est pas tant ma femme ni mes enfants qui me font vivre ce fameux démon de midi. C'est plutôt un mélange de tout ce qui se passe dans ma vie, nous confia John naturellement.

Je voulais m'évanouir. Une femme ? Mais où était passée son alliance ? Peut-être ne la portait-il pas par peur de la perdre ? Peu importe, tout l'intérêt que je témoignais à mon beau commandant n'avait d'autre choix que de disparaître immédiatement. Non seulement il était en couple depuis huit ans, mais il venait de m entionner qu'il avait des enfants. Des enfants !

Pas un, mais DES enfants ! Le « des » évoquant officiellement le pluriel, John en avait donc au moins deux. Possiblement plus ! Le désastre ! Comment avais-je pu m'intéresser autant à un homme dont je ne connaissais rien et qui, de surcroît, était un pilote ? Malheureusement, l'attirance ne s'expliquant pas, je ne pouvais nullement m'en vouloir d'avoir été séduite par lui. Je serais déçue une journée ou deux et, ensuite, je passerais à autre chose. Enfin, c'est ce que j'espérais.

J'avais soudainement le goût de retourner à l'hôtel, mais Béa, après m'avoir jeté un regard chagriné, entreprit de soutirer à John un quelconque aveu d'infidélité pour restaurer mon humeur. Me connaissant, elle aurait dû savoir que toutes mes espérances étaient maintenant anéanties et que, même s'il était prêt à batifoler, je ne m'embarquerais jamais dans une telle aventure. Néanmoins, elle lança avec la détermination d'un Sherlock Holmes :

— À ce qu'on dit, le démon de midi n'a rien à voir avec le fait de penser différemment. Les hommes veulent tout simplement courir la galipette avec des filles plus jeunes. Ils veulent sauter la clôture, voilà tout ! Pas toi, John ?

— Euh, la crise de la quarantaine peut impliquer un désir d'aller voir ailleurs, mais pas forcément. En fait, pour ma part, je remets beaucoup de choses en cause. J'ai l'impression que je n'en ai pas fait suffisamment dans le passé et je veux seulement que les prochaines années s'écoulent autrement. Certains souhaitent se remettre en forme ou s'adonner à des activités qui leur plaisent. Mettons qu'en ce qui me concerne je veux penser plus à moi, affirma-t-il sincèrement.

J'appréciais son honnêteté. Il n'avait pas esquivé la question, car il devait se douter que Béa et moi allions fouiner davantage s'il ne disait rien. Et il n'avait pas tort. Nous étions agentes de bord, il ne fallait pas l'oublier. Entre membres d'équipage, nous abordions souvent des sujets très personnels. Nous étions, en quelque sorte, une grande famille. Seul bémol : cette famille ne gardait rien pour elle. Elle répétait tout aussitôt l'avion atterri. En tout cas, John n'avait rien confié de très juteux. Tout allait donc rester bien tapi sous cette table parisienne. Et puis il n'avait rien dit de compromettant à propos de l'infidélité. J'en étais satisfaite. Au moins, j'avais eu le béguin pour un gars correct.

La conversation fut prise en charge par Philippe, soudain décidé à nous faire part de son avis.

— Eh bien, moi, je crois qu'aller voir ailleurs de temps en temps peut sauver bien des couples, déclarat-il, le torse gonflé. J'ai déjà trompé mon ex-blonde, et quand je le lui ai dit, elle a compris parce que ça avait positivement joué sur mon humeur. Une fois par-ci par-là, ça ne fait de mal à personne.

Je ne pouvais pas en croire mes oreilles. Voilà que Pilote-salopard voulait nous convaincre des effets positifs de l'adultère. Si c'était son opinion, il n'était pas fait pour Béa, car elle croyait tout de même à la fidélité. Elle me regarda, indifférente à ses propos. Je compris qu'elle venait de classer Philippe au rang de ses nombreuses conquêtes nocturnes. Une nuit en valait peut-être la peine. Maximum deux.

Je ne pus m'empêcher d'attiser le feu légèrement :

— En passant, tu n'es plus avec elle ! (« Idiot ! ») Alors je ne vois pas comment tu peux affirmer que tromper l'être aimé à l'occasion sauve des couples. Et puis, tu as pensé à son humeur à elle en lui avouant ton infidélité ? Au lieu de te demander ce qui ne fonctionnait pas entre vous deux, tu as préféré mettre le problème sur le compte de ta libido. C'est vraiment lâche de ta part.

Décidément, ce débat n'allait pas améliorer la soirée. Je regardai notre serveur et lui demandai l'addition. Je voulais déguerpir au plus vite. Je laissai Pilotesalopard se justifier pendant quelques minutes. Béa ne cherchait pas à en rajouter. John, pour sa part, écoutait son premier officier et rigolait avec lui de sa philosophie libertine. Je comprenais bien le regard qu'il posait sur lui. Il n'adhérait pas à sa conception des relations amoureuses, mais comme Philippe s'exprimait avec une assurance et une confiance démesurées, ça l'amusait. Son premier officier agissait en quelque sorte comme le gars qui détaille ses histoires de cul dans un vestiaire de hockey pour impressionner les autres joueurs. C'était divertissant, mais stupide. Ma chambre d'hôtel m'attendait.

Lorsque l'addition arriva, John se chargea de payer les bouteilles de vin avec Philippe. Ce fut très apprécié, car bien que les pilotes gagnent largement plus que les agents de bord, ils n'offrent que très rarement le vin. Ce soir, pilote n'était pas synonyme de radin. Nous nous dirigeâmes alors vers l'hôtel. Malgré tout, j'aurais aimé prolonger ma soirée avec John, même si aucun rapprochement n'était possible. Son énergie m'hypnotisait. À mon grand désespoir…

Quand nous parvînmes devant la porte de l'hôtel, Philippe proposa de marcher près de la Seine. « Si John y va, j'irai », pensai-je. Hélas, il refusa, préférant retourner à sa chambre afin de se reposer pour le vol du lendemain. N'ayant plus d'intérêt pour cette promenade au bord de l'eau, je déclinai également l'invitation et je laissai Béa dans les bras de Pilote-salopard.

Je pénétrai dans le hall de l'hôtel en m'assurant bien de devancer John de quelques pieds pour montrer mon désintérêt à son égard. Je filai directement vers les ascenseurs en m'imaginant qu'il me suivrait. Mais sa chambre étant située dans une aile différente du bâtiment, ce ne pouvait être le cas. Je l'entendis alors me souhaiter bonne nuit de sa voix ferme et envoûtante. Incapable de répondre quoi que ce soit, je ne dis rien. Du coin de l'œil, je pus voir sa silhouette figée derrière moi dans l'attente d'un « bonne nuit » réciproque. Devant mon silence, il finit par tourner les talons. À cet instant, sachant que je n'aurais pas l'occasion de voler avec lui le lendemain, j'imprimai dans mes souvenirs cette ombre remplie de charme qui s'éloignait. Seul l'avenir me dirait si je la reverrais bientôt. Malgré moi, j'espérais que ce jour viendrait, et vite.

7

Chapitre 7

Montréal (YUL) – Paris (CDG) – Québec (YQB) – Toronto (YYZ) – Barcelone (BCN)

Ayant été très occupée à voler tout l'été, j'avais enfoui mon béguin pour mon commandant loin dans mes pensées et je ne m'attendais pas à ce qu'il resurgisse de sitôt. En seulement quelques mois, j'avais voyagé aussi loin que la Turquie et j'avais visité les plus belles villes d'Europe. Avec un horaire défini qui me faisait partir jusqu'à une semaine entière, j'avais perdu la notion du temps et je fonctionnais maintenant avec la bonne vieille méthode des dates du calendrier pour planifier mes sorties.

— Tu es libre samedi prochain ? me demandaient mes amis.

— Non, si c'est un samedi, c'est certain que je travaille.

— Alors jeudi prochain ? me relançaient-ils.

— C'est quelle date, ça ? Le 19 ? Oui, je pense que je suis libre.

Et puis, en regardant mon agenda, je réalisais que je revenais le 19 à 18 heures. Je serais sûrement très fatiguée après mon vol. Et comme, de surcroît, un retard pouvait survenir, je préférais finalement ne rien planifier.

Je n'avais pas revu Paule et Rachel, mes copines mamans, depuis notre dernière rencontre en février. Elles avaient bien organisé un barbecue durant un chaud week-end de juillet, mais encore une fois je volais et je n'avais pu faire acte de présence. J'étais loin d'en être peinée.

Quant à Béa, elle avait revu son pilote trois fois, mais avait ensuite cessé toute liaison lorsque, durant un vol, une collègue avait raconté qu'elle s'était « amusée » avec un certain Philippe Burns, premier officier de son état. Béa n'avait pas fait de scandale, mais ne désirant pas être l'hôtesse de l'air n° 50 sur la longue liste de ses trophées, elle avait aussitôt coupé les ponts avec Pilotesalopard. Je m'en étais évidemment réjouie.

Rupert-porte-malheur, lui, nous fit rire tout l'été avec ses histoires rocambolesques. Un jour, un passager malade avait déversé tout son repas digéré sur son bel uniforme en se dirigeant vers les toilettes. Une autre fois, Rupert avait dû s'interposer entre deux passagères frustrées qui étaient prêtes à se bagarrer pour l'accoudoir qu'elles ne voulaient pas partager. Il y avait aussi eu cette situation où un homme était tellement soûl qu'il s'était transformé en fou à lier. Les procédures pour protéger le poste de pilotage avaient donc été appliquées et l'avion avait atterri à mi-parcours en Islande pour se débarrasser du passager nuisible.

Je ne pourrai jamais prouver scientifiquement que Rupert attire le malheur sur les avions qu'il prend, mais je suis convaincue qu'il en fut à l'origine en ce jour du mois d'août où il fit partie de mon équipage. Qui plus est, mon charmant pilote allait être témoin de notre mésaventure.

* * *

Pour moi, une valise en soute est synonyme de frustration constante. Après un vol, je suis suffisamment fatiguée pour m'offrir le luxe de ne pas attendre l'arrivée de ma grosse valise aux côtés de mes passagers. Évidemment, selon les destinations, les agents au sol peuvent s'assurer de retirer en priorité les bagages des équipages et nous les refiler en bas de l'escalier ou dans un secteur qui nous est réservé, mais comme je n'ai aucune envie d'angoisser avec la perte de mes effets personnels (et ça arrive !), je préfère n'emporter que mon *carry-on* et le prendre avec moi à bord de l'avion. Ce jour-là, j'avais donc convenu avec Rupert qu'il ferait de même pour que nous puissions nous suivre l'un l'autre sans devoir attendre. Naturellement, il avait rouspété.

— Mais je vais devoir rouler mon linge et je ne pourrai pas emporter mes deux paires de jeans !

— Ben voyons, Rupert, si moi j'ai réussi à compresser tous mes vêtements, tu dois bien être capable de le faire aussi ! rétorquai-je. Et puis tu n'as besoin que d'une paire de jeans, pas de deux !

— Ouais, mais là, je ne pourrai même pas rapporter de souvenirs ! s'était-il obstiné.

— Fais donc ce que tu veux, c'est toi qui vas stresser si tu perds ta valise. On ne fait pas juste un Paris direct, cette semaine, tu le sais. Pour la deuxième portion du courrier, on part de Québec, on fait un stop à Toronto et ensuite on file à Barcelone. Il va falloir attendre ta grosse valise à Pearson et l'enregistrer de nouveau au comptoir. Et ça, c'est si elle est là !

J'étais décidée à le convaincre de voyager léger pour son bien, le mien et celui de mon futur équipage, car c'était connu, Rupert perdait ses valises. Il avait cédé au bout d'une demi-heure.

Nous partîmes un mercredi soir, pour ne revenir à notre base montréalaise que le lundi suivant. C'était un périple de six jours qui comprenait plusieurs vols et qui nous faisait traverser l'océan Atlantique quatre fois. Les détails des vols, je ne les connaissais pas et je comptais sur mes collègues pour me les expliquer. Ni Rupert ni moi n'avions imprimé notre itinéraire et je ne savais donc pas à ce moment-là que mon cher John Ross s'ajouterait à mon équipage.

Pour tout dire, nous n'étions que quatre à nous suivre tout le long de ce courrier. À chaque vol, nous nous joindrions à des agents de bord différents, ce qui voulait dire que, pendant six jours, nous devrions nous adapter à toutes sortes de personnalités. Au moins, je connaissais bien les deux autres collègues qui nous accompagneraient tout le temps et je savais qu'aucun problème ne surgirait avec elles. Il y avait d'abord Anna, une belle brune, gentille et délicate qui n'élevait jamais le ton et qui s'entendait avec tout le monde. Et il y avait Ishma, une jolie Indienne ne mesurant pas plus que 5 pieds et 3 pouces. Elle portait des talons tellement hauts qu'un simple coup de vent la faisait trébucher. Elle avait l'air douce, mais ne s'en laissait pas imposer. Elle se permettait toujours de me demander de fermer les compartiments à bagages à sa place, car elle était trop petite pour le faire, même avec ses talons. Si je n'étais pas dans le coin, elle devait sautiller drôlement pour y parvenir. Quant à Rupert, le dernier membre de notre quatuor, ce n'était certainement pas lui qui allait semer la pagaille dans le groupe, car il était un fidèle serviteur de ses passagers.

Lors de la première portion du courrier, nous effectuâmes un vol vers Paris. Nous y passâmes quelque vingt-quatre heures et, dès le lendemain, nous retraversâmes l'Atlantique en direction de la ville de Québec. Jusque-là, tout s'était bien passé et Rupert-portemalheur était resté sagement blotti dans sa cachette. C'était inespéré, mais ça n'allait pas durer longtemps.

Au lendemain de notre arrivée dans la capitale nationale, il nous fallait déjà repartir. Nous devions quitter l'hôtel à 15 heures afin de gagner l'aéroport. Le téléphone sonna comme prévu à 14 heures dans ma chambre pour me réveiller.

La voix enregistrée annonça :

— Bonjour, ici votre réveil. *Hello, this is your wakeup call.*

Je raccrochai aussitôt. Comme d'habitude, j'avais essayé de faire une sieste avant mon vol, mais vu que nous étions en plein jour, le sommeil ne m'avait pas emportée. J'étais tout de même restée sous les couvertures à me relaxer. Après l'appel automatisé, je me levai promptement et sautai sous la douche. C'est là que les malheurs commencèrent à s'enchaîner.

— Dring ! Dring ! Dring ! Dring ! Dring ! Dring !

Étant sous l'eau, je tendis la main vers le combiné qui se trouvait dans la salle de bain. Comme je venais de répondre à l'appel du réveil, je compris rapidement que je n'entendrais pas une machine au bout du fil.

— Oui, allo ?

— Bonjour, Scarlett, c'est *crew sked*. C'est pour t'informer qu'il y a un retard d'une heure sur ton vol. Le départ de l'hôtel est maintenant prévu pour 16 heures, m'annonça une employée.

Malheur n° 1 ! Je n'étais pas surprise, ni déçue, ni rien. Des retards, ça arrivait. J'aurais aimé recevoir l'appel avant ma sieste ou avant ma douche, mais bon, j'allais me préparer et rester tranquille dans la chambre en attendant le nouveau départ. À 16 heures, je descendis dans le hall pour rejoindre mes trois collègues, et nous partîmes ensuite en direction de l'aéroport.

Ce qui me dégoûtait n'était pas ce retard, mais le fait que nous devions entamer notre journée de travail dans un avion sale. Malheur n° 2 ! En fait, l'appareil arrivait de Paris et continuait vers Toronto. Quelques passagers descendaient à Québec et d'autres poursuivaient le voyage avec nous jusqu'en Ontario. Quatre membres d'équipage débarquaient également et étaient remplacés par notre quatuor. Nous allions donc travailler une heure avec le reste de l'équipage arrivant de Paris et, ensuite, en rejoindre un autre à Toronto pour effectuer un vol en direction de Barcelone. J'étais complètement mêlée. Mieux valait me laisser porter par le courant.

Il va sans dire que ce ne fut pas un plaisir d'embarquer à bord de cet avion. Les passagers, exténués, n'affichaient pas une mine très chaleureuse et je n'ose même pas parler de l'odeur de renfermé qui flottait dans la cabine. Et les toilettes ? Comment un agent de bord peut-il être rempli de joie et de gaieté quand, avant d'entamer son vol, il doit ramasser sur le plancher de vieux bouts de papier hygiénique imbibés de pipi ? L'aviation requérant une tonne, voire une mégatonne, de flexibilité, je fis mon travail sans rechigner. Jusque-là, je n'appréhendais toujours pas la longue journée qui m'attendait.

N'embarquant pas d'autres passagers vers Toronto, nous attendions le OK du commandant pour fermer la porte. Soudain, le directeur de vol fut appelé dans le poste de pilotage. Il en ressortit légèrement contrarié.

— Problème hydraulique. Retard d'au moins une heure, nous dit-il.

Malheur n° 3 ! Il fit alors une annonce aux passagers afin de les informer de la situation. Rupert vint à l'avant de l'avion pour me parler.

— J'ai discuté avec Ishma et Anna et elles disent qu'on va devoir courir à Toronto, parce que, si nous ne décollons pas d'ici une heure, on risque de manquer notre vol vers Barcelone.

Rupert gigotait. Il était quasiment paniqué. Comme la situation ne pouvait être changée, j'essayai de le calmer :

— L'équipage n'aura qu'à commencer l'embarquement sans nous. Ce n'est pas plus grave que ça. De toute façon, *crew sked* sait qu'on est pris ici, quelqu'un du département n'a qu'à appeler des réserves s'ils ne veulent pas créer de retard.

Après presque une heure, les choses semblèrent évoluer. Un mécanicien vint parler au commandant et j'entendis un « OK ». Nous allions pouvoir partir. Nous fermâmes la dernière porte et décollâmes. En vol, nous regardâmes notre itinéraire et réalisâmes qu'en fait l'avion qui devait nous amener à Barcelone était celui dans lequel nous nous trouvions. Personne ne pourrait donc partir sans nous. C'était déjà ça.

Une fois l'avion atterri à Toronto, les passagers débarquèrent en un rien de temps. Il était maintenant 19 h 30. Les autres membres d'équipage nous quittant, nous les saluâmes rapidement. Comme ce vol avait pour origine la ville de Paris, nous devions nous aussi passer les douanes canadiennes. Désormais, je ne m'inquiétais plus de notre retard, car l'appareil devait être nettoyé et ravitaillé. Nous aurions, en théorie, tout le temps nécessaire pour traverser les douanes et nous rediriger vers la barrière. D'ailleurs, je me demandais à laquelle nous devions nous rendre, car du pont de débarquement je ne pouvais voir aucun numéro.

Pour le savoir, je regardai le tableau indicateur dans l'aire d'attente où se trouvaient mes futurs passagers. Curieusement, le décollage était annoncé pour 23 heures. J'en informai mes collègues :

— Euh, c'est quoi notre numéro de vol pour Barcelone ? Parce que, sur le tableau, il est inscrit 23 heures comme heure de départ...

— Attends, je vais vérifier, me dit doucement Anna.

Elle prit alors l'unique copie de notre itinéraire et regarda le numéro de vol.

— 642, répondit-elle enfin.

— Hum, c'est bien le même que celui sur le tableau, sauf que maintenant le vol est prévu pour 23 heures et non 20 heures. C'est quoi le problème ? m'exclamai-je.

Rupert, qui était déjà sur les nerfs, s'agita encore une fois et nous dit de l'attendre. Il semblait décidé à éclaircir au plus vite ce mystère. Il se posta devant l'immense vitre transparente qui séparait les deux aires, celle de l'arrivée et celle du départ. Il s'adonnait à être juste à côté du comptoir d'enregistrement. Il cogna brutalement sur la vitre pour attirer l'attention de l'agente derrière le comptoir. Son geste la fit sursauter et elle se retourna, curieuse de savoir qui osait l'importuner.

Il approcha son visage tout près de la vitre et cria très fort :

— Pourquoi le vol pour Barcelone est maintenant à 23 heures ?

L'agente leva les yeux au ciel et lui soupira, telle une évidence, ce que nous tous ne voulions pas entendre :

— Retard ! Ils ont repoussé le départ de trois heures pour régler un problème mécanique.

Malheur n° 4 ! Je ne le croyais pas. Encore un retard ! Moi qui pensais que le problème hydraulique avait été réglé à Québec… Nous étions déjà fatigués et nous n'avions même pas commencé notre vrai vol. Rupert était rouge écarlate. Anna, muette. Ishma avait mal aux pieds avec ses talons. Notre journée qui, d'une certaine façon, n'avait pas débuté s'annonçait illégalement longue. Nous passâmes les douanes en calculant.

Selon notre convention collective, si nous dépassions un certain nombre d'heures en service, il n'était plus légal pour nous de voler. Il fallait parler immédiatement à *crew sked*. « Peut-être qu'ils nous ont déjà remplacés et que nous dormirons à Toronto cette nuit », pensai-je.

Lorsque nous arrivâmes dans la salle d'équipage, nos futurs collègues étaient déjà là. Je ne connaissais personne, mais comme tout le monde ne parlait que du retard du vol, nous fîmes peu de présentations. Étant novices en ce qui concernait les règles de notre convention, nous faisions, d'une certaine façon, confiance à notre compagnie. Ishma, à peine plus expérimentée que nous, contacta *crew sked* pour s'enquérir de la situation. La conversation entre son interlocutrice et elle s'anima. Ishma nous informa que *crew sked* n'avait pas appelé d'autres agents de bord pour nous remplacer alors qu'il était évident que, avec cette nouvelle heure de départ, nous dépassions notre temps de service. On nous demandait d'effectuer le vol quand même. Pour que nous puissions prendre une décision éclairée, Ishma demanda de recevoir un nouvel itinéraire de vol.

En attendant d'en savoir davantage, je me dirigeai vers les toilettes.

En ressortant, je passai devant la pièce réservée aux pilotes. Saisie, je me figeai brusquement devant la porte. Là était assis quelqu'un qui m'était familier. J'entrai instinctivement.

— Salut, John ! dis-je timidement.

Il releva la tête. Son regard inonda le mien. Je sentis que cette visite-surprise lui plaisait, car il me sourit.

Mes jambes se ramollirent.

— Hey, toi ! Comment vas-tu ? me demanda-t-il.

— Hum, plus ou moins bien, notre vol a été retardé de trois heures. On va dépasser notre temps en devoir et *crew sked* ne nous a pas remplacés, lui confiai-je.

— Comment ça ? Tu n'irais pas à Barcelone avec moi, par hasard ? s'enquit-il, l'air heureux.

— Euh ! On dirait bien. Mais je ne sais pas vraiment comment cette histoire va se terminer...

J'étais soudainement un peu plus motivée à l'idée d'effectuer ce vol, même si dans les circonstances nous ne devions pas le faire.

— Je ne comprends pas pourquoi ils ne vous ont pas remplacés, parce qu'ils ont appelé un troisième pilote pour qu'on soit « légal » pour partir, remarqua-t-il.

Je n'en revenais pas ! Je comprenais qu'un pilote ait besoin de toute sa concentration pour voler, mais ce n'était tout de même pas une raison pour négliger les agents de bord qui, eux aussi, seraient crevés d'ici à la descente vers Barcelone. Si le syndicat avait fixé un nombre d'heures maximum en service, ce n'était pas pour rien. Malgré la présence de mon beau comman-

dant, j'étais bien décidée à régler cette affaire. Si, selon la convention, je ne devais pas partir, je n'irais pas, et ce, même si John était là. Je me dirigeai vers mon groupe. Ishma, Anna et Rupert venaient de recevoir la fameuse télécopie.

— *Crew sked* nous a envoyé un itinéraire de vol avec un départ prévu pour 20 heures. Ce n'est pas la vraie heure de décollage. Il faut savoir quand on va arriver à Barcelone pour décider si on refuse de faire le vol ! me dit Ishma.

— Je vais aller voir le commandant ! répondis-je d'un air faussement contrarié.

Je retournai auprès de John. J'étais heureuse de pouvoir lui parler deux fois en l'espace d'une minute. Je lui demandai le temps de vol prévu jusqu'à Barcelone et revins avec l'information.

— Le commandant m'a dit qu'on devrait atterrir là-bas à 12 h 50, déclarai-je, ne sachant pas quoi en penser.

Rupert posa alors ses deux mains sur ses tempes et baissa les yeux au sol. Il calculait. Anna observait le groupe avec un regard vide. Moi également. Jusqu'à maintenant, je n'avais jamais eu à comprendre mes lois syndicales. Je connaissais quelques règles, bien entendu, mais je ne savais trop que faire dans ce genre de cas. Pendant ce moment de silence, je tentai tout de même de saisir la situation.

« À 14 heures, j'ai pris ma douche comme prévu. À 15 heures, j'étais censée aller à l'aéroport, mais je suis finalement partie à 16 heures. À 17 heures, il y a eu un autre retard. Puis un autre. Il est 21 heures. Ça fait déjà sept heures que je "travaille", mais en fait je n'ai pas encore effectué mon vrai vol de huit heures. Ayoye ! Ça veut dire que je vais travailler une journée de dix-sept heures ? Je suis mêlée ! » me dis-je avant d'être interrompue dans mes pensées par le verdict de Rupert.

— On n'est pas légal !

Il fallait rappeler *crew sked*. Ils avaient encore du temps pour contacter des agents de bord de remplacement. D'ailleurs, pourquoi ne l'avaient-ils pas déjà fait ? Ishma prit le combiné du téléphone et composa le 9 pour joindre directement l'affectation des équipages.

La même employée répondit à l'autre bout du fil.

— Vanessa à l'appareil, j'écoute.

— Oui, c'est Ishma, à Toronto. Nous sommes programmés sur le vol de Barcelone qui part à 23 heures. Nous avons calculé notre temps en devoir et il n'est pas réglementaire, alors nous refusons de faire le vol, déclara-t-elle solennellement.

— Il est trop tard pour appeler des réserves. Vous allez avoir votre prime. Il faut que vous le fassiez, intima Vanessa d'un ton autoritaire.

— Nous allons dépasser nos heures en service. Nous sommes crevés. Nous sommes en droit de refuser et nous refusons, renchérit Ishma.

— OK. Je vais vous remplacer, répondit son interlocutrice, contrariée. Restez dans la salle d'équipage, je vais vous rappeler pour vous dire où vous allez dormir.

Ishma raccrocha et nous résuma la conversation. D'une certaine façon, j'étais soulagée que ça se termine ainsi, car nous étions déjà exténués. Je m'imaginais mal en train de servir des Espagnols bruyants et de ramasser des plateaux sales durant la prochaine nuit. En attendant de savoir dans quel hôtel nous dormirions, je m'assis sur un banc pour me relaxer. Je vis alors la silhouette de John dans la pièce d'à côté. Un sentiment de déception m'envahit. Mais je me dis qu'il était préférable que je ne vole pas avec lui. Je ne désirais pas être tourmentée davantage. Déjà qu'un simple regard avait fait fléchir mes jambes...

Sur le banc étaient assis à mes côtés des membres d'équipage. L'un d'eux se présenta à moi comme étant le directeur de vol. Il s'appelait Roberto et parlait en anglais. Il se renseigna sur la situation. Il avait l'air d'accord avec notre décision et nous rassura gentiment en nous disant que nous étions en droit de refuser d'effectuer le vol. Soudain, le téléphone retentit. Ishma décrocha.

— Bonjour, c'est Ishma.

— Oui, c'est Vanessa, de *crew sked*, j'aimerais parler à Roberto, ton directeur de vol, déclara la voix féminine.

Roberto agrippa le combiné. Je l'observais, intriguée par la conversation. Après un court instant, sa gestuelle changea radicalement. Quelques minutes auparavant, ce même Roberto semblait sympathique, compréhensif et agréable à côtoyer. J'avais apprécié sa solidarité à notre endroit, mais curieusement je ne ressentais plus autant d'empathie de sa part. Son regard complice envers notre groupe venait de se transformer en un regard terrifiant. J'avais maintenant peur de ce qu'il allait nous dire et je doutais que son opinion soit restée la même. Après quelques OK, il raccrocha d'un air décidé et nous pointa durement du doigt.

— *The four of you are coming with me ! You are operating the flight. End of story ! GOT IT ?*

Roberto ne nous posait évidemment pas une question. Il n'y avait pas matière à discussion et j'avais très bien déchiffré son message. En clair, ça voulait dire : « Vos gueules et au diable la fatigue pour ce soir ! » Nous étions abasourdis ! Décidément, personne ne nous avait écoutés. Malheur n° 5 ! N° 6 ! N° 7 ! N° 8 !

Après nous avoir ordonné de le suivre, Roberto ramassa sa valise et tous ses papiers et s'écria, tel un chien enragé :

— *Let's go ! Everybody on the plane ! NOW !*

Le reste de l'équipage lui emboîta le pas. Encore sous le choc, je le suivis comme les autres, car je ne voulais pas perdre mon emploi. D'ailleurs, peut-être Vanessa avait-elle menacé Roberto en ce sens ? Je ne savais pas quel avait été son argument, mais chose certaine, il avait fonctionné. Mes pieds avançaient, poussés par la peur. Je ne connaissais pas mes droits. Rupert non plus. Anna suivait derrière et Ishma marchait de peine et de misère avec ses talons trop hauts. Légalement, nous pouvions partir, mais en même temps nous étions conscients que refuser d'effectuer le vol risquait de créer un retard supplémentaire. Nous poursuivîmes notre chemin en écoutant les membres de notre équipage exprimer leurs opinions sur la situation.

— Si vous entrez dans cet avion, vous ne pourrez pas en ressortir et vous serez obligés de faire le vol, dit l'un.

— Vous avez le droit de partir. Il faut respecter la convention ! dit un autre, prosyndicaliste.

Ni les autres ni moi n'avions la volonté d'empirer la situation. Nous n'avions jamais voulu offusquer qui que ce soit. Nous avions fait les choses correctement et signalé notre refus de continuer lorsqu'il était encore temps, en vain. Maintenant, nous étions tirés contre notre gré par une corde invisible vers cet avion de malheur. Mon amour pour ce job venait soudainement de s'évaporer. Je méprisais Roberto d'agir ainsi. Je méprisais VéoAir, l'aéroport, les avions, tout !

Malgré cela, nous montâmes à bord. J'avais les larmes aux yeux en songeant que je ne dormirais pas cette nuit et que je m'envolerais pour Barcelone. C'étaient des larmes d'impuissance et de rage ; il n'y avait plus de place pour l'argumentation. Je déposai ma valise dans un compartiment à bagages et commençai mes vérifications d'avant vol. Je tâtai à peine sous les sièges. J'oubliai de vérifier ma trousse de premiers soins. Je ne recherchai pas d'armes à feu dans les pochettes. Tout ça n'avait plus aucune importance.

Je m'en foutais !

Comme d'habitude, je partis signer la feuille d'urgence pour certifier que mes vérifications avaient été effectuées selon les règles. Lorsque j'arrivai en avant, Roberto tenait le papier dans ses mains et me le tendit. Avant d'y apposer ma signature, je le regardai, décidée à l'affronter.

— Je pourrais ne pas signer cette feuille si je le voulais ! déclarai-je dans le but de lui faire comprendre que ses cris et ses ordres n'avaient rien eu à voir avec ma décision d'embarquer dans cet avion.

Roberto me scruta en arquant son sourcil gauche, puis il me lança avec un je-m'en-foutisme exagéré :

— *Sorry, I don't speak French !*

— *What do you mean you don't speak French ?*

Je n'en revenais pas ! Il ne parlait pas français ! Je sentais monter la tension entre nous deux. Je me dis que j'aurais peut-être dû me taire. Mais je n'en avais pas envie. J'allais lui tenir tête, ou du moins essayer.

En entendant ma question chargée de défi, il s'approcha plus près de moi et déposa ses deux mains sur un dossier de siège. Il fronça les sourcils et répliqua :

— *No, I don't speak French but I speak Polish, German and Spanish. You have a problem with that ?*

Je mourais d'envie d'entamer une discussion à ce sujet. Car oui, son ignorance du français me posait bien un problème. Il travaillait pour une compagnie aérienne canadienne où l'une des langues officielles était le français ! Dans le milieu du voyage, et surtout dans l'aviation, peu importe les nombreuses langues qu'on parlait, connaître au minimum les deux langues officielles de son pays était nécessaire. Le moment étant toutefois mal choisi pour en débattre, je lui répondis que ça ne me dérangeait pas. Par contre, voulant avoir le dernier mot, je lui répétai ma première affirmation :

— *Well, I just want you to know that I could refuse to sign this sheet if I wanted to !*

Comme je m'en doutais, mon commentaire eut l'effet d'une bombe nucléaire. Ses yeux devinrent ronds comme des boules de billard, au point que je pouvais voir des veinules rougeâtres y apparaître. Roberto se transformait en un véritable monstre de l'air. Soudainement, il posa son regard sur sa victime – en l'occurrence moi – et rugit de toute sa puissance en allongeant ses griffes :

— *Sign this fucking sheet ! NOW !*

Je restai impassible et bien droite, mais à l'intérieur j'avais vraiment peur de cet homme. Malheur ! Malheur ! Malheur ! Je renchéris encore, mais cette fois-ci en français pour être sûre qu'il ne saisirait pas le sens de ma réplique. Et peut-être aussi pour le narguer.

— Je vais la signer, ta feuille, mais je te défends de me parler ainsi !

Je m'exécutai et m'éloignai au plus vite pour me cacher. Je me dépêchai d'aller rejoindre Rupert pour lui raconter la scène.

À mon arrivée, Rupert semblait avoir repris de la vigueur. Il s'affairait déjà à compter les plateaux dans la *galley* centrale située entre la deuxième série de portes de l'avion. Après m'avoir écoutée, il me flatta le dos et me dit que tout allait bien se passer. Je n'en étais pas si certaine, mais j'abaissai la tête en signe d'approbation. J'avais de nouveau les larmes aux yeux. Je posai mes coudes sur le comptoir dans le but de reprendre mes esprits. Je me concentrai et visionnai les terrasses bondées de Barcelone. Je m'imaginai avec mon verre de *rioja* à la main. Quel réconfort ! Comme j'étais ballottée par mes pensées, une main se posa sur mon épaule. Croyant que c'était encore Rupert, je la serrai de tout mon cœur. J'entendis alors derrière moi une voix amicale qui était loin d'être celle de mon colocataire.

— Ça va bien aller, Scarlett…

Je reconnus très bien cette voix tendre et rassurante. Mes jambes fléchirent encore une fois. Le commandant Ross sentit assurément ma défaillance. Les frissons que me donnait Roberto-monstre-de-l'air n'égalaient manifestement pas ceux provoqués par mon beau pilote. Il continua :

— Je sais que ce n'est pas évident présentement et que vous seriez en droit de partir. Pour vous remercier de poursuivre la route avec nous, j'aimerais vous inviter à souper lorsque nous serons à Barcelone.

Qu'est-ce que tu en dis ?

La proposition était plus qu'alléchante, elle était irrésistible. J'étais ravie, mais je me gardai de le lui montrer. Je séchai mes larmes. J'étais prise dans cet avion, alors mieux valait en être prisonnière aux côtés d'un attachant John Ross. Je souris et puisai au plus profond de moi toute l'énergie nécessaire pour les prochaines sept heures et quarante-cinq minutes de vol.

8

Chapitre 8

2 000 pieds au-dessus de Barcelone (BCN)

Dans un avion, certains individus se donnent comme mission première d'emmerder le personnel à bord. En fait, je fais référence ici à ces « sympathiques » passagers qui sauront se faire remarquer et qui s'arrangeront toujours pour nous distraire durant le vol. C'est immanquable, même endormi, les yeux fermés et blotti sous une couverture, l'un d'eux trouvera le moyen de nous énerver. Il aura les deux pieds dans l'allée et nous devrons le réveiller à chacun de nos passages, ou bien il viendra à l'arrière des heures plus tard nous signaler que nous l'avons oublié lors du repas. Évidemment, ce sera NOTRE faute et jamais la sienne.

Bien des passagers ont en effet la fâcheuse habitude de rejeter la faute sur l'agent de bord. Ce doit être beaucoup plus facile de vivre avec soi-même lorsqu'on n'a rien à se reprocher, non ? Ils préfèrent nous accuser et nous pointer du doigt : « Vous m'avez oublié ! » ou « Vous n'êtes pas passé dans l'allée avec le *duty free* ! » Mais où est donc l'intérêt de s'en prendre à nous de la sorte ? Il suffit de demander et je reviendrai leur vendre du parfum, tout simplement. Pas de quoi m'attaquer, car j'ai des preuves de mon innocence. C'est d'ailleurs moi qui suis passée dans l'allée un peu plus tôt alors que, étrangement, cette dame au ton accusateur avait les yeux grands ouverts et jasait avec son copain. Je l'ai vue zieuter mes parfums Chanel et Givenchy. Mais bon, la mémoire étant une faculté qui oublie, je ne lui mentionne pas ce léger détail.

Les passagers « je-me-moi », comme j'aime bien les appeler, se manifestent généralement très tôt lors d'un vol. Je dirais même qu'ils signalent leur présence dès l'embarquement. Bizarrement, le vol 642 de Toronto à Barcelone ne semblait contenir aucun de ces individus. C'était très bien ainsi, car après la série de malheurs que nous venions de vivre je n'étais pas d'humeur pour les caprices. De toute façon, ce jour-là, j'avais sans doute déjà reçu ma part de maléfices « rupériens ». Enfin, c'est ce que j'espérais.

Malgré le retard de trois heures, les passagers avaient sagement gagné leurs sièges lors de l'embarquement. Aucun ne semblait avoir trimballé sa maison dans l'avion. Les compartiments étaient presque vides quand nous les avions fermés. Je n'avais même pas eu à jouer à l'hôtesse de l'air haltérophile qui soulève tous les bagages de cabine de ses passagers princiers. Je n'avais pas non plus répondu à des demandes excessives de leur part pendant le vol. Ainsi, lorsque je m'assis sur mon strapontin en vue de l'atterrissage à Barcelone, j'avais presque, je dis bien presque, le sourire aux lèvres.

Une fois bien attachée, je me mis à réfléchir à la soirée que je passerais avec John. « Il n'y a pas de mal à être amis », me mentis-je à moi-même. Penser à lui m'aidait à combattre le sommeil. Comme j'étais assise devant les passagers, il était important que j'aie l'air éveillée. Et je ne pouvais évidemment pas m'endormir, car ma tâche principale était d'être à l'affût d'un éventuel incident. La descente se fit rapidement. En regardant par les hublots, je pouvais voir la Méditerranée s'étendre au loin. J'entendis alors le train d'atterrissage se déployer. Les roues étaient maintenant sorties.

Soudain, une femme assise trois rangées devant moi se leva brusquement et marcha dans ma direction. Elle n'avait pas l'air spécialement malade. Son teint était rose et elle était habillée à la Coco Chanel. En fait, elle avait seulement l'air d'une passagère « je-memoi ». Je me doutais bien qu'il aurait été miraculeux qu'aucun de ces spécimens ne se manifeste d'ici à la fin du vol. Par contre, trente secondes avant l'atterrissage, le moment était particulièrement mal choisi.

Je restai assise sur mon strapontin. Je n'allais tout de même pas me blesser pour cette Mme Coco. Comme elle avançait vers moi, je me dis que j'allais l'arrêter au passage. Elle me regardait à peine et fixait les toilettes qui étaient situées juste derrière mon siège. Je l'interpellai en anglais :

— *Ma'am, we'll be landing in a second, please go back to your seat.*

Mme Coco Chanel me toisa, bien décidée à ne pas retourner à son siège afin de mettre son plan à exécution. Tout en posant sa main sur sa bouche, elle me dit :

— *I'm gonna puke !*

Vomir ? Je ne la croyais pas. Elle n'était pas malade, c'était évident. Elle voulait juste utiliser les toilettes, là, maintenant, à 2 000 pieds au-dessus du sol, à 300 kilomètres à l'heure. Je n'allais tout de même pas la laisser passer alors que c'était mon devoir de veiller à ce qu'elle ne blesse pas sa jolie personne. Je lui demandai plus fermement de retourner à sa place :

— *Ma'am, you need to be seated for landing.*

Mme Coco me fixa sournoisement et joua alors le rôle de la femme piteuse et indisposée tout en me réaffirmant qu'elle allait vomir. À cet instant, je fus prise d'un désintérêt soudain pour sa sécurité. Je l'avais informée des procédures et elle refusait de les respecter. « Qu'elle se cogne la figure sur la cuvette des toilettes ! » pensai-je. Je lui fis signe de passer en levant les yeux au ciel.

— *Just go !* lançai-je avec indifférence.

J'avais l'impression de ne plus être moi-même. Non seulement la sécurité de cette femme ne m'inquiétait plus, mais je souhaitais presque qu'elle se blesse. J'avais vraiment besoin de repos. Alors que je m'apprêtais à regarder à l'extérieur pour voir si la piste était proche, nous atterrîmes doucement, sans choc. J'étais déçue. Un bon coup de vent aurait été apprécié. J'entendis alors la chasse d'eau de la toilette. Mme Coco ressortit du cabinet après y être restée à peine une minute. Elle passa devant moi et, comme si atterrir dans les toilettes n'était pas suffisant, elle se retourna et se planta face à moi. Comme j'étais assise sur mon strapontin, sa hauteur lui donnait un air de supériorité. Elle me pointa du doigt et gronda :

— *Don't you dare speak to me like that again !*

Je n'en croyais pas mes oreilles. C'était moi l'agente de bord et la figure d'autorité dans cet avion, et voilà que Mme-je-me-moi m'ordonnait de ne plus jamais lui parler sur ce ton? Elle voulait me faire la leçon ? Je n'étais pas prête à sortir mes griffes, alors je me justifiai d'une voix calme mais ferme :

— *I did that for your own safety, ma'am.*

Cette dame avait probablement un problème avec l'autorité et avait très certainement agi comme une reine toute sa vie, car elle renchérit :

— *I refuse to be spoken to this way !*

Là, c'en était trop ! Elle avait osé se lever pour utiliser les toilettes en pleine descente. Elle avait atterri à l'intérieur. Elle n'avait pas vomi, j'en étais certaine, car j'avais la tête collée à la cloison du cabinet et j'avais pu entendre le moindre bruit s'en échappant. Mme Coco était ensuite sortie après quelques secondes et, au lieu de retourner à son siège sans rien dire, elle s'était postée en plein milieu de la sortie d'urgence, devant les passagers qui étaient assis en face de moi. Et maintenant, elle me sermonnait devant eux comme si je n'étais qu'une fillette, et ce, alors que nous roulions rapidement sur la piste. Je perdis patience.

Aussitôt, je me transformai en une vilaine créature. Une dragonne de l'air était née. Mes narines s'écartèrent. De la fumée s'en échappait. Je crachais du feu. Je me détachai et bondis littéralement devant elle. Je dépassais désormais Mme Coco d'au moins trois têtes. Elle n'était qu'une brindille pour moi, une miette de pain. Je redressai le torse et les épaules. Mes yeux devinrent rouges. Ma vision s'aiguisa. Je pouvais voir la moindre particule de poussière flotter dans la cabine. La belle hôtesse de l'air compréhensive avait disparu. J'étais désormais le diable en personne. Je ne chuchotais plus. Je hurlai plutôt sans retenue :

— *ENOUGH ! Go back to your seat, NOW !*

Ma voix porta dans tout l'avion. Rupert, qui était assis à la porte voisine, me regarda avec un mélange de stupeur et d'admiration. J'avais crié tellement fort pour qu'elle parte se rasseoir que ma gorge en souffrait. Mme Coco, minuscule, leva ses yeux vers moi. Elle avait l'air d'un pauvre chien battu. Ses cernes semblaient s'être accentués. Elle hésita un instant. Ses jambes tremblaient. Son poil était hérissé. Elle chercha une réplique, en vain. Elle fit demi-tour en silence et retourna à son siège. J'avais gagné. Pour le moment, en tout cas. L'appareil étant toujours en mouvement, je me rassis sur mon strapontin. J'espérais que l'histoire s'arrêterait là. J'étais exténuée. J'avais vécu mon lot d'épreuves pour la journée. Mais je connaissais bien les « Mme Coco » et je savais que celle-là n'allait pas tirer sa révérence aussi vite. Ce n'était que l'entracte du spectacle.

* * *

— Mesdames et messieurs, VéoAir vous souhaite la bienvenue à Barcelone. Il est présentement 13 heures et la température extérieure est de 28 degrés Celsius. Nous vous demandons de rester assis avec votre ceinture attachée jusqu'à l'extinction des consignes lumineuses.

L'avion s'immobilisa enfin. Je me détachai aussitôt, impatiente de me lever. Je désarmai ma porte et m'assurai que Rupert, mon homologue de l'autre côté, en avait fait autant avec la sienne. Mes yeux brûlaient, j'étais sur le point de m'évanouir de fatigue. Bientôt, je pourrais m'étendre dans un lit douillet et ronfler à ma guise. Mais je me doutais qu'avant de dormir je devrais neutraliser pour de bon mon adversaire.

Les passagers allaient débarquer sous peu. Rupert ouvrit sa porte. Une annonce se fit entendre :

— Mesdames et messieurs, vous pouvez maintenant sortir de l'appareil en utilisant la deuxième porte du côté gauche. Merci !

Je me mis alors à saluer mes passagers avec le plus grand des sourires. J'essayais d'avoir l'air zen et souhaitais de tout cœur que Mme Coco ait repris ses esprits. Je ne désirais pas que la partie se poursuive. Elle avait joué avec mes nerfs et je m'étais emportée. J'étais prête à passer outre à ses agissements et j'espérais qu'elle ferait de même en gardant le silence jusqu'à ce qu'elle soit hors de ma vue. Je m'efforçais de ne pas regarder dans sa direction. Comme son siège n'était situé que trois rangées plus loin, il m'était toutefois difficile de ne pas remarquer son profil altier qui se dessinait devant moi.

Mme Coco avait redressé ses épaules, soulevé son menton et bien reboutonné sa veste. Je la sentais prête à bondir par-dessus les passagers pour m'atteindre, moi, sa proie. Elle n'avait pas déposé les armes comme je l'espérais. Au contraire, elle était chargée à bloc, visiblement décidée à lancer l'offensive.

Les passagers sortant de l'appareil au compte-gouttes, je regardais Mme Coco s'approcher tranquillement. Je n'avais aucune idée de ce qu'elle tramait. J'appréhendais une crise. Il ne restait désormais qu'un passager entre elle et moi. Ce dernier me remercia et tourna à gauche, dévoilant ainsi derrière lui ma chère ennemie. Mme Coco s'avança comme prévu sur le chemin et, avant de bifurquer vers la sortie, elle s'immobilisa. Elle bloquait maintenant le passage aux autres voyageurs.

Elle attendit un instant, puis elle explosa :

— *I want to see the captain ! I want to complain about the situation ! What is your name ?*

Je n'allais tout de même pas lui fournir mon nom pour qu'elle travestisse les faits en sa faveur. D'ailleurs, mon niveau d'empathie était depuis longtemps à sec.

Je pris alors un air arrogant et lui dis :

— *Sorry, but I won't give you my name.*

Mon refus de lui donner mon nom la fit enrager de plus belle. Tout en continuant de bloquer l'accès à la sortie, elle insista :

— *I want to see the captain right now !*

Elle voulait se plaindre au commandant ! Elle ne connaissait de toute évidence rien aux règles de l'aviation, car un pilote n'est pas là pour écouter les plaintes des passagers, mais pour les conduire à destination. S'il y a des agents de bord dans un avion, c'est justement pour gérer les crises humaines. Mais comme elle souhaitait tant voir un commandant, je me dis que j'allais lui en présenter un sur-le-champ.

— *Alright, you may see the captain. However, you will have to wait for all other passengers to deplane. Have a seat,* lui dis-je d'un ton ferme.

Elle prit place sur un siège, folle de rage que je la fasse patienter avant de voir le « commandant ». En attendant, je continuai à saluer mes passagers avec un merveilleux sourire.

— *Thank you !* À bientôt ! *Gracias ! Enjoy !* Merci ! *Hasta luego !*

L'avion se vida enfin. Je fis signe à Mme Coco de me suivre et me dirigeai vers l'avant de l'appareil. Je lui ordonnai de s'asseoir à la rangée 4, juste derrière la section des premières classes. Elle s'exécuta. Je m'avançai alors vers Roberto-monstre-de-l'air et lui expliquai rapidement la situation. Je savais que je n'avais rien à me reprocher, car je n'avais accompli que ce pour quoi on m'avait engagée : faire respecter les règles de sécurité. Et puis les agents de bord appliquaient toujours entre eux la loi non écrite de la solidarité. Bien qu'il se soit comporté comme une horrible créature, Roberto allait faire fi de notre léger conflit d'avant-vol et s'allier instinctivement à moi devant la passagère. La victoire était à ma portée.

Il se dirigea vers Mme Coco qui attendait sur son siège. Je le suivis de près.

— *What is going on, ma'am ?* lui demanda-t-il pour connaître sa version des faits.

— *I went to the restroom and that girl was impolite with me !* répondit-elle, la voix tremblante d'émotion.

— *Ma'am, was the seatbelt sign on ?* la questionna-t-il d'un air innocent tout en sachant que, si la consigne des ceintures de sécurité était allumée, Mme Coco s'avérerait être en tort.

— *Hum, hum, it's that nobody has ever spoken to me like that before ! I want to make a complaint and...* Roberto l'interrompit :

— *Was the seatbelt sign on when you got up to use the restroom ?*

Mme Coco bégayait. Elle refusait de répondre à la question, mais Roberto, dorénavant surnommé Roberto-fidèle-complice, insista de plus belle :

— *Was the seatbelt sign on, ma'am ?*

Elle céda enfin :

— *Yes, it was on but...*

Décidément, elle ne voulait rien comprendre. Il était temps d'en finir avec cette situation devenue ridicule. Il l'acheva :

— *My colleague was just doing her job. Now, I will ask you to leave this plane. Have a nice day!*

Mme Coco était enragée. Roberto venait de lui couper la parole et de lui annoncer que j'avais eu raison d'user d'un peu d'autorité envers elle. Il l'escorta jusqu'à la sortie. Furieuse, elle posa le pied sur la passerelle d'embarquement. Depuis l'intérieur de l'appareil, je pouvais l'entendre se défouler et hurler de colère. Et puis les cris cessèrent. L'orage s'était dissipé. Je récupérai avec joie ma valise, prête à laisser ces dix-sept dernières heures de malheur derrière moi. J'entrouvris la porte de la passerelle qui donnait sur l'escalier menant au tarmac. Le soleil m'éblouit. Distinguant à peine les marches, je m'arrêtai brusquement, le temps que ma vue s'adapte à la lumière du jour. Et je le vis tout en bas. John déposa sa valise derrière notre autobus privé, se retourna vers l'appareil et m'aperçut. Il m'adressa un magnifique sourire et me fit signe de le rejoindre. Il ne manquait que moi. Si près de lui, j'oubliai vite les dernières heures cauchemardesques.

Je n'avais jamais été aussi avide de manger des tapas.

9

Chapitre 9

Montréal (YUL) Au retour de Barcelone (BCN)

Il mit sa main sur ma nuque et la glissa dans ma chevelure. Il me tira vers lui avec force. Son regard perçant sondait le mien. Ses pupilles noires et profondes atteignaient mon âme. Je me sentais faiblir. Il me possédait. Tel un aimant, j'étais attirée vers lui et ma bouche s'entrouvrit instinctivement. J'étais prête et il le savait. Il me désirait tout autant. Nos langues s'impatientaient. Son corps se colla enfin au mien. Nous ne faisions qu'un. Et puis, brusquement, la porte de mon appartement s'ouvrit et je me réveillai.

Béa revenait de son cours de yoga revigorée. Et moi qui m'étais assoupie sur le sofa à mon retour de Barcelone, j'étais vidée de toute énergie. Rupert dormait sur l'autre divan. Les vingt-quatre dernières heures avaient passé si vite. Dans mes rêves, je m'étais efforcée de me remémorer les récents événements, non sans modifier quelques éléments. Dix minutes supplémentaires de sommeil et j'aurais été aux anges. Malheureusement, Béa venait de me ramener à la dure réalité.

John n'était pas là. Il n'était pas dans mes bras, mais dans ceux d'une autre femme. Sa femme. Malgré la belle soirée que nous avions passée ensemble, la situation restait la même. Je ne pourrais jamais être avec lui. Je devais l'oublier immédiatement.

Je me frottai les yeux et m'assis bien droite sur mon coussin douillet. Rupert bâillait. Après s'être excusée de nous avoir réveillés, Béa se dirigea vers la cuisine pour boire de l'eau. Je ne pus m'empêcher de piquer sa curiosité :

— Tu sais avec qui j'ai passé la soirée à Barcelone hier ?

Elle avala une gorgée et me jeta un coup d'œil intrigué.

— Non, qui ? dit-elle d'un ton exagérément intéressé.

— J'étais tellement heureuse qu'il soit là ! déclaraije en me gardant bien de dévoiler le nom du mystérieux inconnu.

— Tu ne veux pas dire que tu as passé la soirée avec monsieur Inaccessible ? demanda-t-elle en agrandissant ses beaux yeux noirs et en pointant discrètement Rupert du doigt afin de savoir si ce dernier était déjà au parfum.

J'acquiesçai d'un hochement de tête et enchaînai :

— Il connaît toute l'histoire. Il était avec nous, alors c'était difficile de jouer la comédie. Il a promis qu'il ne dirait rien. Mon béguin pour John doit rester un secret, hein, Rupert ?

Je savais que mon colocataire demeurait le plus potineux des agents de bord, mais il lui fallait comprendre que les histoires concernant Béa et moi devaient rester confidentielles. Il approuva, légèrement offusqué :

— Franchement, Scarlett ! Fais-moi donc confiance ! Je ne dirai à personne que tu fantasmes sur ce gars-là. Qu'est-ce que les gens pourraient penser de toi s'ils savaient que Scarlett-l'idéaliste s'est amourachée d'un pilote marié et père de famille ? ajouta-t-il pour me titiller.

Je me contentai de rigoler. En dedans, je savais qu'il avait raison. Je m'étais vraiment éprise d'un homme à l'opposé de mon idéal. C'était à n'y rien comprendre. Le commentaire de Rupert venait d'attirer davantage l'attention de Béa.

— Est-ce que ça voudrait dire, Scarlett, que tu as laissé de côté tes principes pour t'amuser au moins une nuit avec quelqu'un qui te plaît ? me questionna-t-elle avec une pointe d'excitation.

Béa s'imaginait déjà le scénario répandu de l'adultère, mais ce n'était pas tout à fait ce dont il était question. Il fallait que je lui relate ma soirée. Je lui proposai de venir s'asseoir avec Rupert et moi, car je me devais d'éclaircir le mystère.

Je m'apprêtais à raconter mon histoire quand mon téléphone me coupa dans mon élan. C'était ma mère qui m'appelait. Je ne répondis pas, parce que je savais qu'elle me bombarderait de questions sur mon dernier voyage et que je devrais interrompre la communication pour pouvoir poursuivre la conversation avec mes deux amis. Je me dis que je la rappellerais lorsque j'aurais fait le plein d'énergie. En reposant mon téléphone sur le sofa, je notai que j'avais quatre appels manqués depuis une heure. Mon iPhone étant en mode vibration, je ne les avais pas entendus pendant mon sommeil. Les quatre provenaient de chez mes parents. Pas surprenant ! Quand ma mère voulait quelque chose, elle s'acharnait. D'une certaine façon, j'avais l'impression qu'une partie de ma personnalité lui ressemblait. Lorsque je me fixais un but, je me battais pour l'atteindre. Au fond de moi, j'espérais que John n'en deviendrait pas un. Quelles en seraient alors les conséquences ? J'aimais mieux ne pas y penser pour le moment. Béa s'impatientait, alors je m'empressai de satisfaire sa curiosité :

— Nous nous sommes d'abord rendus dans le vieux Barcelone pour prendre un apéro. La soirée s'annonçait très bonne, car notre groupe s'entendait à merveille. Il y avait Anna, Ishma, Rupert et trois pilotes, dont John, bien entendu.

— C'étaient qui les pilotes ? demanda Béa pour mieux comprendre la dynamique du groupe.

— Euh ! Je ne m'en souviens pas trop, mais je crois qu'ils s'appelaient Antoine et Charles.

— Hum, connais pas, dit-elle. Désolée pour l'interruption. Je t'écoute, là !

— Honnêtement, Béa, j'étais tellement contente que John soit avec nous que je ne me préoccupais pas vraiment des autres. Je ne voulais parler qu'avec lui, précisai-je avant d'être interrompue par Rupert.

— Je te le dis, Béa, je n'avais jamais vu Scarlett comme ça. Je lui ai parlé deux fois pendant qu'elle discutait avec ce John et elle m'a complètement ignoré. J'aurais pu lui crier après qu'elle ne s'en serait même pas rendu compte !

— Voyons, tu exagères ! C'est vrai que, lorsqu'il me parlait, j'étais un peu trop intéressée, mais j'ai quand même joué à l'indépendante, dis-je pour essayer de me convaincre que j'avais le moindrement réussi à cacher mon jeu.

— Peut-être au début, durant l'apéro, mais après ? Pendant le souper ? Dans l'ascenseur? rétorqua Rupert pour me rafraîchir la mémoire.

— Wô là ! Tu vas me voler mon *punch* ! Laisse-moi terminer mon histoire, même si tu la connais déjà, protestai-je.

Une fois sermonné, Rupert se recoucha sur le divan et croisa ses bras derrière sa tête comme pour signaler qu'il se retirait de la discussion. Il avait vraiment l'air de s'emmerder. « Qu'il aille ailleurs, s'il n'est pas intéressé ! » pensai-je. Mais il ne bougea pas d'un poil. Je repris mon récit :

— Nous avons partagé un pichet de sangria sur une terrasse. Après le premier verre, Rupert était déjà « cocktail » et moi, proche de l'être. C'était compréhensible, après la nuit que nous avions vécue, ajoutai-je en lançant un clin d'œil complice à Rupert.

— Qu'est-ce qui s'est passé ? demanda Béa.

— Ah ! Un retard, mais nous te raconterons tout ça plus tard. Il ne faudrait surtout pas interrompre la précieuse histoire de Scarlett, répondit Rupert pour me piquer.

J'ignorai son commentaire et continuai :

— J'étais déjà très fatiguée, alors j'ai rapidement ressenti les effets de l'alcool. En fait, nous étions tous un peu dans le même état, donc t'imagines les conversations ! m'exclamai-je en me remémorant la scène.

— Vous ne parliez pas de sexe, j'espère ? me questionna aussitôt Béa.

— Ha ! Ha ! Non ! Pas cette fois-ci. Juste d'implants mammaires !

— OK... dit-elle. Les gars voulaient savoir si vous aviez les seins refaits ?

— C'était ridicule, cette conversation-là ! Je ne pouvais même pas participer ! intervint Rupert.

— Voyons ! Tu as trouvé ça drôle. Et on n'en a pas parlé longtemps.

— D'ailleurs, je ne sais même pas pourquoi il a été question des implants, renchérit-il.

— C'était quoi la conversation, au juste ? demanda Béa, intéressée.

— Je pense que c'est Ishma qui amené le sujet en disant que son chum adorait ses seins refaits. Et là, l'un des pilotes a dit qu'il aimait ça aussi, et ainsi de suite.

— N'importe quoi ! s'exclama Béa. Et John, lui ? Il préférait quoi ?

— Oh, John ! répondis-je, rêveuse. Il est resté muet pendant presque toute la discussion. En fait, c'est moi qui ai dû lui demander son opinion.

— C'est bon, ça ! Un pilote discret. J'aime ça. Et alors, il a répondu quoi ?

— Il a dit qu'il aimait les femmes au naturel.

— C'est tout ?

— Ouais. Rien de plus.

— Excellent !

— Pourquoi ? lui demandai-je, étonnée par son soudain enthousiasme.

— Ben, il n'y a pas plus naturelle que toi, Scarlett ! Avec toi, c'est *what you see is what you get* !

— Donc tu penses que c'est possible que je lui plaise ? m'enquis-je, remplie d'un sentiment d'insécurité.

— Oui, mais continue ton histoire et on verra ensuite, me dicta-t-elle.

Je m'exécutai :

— Après les implants, la discussion a changé du tout au tout. Nous nous posions des questions de base, genre « café ou thé ? » ou « vin rouge ou vin blanc ? ». Des questions bêtes pour remplir les silences.

— Pantoute ! m'interrompit Rupert. Au moins, je pouvais participer !

— Ouais, c'est vrai, confirmai-je. Et tant mieux qu'on ait abordé ces sujets-là, parce que c'est à ce moment que j'ai eu une sensation étrange.

— Qu'est-ce qui s'est passé ?

— Eh bien, on aurait dit que je devinais à l'avance tout ce que John allait répondre. Je me sentais dans sa tête. Je ne peux pas expliquer exactement ce qui s'est passé, Béa, ça ne m'était jamais arrivé.

— J'ai déjà lu quelque part que les âmes sœurs sont tellement connectées par l'esprit que, quelquefois, elles n'ont même pas besoin de parler, elles se comprennent en pensée.

Voilà une réflexion bien irrationnelle, mais j'aimais l'idée que John et moi puissions être faits pour être ensemble. Rupert s'empressa de crever ma bulle de court bonheur :

— Mon Dieu, les filles, vous n'avez pas de bon sens ! Âmes sœurs ! Connectées par l'esprit ! C'est de la *bullshit* tout ça !

Je n'étais pas d'accord avec lui, mais je n'avais pas l'énergie pour le contredire. Et puis je savais pourquoi il était choqué par ces propos. Rupert ne s'était jamais remis de son premier amour et, ne voulant pas l'admettre même après toutes ces années, il passait de conquête en conquête pour oublier. Mieux valait ne pas lui rappeler ces lointains souvenirs. Je me contentai de rouler des yeux pour souligner mon opposition et continuai :

— Après l'apéro, nous avons trouvé un petit resto tout près du lieu où nous étions. Rien de trop recherché. C'était charmant comme endroit. Lumières tamisées, belle ambiance, plein de monde. Il n'y avait qu'une seule table libre au fond du resto. Nous nous y sommes alors installés sans vraiment choisir à côté de qui on s'assoyait. Enfin, je pense…

Je fis alors une pause, songeuse. Puis, pour tenir Béa en haleine, je la questionnai :

— Eh bien, devine qui s'est assis devant moi ?

— John ! s'écria-t-elle.

— Exactement ! confirmai-je avec un sourire en coin.

— Et tu crois qu'il s'est assis là par hasard ? demandat-elle, comme si la réponse allait changer la donne.

— Oui, sans doute. Il ne restait qu'une chaise libre et c'était celle en face de moi.

— Je ne suis pas si certaine de ça, moi ! Je l'ai vu te regarder à Paris et il était loin d'être indifférent à ton charme. Tu ne vois rien aller, c'est évident. Rupert, qu'est-ce que tu en penses ?

— Ah ! Maintenant, vous voulez savoir mon avis, les filles ? répliquat-il, encore contrarié d'avoir été un peu délaissé.

Décidément, Rupert était à fleur de peau. C'était sûrement la frustration d'après-vol qui se manifestait.

Et je le comprenais, car j'étais moi aussi à prendre avec des pincettes au retour d'un vol. Je le rassurai :

— Bien sûr que j'aimerais avoir ton opinion, voyons ! Tu étais là avec moi, alors tu as certainement remarqué quelque chose. Non ?

— Eh bien, si tu veux mon avis, je pense que tu es folle de lui ! rit-il aux éclats en se redressant.

— Euh… Oui ! Ça, je le savais déjà, Rupert. Et c'est tout ce que tu as remarqué ?

— Pour vrai, Scarlett, à voir comment il te regardait, je pense qu'il t'aime bien, mais il est resté tellement conventionnel que c'est plutôt difficile d'en être convaincu.

— Donc, s'il était assis devant moi, ce n'était que le fruit du hasard ? demandai-je, déçue.

— Je n'en suis pas si certaine que ça, moi ! insista Béa.

— Ouais, tu as peut-être raison. Le problème, c'est qu'à Barcelone et à Paris, John et moi n'avons parlé que comme des collègues, alors je n'ai aucune preuve de quoi que ce soit.

Je sentais bien qu'il y avait eu une attirance réciproque, mais je n'arrivais pas à en avoir la confirmation, même après nos deux rencontres-surprises. Et puis, même s'il était intéressé, il n'avait pas l'air du genre de gars prêt à transgresser les règles. S'il avait pris place devant moi, c'était juste parce que la soirée serait plus agréable ainsi.

— C'est vrai que ton John n'a pas l'air d'un Pilotesalopard, mais je ne dirais pas qu'il ne te parlait que comme à une collègue, déclara Béa.

Elle n'avait peut-être pas tort, mais jusqu'alors John ne m'avait donné aucun indice me permettant de penser le contraire. J'étais probablement la seule des deux qui voyait une chimie entre nous. Sans doute une connexion à sens unique. L'idée qu'il n'y avait aucune possibilité avec lui me rendait triste. En même temps, bien que cela jouait contre moi, j'appréciais le fait qu'il ne m'ait pas montré de signes d'ouverture. Je n'aurais pas voulu d'un tricheur, d'un trompeur ou d'un infidèle. Dans tous les cas, j'étais foutue. Je poursuivis mon histoire :

— Le repas était délicieux. John et moi avons même partagé une entrée. C'est là que Rupert m'a jeté un regard investigateur qui m'a fait rougir.

— Ha ! Ha ! Ha ! s'esclaffa Rupert en regardant Béa. Je n'avais pas le choix d'allumer, c'était beaucoup trop évident. Même après trois années de colocation avec moi, Scarlett refuse encore de boire dans ma bouteille d'eau, et voilà que je la voyais rire aux éclats avec le commandant tout en pigeant dans son assiette. Le monde à l'envers !

Béa éclata de rire.

— Tu t'es trahie, Scarlett ! dit-elle. Les autres agents de bord ont remarqué quelque chose ?

— Non, je ne crois pas. Mais de toute façon, qu'estce que ça aurait bien pu faire qu'ils remarquent notre complicité ? Nous n'étions pas en train de nous embrasser, que je sache !

— En effet, ce n'était pas de leurs affaires. Mais John est tellement beau gosse qu'ils auraient pu t'envier, rigola Béa.

— Ha ! Ha ! Ha ! Rupert, peut-être !

— Il n'est pas mon genre ! répliqua ce dernier. J'avoue qu'il est très charismatique, mais je préfère les grands costauds, les durs à cuire.

— Il est à moi, de toute façon, répondis-je inconsciemment.

Ouf ! Avais-je vraiment dit ça ? « Il est à moi » ? Si John était mien, je le partageais pour le moment avec une autre femme. Je ne pouvais pas croire que je m'imaginais le posséder, et ce, sans même avoir touché ses lèvres. Même si c'était exactement ce que je voulais, le posséder, même si je souhaitais l'avoir juste à moi, il me fallait me rendre à l'évidence : c'était impossible. La conversation ayant quelque peu dévié, je revins au vif du sujet :

— Après le repas, nous nous sommes tous dirigés vers l'hôtel. Évidemment, je marchais à côté de John. Nous discutions de tout et de rien. C'était facile de lui faire la conversation. Il n'a pas abordé le sujet de sa femme et de ses enfants, et je n'ai pas voulu lui en parler non plus. S'il n'avait pas été intéressé, peut-être y aurait-il fait allusion ? Je ne sais pas et je ne veux pas le savoir. Nous avons fait un arrêt pour manger une glace. Il a payé mon cornet, mais pas celui des autres.

Je fis une pause pour respirer. Béa en profita pour récapituler mes propos :

— Donc, il a payé ta crème glacée, mais pas celle de Rupert ni de qui que ce soit d'autre ? Il voulait être gentil avec toi, c'est évident. Je le savais qu'il t'aimait bien !

— Tu sautes vite aux conclusions, tu ne trouves pas ? rétorquai-je.

— Non ! Pas du tout ! Pourquoi ce n'est pas l'un des deux autres pilotes qui étaient avec vous qui a payé ton cornet ? Ou bien pourquoi John n'a pas payé celui de Rupert, d'Anna ou d'Ishma ? insista-t-elle.

— Pour me montrer un peu d'intérêt ? suggérai-je.

— Voilà ! C'est un détail, mais toi qui n'arrêtes pas de dire que les hommes invitent rarement, il t'a prouvé le contraire, affirma Béa, tout heureuse de voir que mon commandant s'était préoccupé de moi le temps d'une crème glacée.

— En tout cas, c'était apprécié et je l'ai remercié. Il avait l'air très heureux de m'inviter pour 3 euros, dis-je à la blague.

Rupert, encore sous l'effet de la frustration d'aprèsvol, se mit aussitôt à juger nos raisonnements de femmes.

— Bah ! Vous n'êtes pas possibles, les filles ! Hilarantes, même ! Un gars n'a qu'à vous payer une glace pour vous charmer ! s'amusa-t-il.

Je m'abstins de me justifier, car je savais qu'il adorait lui aussi ces petites attentions prodiguées à l'être aimé lorsqu'il était en couple. Je le sommai de se taire et il s'étendit une seconde fois de tout son long sur le sofa. Béa me supplia de continuer mon histoire. La fin approchait.

— En fait, c'est de retour à l'hôtel que j'ai commencé à faiblir. Je n'avais pas de preuves, bien entendu, mais j'avais de plus en plus l'impression qu'il y avait une vraie complicité entre John et moi...

— Si ça peut t'encourager, m'interrompit Béa, je pense que tu n'as pas rêvé.

— Même si c'était le cas, je ne pouvais rien faire ! J'avais les mains ligotées ! Je n'allais tout de même pas lui faire un clin d'œil et lui dire : « Hey ! Sexy John, tu me rejoins dans ma chambre ? »

— Pourquoi pas ? s'exclama Rupert.

— Ben voyons ! Ça n'a aucun sens ! Je sais bien que je suis difficile et que, normalement, personne ne m'intéresse, mais ce n'est pas une raison pour sauter sur le premier qui me plaît, surtout quand l'heureux élu est un pilote de quarante ans, marié et père de famille !

— Ouin… soupirèrent mes colocataires.

— Et puis, mis à part la galanterie de la crème glacée, John ne m'a donné aucun signe. Une attirance imaginaire, ce n'est pas assez pour agir ! déclarai-je, démoralisée.

Mes deux amis me regardèrent avec compassion. Si j'avais pu revenir en arrière, j'aurais souhaité ne jamais avoir rencontré John. « Je n'aurais pas le cœur en miettes à l'heure qu'il est », pensai-je. Je poursuivis :

— Arrivés à l'hôtel, nous sommes tous entrés dans l'ascenseur. Je réfléchissais encore à l'étrange chimie que j'avais ressentie entre John et moi. Je me demandais si j'avais rêvé. L'ascenseur s'est alors arrêté au niveau 1. Rupert est descendu avec Ishma, et ensuite les deux premiers officiers sont descendus au niveau 2. À présent, il ne restait qu'Anna, John et moi à l'intérieur. La porte s'est rouverte au niveau 3.

— J'espère qu'Anna a déguerpi au plus vite ! s'écria Béa, impatiente.

— Eh bien, moi, je pensais que John sortirait. J'étais déjà prête à lui dire : « Bye, à demain. » Mais non ! C'est Anna qui est descendue et la porte s'est aussitôt refermée derrière elle. Il n'y avait plus que John et moi dans l'ascenseur. J'étais tellement surprise que je suis restée bouche bée.

— Tu veux dire que tu étais gênée, précisa Rupert en se basant sur la version que je lui avais précédemment racontée dans l'avion.

— Complètement intimidée. Et lui aussi l'était, parce qu'il ne disait pas un mot. J'ai vite compris que nous étions les seuls à dormir au niveau 4. Juste lui et moi ! Personne d'autre.

Béa me coupa :

— Donc tu pouvais coucher dans sa chambre sans que personne te voie y entrer ? S'il te plaît, dis-moi que tu l'as fait !

Je souris.

— En fait, le silence qui régnait dans l'ascenseur a soulevé un doute dans mon esprit. Parce que, si j'avais été avec Ishma, Anna ou même les deux autres pilotes, quelqu'un aurait forcément prononcé un mot, une phrase pour alléger l'atmosphère. Mais là, rien ! Je ne respirais plus et John non plus. Je vous le dis, il y avait une de ces tensions indescriptibles dans l'air. L'effet de l'attirance ? Je ne saurais dire, mais j'avais l'impression que les secondes s'étaient arrêtées et que cette foutue porte n'allait jamais s'ouvrir. Si je ne sortais pas au plus vite de là, j'allais être attirée vers lui comme un aimant.

Rupert m'interrompit soudainement :

— Tu veux plutôt dire que tu allais trahir tes foutus principes si tu restais trop longtemps dans cet ascenseur...

Il n'avait pas tout à fait tort. J'aimais peut-être les risques, mais je n'étais pas prête à trahir ce en quoi je croyais tant : la fidélité. Pourtant, les sentiments se bousculant en moi, j'avais éprouvé un désir inexplicable d'exprimer mon attirance envers lui. Ma spontanéité n'allait pas tarder à tout contrôler.

Je m'interrompis quelques secondes pour reprendre mon souffle et continuai mon récit :

— La porte ne s'était pas encore ouverte sur le niveau 4, alors j'ai décidé d'observer son langage corporel. Il restait bien droit, confiant, un sourire en coin. Il était si beau, si masculin. Mais il ne faisait toujours rien pour me signaler une quelconque attirance envers moi.

— Ouais, dit Béa, mais ces choses-là se sentent, Scarlett ! Tu n'as rien remarqué ?

— Oui et non ! Je sentais bien que nous étions tous les deux mal à l'aise, mais il restait muet. Pas un mot !

Je me suis raisonnée à faire comme lui et ne rien dire.

— Je te comprends, m'encouragea Béa.

Je poursuivis :

— Une éternité plus tard, l'ascenseur s'est enfin arrêté. J'avais tellement hâte de sortir de là que je me suis faufilée dans la fente de la porte pour me rendre vers ma chambre. Il a fait la même chose et s'est dirigé à ma droite, à trois chambres de la mienne. Nous cherchions nerveusement nos clés et je pouvais sentir cette chimie entre nous deux. Et puis, ne me demandez pas pourquoi, j'ai perdu la raison.

Je fis encore une pause, cette fois-ci pour reprendre mes esprits. J'avais honte de ce que j'avais dit. J'aurais pu faire tellement mieux. J'hésitais à exposer mon humiliation à mes amis, mais Béa m'y obligea :

— Allez, Scarlett, qu'est-ce qui s'est passé ? Ça ne peut pas être si pire que ça, voyons ! Avouer nos faiblesses envers le sexe opposé n'est jamais une honte. Allez !

— Bon, OK ! En fait, je venais de récupérer ma clé dans mon sac quand j'ai vu du coin de l'œil que John déverrouillait sa porte. Avant d'entrer dans sa chambre, il a tourné sa tête vers moi. Je l'ai donc regardé et je l'ai entendu me dire : « Bonne nuit ! À demain ! » Je voulais lui répondre, mais au lieu de lui souhaiter de beaux rêves j'ai dit autre chose...

— Mais encore ? fit Béa, qui était suspendue à mes lèvres.

— Ben, j'ai répondu : « Tu m'énerves ! » et je suis entrée dans ma chambre au plus vite comme une lâche !

— Wow ! Tu n'y vas pas avec le dos de la cuillère, toi !

— C'était spontané, comme d'habitude. Aucune idée de comment j'ai pu sortir ça !

J'avais en effet une vilaine tendance à agir sans réfléchir. Une fois l'erreur commise, je devais ensuite rectifier le tir, ce qui était très embarrassant. Ce « tu m'énerves » ne devait pas être pris au pied de la lettre, mais il était déjà trop tard pour nuancer mes propos. De toute façon, vu le sourire que John m'avait fait en entendant ces mots, il avait sans doute compris que j'avais un faible pour lui. J'en étais même certaine.

En entrant dans ma chambre, j'avais été envahie par un sentiment de ridicule mais aussi de soulagement. Spontanément, je m'étais cogné la tête au mur. Le boum avait retenti dans toute la pièce. Je n'osais même pas imaginer les ondes de choc qui étaient parvenues jusqu'aux chambres voisines. « Pourvu qu'elles ne se soient pas propagées jusqu'à la troisième chambre d'à côté », avais-je pensé.

Il me fallait me contrôler ! Je voulais cet homme ! Pas dans deux jours ni dans une semaine, maintenant ! L'impossible qui nous séparait ne m'importait plus. Je bouillonnais en dedans. Je m'étais alors mise à inspirer profondément et à parcourir la chambre de long en large. Mes pieds frottant contre le tapis produisaient une fumée poussiéreuse sur mon passage. J'avais passé en revue les possibilités qui s'offraient à moi.

1. J'allais immédiatement cogner à sa porte pour le séduire.
2. Je l'appelais dans sa chambre pour évaluer mes chances de réussite.
3. Je restais là à ne rien faire.

J'avais choisi la troisième option. Béa s'en offusqua.

— Scarlett ! Il ne t'aurait pas dit non, c'est un homme ! Tu ne vas peut-être pas le revoir avant des mois, et tu le sais. Malgré tout, tu as préféré ne rien faire ? me gronda-t-elle.

— Oui ! Exactement ! J'ai préféré ne rien faire ! Je n'aurais pas été bien avec moi-même, autrement ! Il est marié, Béa ! J'aurais couché avec lui, et après ? Rien ! C'est moi qui aurais eu le cœur brisé. Et puis, s'il avait voulu qu'il se passe quelque chose, il aurait tenté sa chance, parce que je venais de lui faire comprendre qu'il m'attirait, expliquai-je, convaincue d'avoir pris la bonne décision.

— Tu as raison. Des avances d'hommes mariés, j'en ai eu des dizaines, et ce, sans leur faire les yeux doux. Quand ils le veulent, ils passent à l'action, dit-elle.

Béa était à la fois fière de moi et déçue qu'il ne se soit rien passé. Pour ma part, j'étais chagrinée, mais aussi soulagée d'avoir été fidèle à mes convictions. Je ne savais pas quand je reverrais John et mieux valait que ce moment n'arrive pas de sitôt. Il était temps pour moi de rencontrer des gens nouveaux et de m'amouracher d'un autre homme au plus vite. Je me jurai alors d'accepter toutes les invitations qui se présenteraient à moi. Certainement un soupirant allait conquérir mon cœur. Le jeu en valait la chandelle, il suffisait d'essayer.

10

Chapitre 10

Montréal (YUL)

J e l'avais nommé « Le jeu du flirt extrême ». J'étais bien décidée à
m'amuser avec les hommes et à laisser pour une fois mes principes
contraignants de côté. Cette cure de désintox improvisée avait
pour but de me faire oublier le beau John Ross. Le choix des
prétendants possibles était plutôt illimité, étant donné la courte liste de
conditions auxquelles ils étaient soumis. Premièrement, les candidats
devaient être célibataires. Tous ceux étant divorcés, en instance de
divorce ou en *break* n'étaient pas admissibles à mes séances de flirt. Et
deuxièmement, ils devaient être âgés entre vingtcinq et quarante-cinq
ans. En résumé : j'étais prête à rencontrer n'importe qui.

Vu les nombreux candidats qui s'offraient à moi, les mois qui allaient
suivre s'annonçaient divertissants. J'étais prête à lancer les dés coûte
que coûte. Qui sait, les sentiments de tendresse obsessionnelle que
j'éprouvais pour Pilote-inaccessible seraient peut-être relégués aux
oubliettes une fois pour toutes ? Je l'espérais.

Béa m'avait donc présenté des candidats au cours du mois de

septembre. Bien qu'aucun n'ait vraiment retenu mon attention, je m'étais prêtée au jeu comme une grande et j'avais accepté quelques invitations. Ces rencontres n'avaient mené nulle part, mais cela avait tout de même contribué à alléger mon moral. J'avais pris goût au jeu et je désirais continuer.

C'est alors que j'avais reçu un courriel inespéré d'un collègue sénior appelé Guy. Il disait : « Salut Scarlett, nous ne nous connaissons pas, mais j'aurais un vol à t'échanger. Si tu es intéressée, c'est un Nice 72 heures… » WOW ! Un soixante-douze heures à Nice ! Évidemment que je le voulais ! En lisant de nouveau son message, j'avais été prise d'une soudaine inquiétude. Guy n'avait sûrement pas pensé juste à moi et avait dû envoyer des courriels à d'autres agents de bord pour faire cet échange au plus vite. Je m'étais donc empressée de lui répondre, car je ne voulais pas me faire couper l'herbe sous le pied.

Cet échange tombait juste à point, car maintenant que j'avais adopté ma nouvelle philosophie du « flirt extrême » ces petites « vacances » pourraient contribuer à me faire rencontrer des candidats de l'autre côté de l'Atlantique. Qui sait ? Impatiemment, j'avais attendu sa réponse et, au bout d'une journée, j'avais appris que l'échange avait été accepté ! Pour une raison indéterminée, Guy prenait mon Paris, pas de dodo, *deadhead* aussitôt à Istanbul, dix-neuf heures de repos, du vendredi au dimanche (Beurk !), et moi, son soixante-douze heures direct à Nice (Yé !). J'avais l'impression d'avoir gagné le gros lot, car même après un peu plus de trois années à voler comme agente de bord je n'avais jamais vu un tel itinéraire s'afficher sur mon horaire.

Ce soir-là, je me préparai donc en pensant à Nice et à sa plage de galets. J'espérais qu'en ce mois d'octobre il ferait assez chaud pour que je puisse profiter de la mer Méditerranée. J'avais déjà hâte d'arriver et je n'étais même pas encore partie.

En regardant ma montre, je réalisai qu'il me restait une demi-heure avant de me rendre à l'aéroport. Je m'installai alors sur mon divan avec mon ordinateur et consultai rapidement la liste des membres d'équipage qui m'accompagneraient. Malgré moi, j'espérais y voir apparaître le nom de John. Je m'en voulais d'y avoir même pensé, mais heureusement aucun nom ne m'était familier. J'étais toutefois curieuse de savoir qui étaient Samantha et Cécile. Leurs prénoms me disaient quelque chose. Une seule personne pouvait m'éclairer à ce sujet et, par chance, elle se trouvait dans la pièce d'à côté.

— Rupert, est-ce que tu peux venir ici, s'il te plaît ? l'interpellai-je.

Je regardai encore une fois l'écran de mon ordinateur et lus les numéros d'ancienneté qui se trouvaient à côté de chaque nom : 2, 20, 25, 45, 68, 70 et le mien, 1 014 ! J'avais officiellement affaire à une gang de vieilles sacoches ! J'eus soudainement peur.

Depuis que j'étais dans l'aviation, j'avais entendu des rumeurs de toutes sortes. Plusieurs parmi elles concernaient des agents de bord ayant beaucoup d'ancienneté. Nous les appelions « les sacoches », et d'après ce qu'on m'avait dit, il y en avait des bonnes et des mauvaises.

Je savais que la réputation de certains de ces agents de bord était véridique, car j'avais travaillé avec plusieurs d'entre eux. Heureusement, j'étais tombée sur de bons groupes : des hommes et des femmes qui volaient depuis une vingtaine d'années et qui adoraient leur job. Par amour pour le métier, ils avaient servi un nombre inimaginable de passagers et avaient enduré la fumée de cigarette lorsqu'il était encore permis de fumer à bord. Même après des milliers d'heures de vol, ils étaient toujours aussi souriants et efficaces. « D'exceptionnelles sacoches », disait-on.

Malheureusement, toute chose possède son contraire. Le jour et la nuit. Naître et mourir. Le froid et le chaud. Les bonnes et les mauvaises sacoches. Les vigoureuses et les mollasses.

À l'inverse des sacoches vigoureuses, les mollasses agissent dans leur propre intérêt, du décollage jusqu'à l'atterrissage. Ce sont là aussi des hommes et des femmes qui volent depuis une vingtaine d'années et qui ont servi des milliers de passagers. Par contre, ces agents de bord n'aiment plus leur métier et ne le gardent que par nécessité. Ils n'apprécient pas non plus les passagers, et une seule requête de la part de ces derniers les enrage. Ils ne sourient pas et préfèrent s'asseoir sur les bancs d'équipage dès qu'ils ont fini le service dans leur allée plutôt que d'offrir leur aide à leurs collègues de l'autre côté. Des mauvaises sacoches sans tonus ! J'espérais qu'aucune d'entre elles ne se trouvait sur mon itinéraire de vol. L'inquiétude m'envahit de plus belle.

— Rupert ! Qu'est-ce que tu fais ? Viens ici, et vite ! m'affolai-je.

Encore à moitié nu, mon coloc sortit de sa chambre.

— Qu'est-ce que tu as à crier de même ? Il n'y a pas le feu ! me lança-t-il.

— Le feu ? Non, mais presque. Je pars ce soir à Nice et je viens de regarder les noms des agents de bord qui volent avec moi. Ils sont tous séniors ! J'ai besoin de savoir si tu les connais. J'ai peur que ce soit des sacoches qui ne font rien.

— Ah ! Je vois. Laisse-moi jeter un coup d'œil, me dit-il.

Rupert était derrière moi. Il se pencha et posa sa tête sur mon épaule en observant l'écran de mon ordinateur.

— Le directeur de vol est Yves Martin. Numéro 2 dans la compagnie. Il est super. Il va t'aimer. Il est un peu sérieux, mais il est travaillant et il sait se faire respecter, m'expliqua-t-il.

Quel soulagement ! Un directeur de vol devait montrer l'exemple et créer une bonne ambiance de travail. Si, par malheur, une mauvaise sacoche se trouvait dans l'équipe, elle n'oserait sûrement pas traîner de la patte avec un directeur pareil. « Quoique les rumeurs existent bien pour une raison », me dis-je.

Rupert continua :

— Gilles est très gentil aussi. Il va peut-être te parler pendant tout le vol des fleurs qu'il cultive dans sa verrière, mais il y a pire que ça.

Quant à Martine, elle est douce comme un agneau, alors tu n'as rien à craindre. Elle apporte toujours son lunch à bord et ça a chaque fois l'air délicieux.

Jusqu'à maintenant, je sentais que j'étais tombée sur un groupe de bonnes sacoches. J'avais presque hâte de les rencontrer. Je devais bientôt partir. J'encourageai Rupert à terminer son exposé.

— Chanceuse ! Tu voles avec Marie Allard. Un ange ! Elle est toujours prête à donner un coup de main. Tu vas l'adorer.

— Ouais. Je vois que tout le monde a l'air d'être sympathique. C'est super ! Tu connais Cécile et Samantha ? le questionnai-je pour finir.

— Cécile Duquet ? Et Samantha Blindfort ? s'empressa- t-il de me demander.

Son regard venait de changer. Il avait l'air étonné de m'entendre prononcer ces prénoms. Je consultai de nouveau la liste des membres d'équipage.

— Oui. Exactement. Duquet et Blindfort, confirmai-je.

— *Oh my God ! Oh my God ! Oh my God !* s'exclama- t-il vivement.

Intriguée par sa réaction, je fermai immédiatement mon portable et me levai pour lui faire face.

— Scarlett, ces deux femmes sont... sont... Ah ! Je ne sais pas comment t'expliquer...

Je ne voyais pas où il voulait en venir. Il semblait à la fois surpris et mal à l'aise. J'avais besoin de plus de détails.

— Rupert, qu'est-ce qui s'est passé avec Cécile et Samantha ? Tu n'as quand même pas couché avec elles ? dis-je spontanément.

— Voyons, Scarlett ! Moi, coucher avec des femmes ?

— Qu'est-ce qu'elles t'ont fait, alors ?

— Eh bien, c'est plutôt ce qu'on a fait...

— OK ! Qu'est-ce que vous avez fait ? le pressai-je.

— Des vilaines choses ! dit-il d'un air gêné, tout en arborant un sourire en coin.

— Comme… ?

— J'étais jeune, stupide et soûl, ce soir-là ! se justifia- t-il sans me donner davantage de détails.

— Rupert, on a tous été naïfs à nos débuts chez VéoAir. Je vais comprendre. Allez, que s'est-il passé ? insistai-je.

— Hum, je ne sais pas si je devrais te le dire ! me titilla-t-il, soudainement amusé par ma curiosité.

Ses cachotteries commençaient sérieusement à m'énerver. Pourquoi ne voulait-il pas me dire ce qu'il avait fait ? J'étais sa colocataire depuis trois ans !

— Rupert ! Dis-le-moi ! C'est fatigant, ce suspense. Je suis ton amie. Ça ne doit pas être si pire que ça. Je vais le leur demander ce soir pendant le vol si tu ne me le dis pas, le menaçai-je pour lui soutirer son secret.

— Ne t'avise pas de leur demander quoi que ce soit. Et ne leur mentionne surtout pas que je suis ton ami. Si je te raconte l'histoire, tu ne devras jamais y faire allusion dans l'avion, m'avertit-il.

— Pourquoi ? Elles te détestent ?

— Non ! Mais ce qui s'est passé ce soir-là a créé toute une commotion. Depuis, elles ont laissé courir certaines rumeurs, mais moi je n'en ai jamais parlé. J'ai décidé de cacher la vérité. Personne ne doit savoir.

— Rupert-le-potineur qui garde un secret ! Pourquoi est-il si précieux ? m'enquis-je.

— Parce qu'il implique un pilote et que l'histoire a tourné au vinaigre avec lui.

— Wô ! C'est intéressant ! C'est qui, ce pilote ?

— Tu te rappelles le beau pilote qui, il y a quelques années, a démissionné sans raison après seulement trois mois chez VéoAir ?

— Celui qui a décidé de ne pas effectuer un vol de retour depuis Paris sans s'expliquer ? demandai-je, de plus en plus intriguée.

— Oui, lui.

— Tu n'étais pas là, justement ?

— Oui, et c'est précisément pour ça que je connais la raison de son départ, répondit-il, toujours aussi évasif.

— Mais raconte, voyons ! Vite, Rupert, s'il te plaît ! Je dois être partie dans quinze minutes. Je te jure que je ne dirai rien à personne. Même pas à Béa, lançai-je, fatiguée qu'il me fasse languir.

— À Béa, ça va, mais à personne d'autre ! insista-t-il.

— Promis ! Juré ! Craché !

Je me rassis sur le divan et Rupert partit enfiler un chandail. Il revint aussitôt dans le salon et s'installa à mes côtés. Son histoire avait vraiment l'air étrange et j'espérais qu'il me la déballerait rapidement pour ne pas trop me retarder. Il se lança :

— Bon, je te rappelle qu'à mes débuts dans l'aviation j'ai fait des conneries. Toi, tu as embrassé des pilotes qui avaient des blondes, et moi j'ai fait d'autres choses. OK ?

— Oui, Rupert, je ne te jugerai pas. Promis ! le rassurai-je avant qu'il continue.

— L'histoire se passe à Paris quelques mois après mon premier vol. Certains membres de l'équipage s'étaient rassemblés dans une chambre d'hôtel après le souper. Il y avait un commandant, un premier officier, Cécile, Samantha et moi.

— Elles ressemblent à quoi, ces femmes-là, pour que je me fasse une idée ?

— Cinquantaine, cheveux blond platine, trop maquillées. Elles devaient être belles lorsqu'elles étaient jeunes, mais là elles ont juste l'air d'avoir trop fait le party.

— Hum, je vois. Et c'était qui l'autre pilote ?

— Ah ! Ça, par contre, je ne te le dis pas ! répliquat-il aussitôt.

— Ben là ! Il faudrait savoir ! Tu me le dévoiles, ton secret, ou tu ne me le dévoiles pas ?

— Non ! Je ne te dis pas son nom. De toute façon, ça ne changera rien à l'histoire, affirma-t-il.

Je le laissai poursuivre.

— Plus la soirée avançait et plus l'alcool coulait à flots. Quand nous avons été bien soûls, la question du sexe est arrivée sur la table.

— Quelle surprise ! fis-je ironiquement.

— Eh oui ! Un sujet qui revient toujours. Nous aurions pu nous contenter d'en parler, mais Cécile et Samantha ont eu une bien meilleure idée.

Rupert fit une pause volontaire.

— Allez ! À quoi elles ont pensé ? l'interrogeai-je, impatiente.

— Elles nous ont proposé de participer à un concours de fellation ! s'exclama-t-il en me tapant brusquement sur l'épaule.

— Tu me niaises ? Elles sont donc bien perverses !
m'exclamai-je à mon tour.

— Ça oui, je te l'accorde !

J'étais sous le choc. Jamais je n'aurais pu participer à une telle compétition pour prouver ma performance au bâton. Quoique j'aurais peut-être aimé regarder la scène par une brèche dans un mur. En même temps, j'étais curieuse de connaître la suite de l'histoire. Il fallait que Rupert la termine au plus vite. Un peu de circulation sur la route et j'arriverais en retard à l'aéroport.

— Le commandant était marié et, en entendant cette proposition, il a décidé de partir, reprit-il.

— Très responsable de sa part. Il a sûrement manqué quelque chose. Cécile et Samantha devaient être déçues qu'il ne reste que toi et le premier officier, non ?

— En fait, je pense qu'elles s'en foutaient. Puisque le beau pilote était nouveau dans la compagnie, elles le voulaient rien que pour elles depuis le début de la soirée. Elles allaient enfin pouvoir s'amuser avec lui.

— Et toi, dans tout ça ? Tu ne t'es tout de même pas laissé amadouer par deux madames ? demandai-je, perplexe.

— Évidemment que non ! J'ai moi aussi pensé à partir, mais le premier officier était vraiment à mon goût, alors j'ai proposé de jouer à l'arbitre pour observer ce qui allait se passer.

— Ouin, tu as dû te rincer l'œil !

— Mets-en ! me confirma Rupert avec un petit sourire gêné avant de continuer. Cécile a sorti un bandeau de son sac à main. Comme si elle avait planifié le coup. Elle a couvert les yeux du pilote. Il était déjà prêt à commencer le concours et avait baissé son pantalon. Dans le camp des rouges, il y avait Cécile Duquet, et dans celui des bleus, Samantha Blindfort.

— Oh ! Arrête ! Arrête ! C'est dégradant comme histoire. Je n'en reviens pas qu'elles aient fait ça pour impressionner un gars, déclarai-je, scandalisée.

— Tu veux que j'arrête ? La meilleure partie s'en vient, Scarlett, m'appâta Rupert.

— Ben non ! Continue, voyons ! C'est sûr que je veux connaître le dénouement !

— Samantha a commencé. Elle s'est mise à genoux et a fait exactement ce qu'il fallait. Le pilote se délectait. Elle a continué jusqu'à ce que je cède le tour à Cécile. C'était maintenant à elle de donner tout ce qu'elle avait. Le premier officier était aux anges. J'ai finalement sifflé la fin de la partie. Le résultat semblait serré.

— Qui a gagné ? demandai-je.

— Le pilote n'arrivait pas à se décider, alors il a réclamé une prolongation.

— Ah ! Le salaud ! m'exclamai-je, outrée.

— Brillant, tu veux dire ? me corrigea-t-il.

— Ouais, un rusé petit renard...

Il fallait vraiment que je parte. Je commençai à enfiler mon manteau pendant que Rupert continuait à me relater la compétition.

— Samantha a alors recommencé de plus belle. Elle y prenait goût. Puis son temps s'est écoulé. Une dernière chance était accordée à son adversaire. Il fallait jouer le tout pour le tout !

— Et le pilote, dans tout ça ? Il ne devait pas lui rester longtemps à tenir, dis-je depuis l'entrée.

— Ah ! Il était en extase. Samantha avait tout donné. Mais c'est quand son adversaire a pris le relais qu'il a vraiment ressenti un réel plaisir. Ça y allait par là ! Du vrai professionnalisme. Le premier officier a explosé en deux secondes ! affirma Rupert, le visage tout rouge.

— Voyons ! Pourquoi t'es rouge comme ça ? C'est Cécile qui a été déclarée reine de la fellation ?

Je n'avais pas terminé ma phrase que Rupert éclatait de rire. Il était plié en deux. Je ne comprenais pas pourquoi il riait ainsi, mais je n'avais plus de temps à perdre. J'ouvris alors la porte afin de lui signaler mon départ imminent.

Me voyant partir sans même attendre le dévoilement de l'heureuse gagnante, Rupert tenta de reprendre son sérieux en respirant profondément. Puis, après s'être calmé, il esquissa un sourire embarrassé, me fit un clin d'œil complice et dit enfin :

— Et si c'était un roi qui avait remporté le concours ?

11

Chapitre 11

Montréal (YUL) – Nice (NCE)

Lorsque je montai dans l'appareil, les pilotes n'étaient pas encore là. Seulement deux agents de bord masculins étaient arrivés. J'en déduisis qu'il s'agissait d'Yves et de Gilles. Ils avaient tous les deux l'air très sympathiques, comme Rupert me l'avait précisé. Yves était grand et mince et arborait une barbe. Il devait être dans la cinquantaine. Quant à Gilles, il semblait un peu plus âgé : cheveux gris lissés, manières efféminées. Il parlait déjà de ses fleurs lorsque je me présentai à lui.

Je ne m'entretins que brièvement avec eux, préférant m'asseoir sur un siège dans la troisième rangée en attendant l'arrivée du reste de l'équipage. J'avais ridiculement hâte de voir à quoi ressemblaient Cécile et Samantha.

Je me remémorai les dernières paroles de Rupert : « Et si c'était un roi qui avait remporté le concours ? » C'était donc vrai, cette rumeur de « concours de pipe » mettant en vedette un pilote ! Je n'arrivais pas à croire que Rupert y avait participé. Le premier officier pouvait bien avoir démissionné sur-le-champ ! Quelle honte pour lui ! Une fois soulagé, il avait probablement soulevé son bandeau pour féliciter la talentueuse championne et rapidement réalisé que mon cher Rupert avait outrepassé son rôle d'arbitre. Quel choc ! Les deux reines de la compétition avaient dû bien rire… Au moins, l'autre pilote avait été raisonnable en s'en allant avant même que le concours commence. « Mon John aussi serait parti », pensai-je, convaincue.

Pendant que je réfléchissais à cette histoire, mes autres collègues arrivèrent. Elles riaient de bon cœur. Je les observai. Deux jolies femmes aux traits fins et aux cheveux bien coiffés s'assirent dans la rangée devant moi. Comme elles parlaient de leurs enfants, j'en conclus que l'une était Marie et l'autre, Martine. Quant à Cécile et Samantha, il n'y avait pas de doute, elles venaient de prendre place dans la première rangée. Leurs chevelures respectives étaient d'un blond platine exemplaire et leur teint bruni par les rayons UV leur enlevait le peu de classe qui leur restait. Leurs visages poudrés ne mentaient pas. Elles en avaient vécu, des expériences, dans leur vie. Et l'une d'elles était d'ailleurs passionnante ! « Si seulement elles savaient que je sais », me dis-je.

Le directeur de vol, à qui le commandant avait fourni personnellement les conditions de vol, commença sans plus attendre son *briefing* :

— Bonsoir à tous ! Je peux voir que vous vous connaissez déjà, alors on va laisser tomber les présentations…

Était-ce parce que j'étais assise dans le fond qu'on m'avait ignorée ? Je m'étais pourtant bien présentée au directeur de vol en arrivant. Il fallait que je me manifeste immédiatement pour ne pas projeter une mauvaise image et avoir ensuite à en subir les conséquences. Comme je me préparais à parler, l'une des blondes platine interrompit Yves en me pointant de son long index enduit de vernis rouge.

— Pardon, Yves, mais elle, je ne la connais pas, ditelle d'un ton méprisant.

J'avais l'impression d'être une intruse dans son avion et que ma peau claire et jeune la dérangeait prodigieusement. Tous les yeux se tournèrent alors dans ma direction comme si personne n'avait encore remarqué ma présence. Yves se reprit :

— Ah oui ! Désolé ! J'avais oublié la p'tite nouvelle.

Hé ho ! Nouvelle ? C'est vrai que je n'étais pas dans le milieu depuis vingt ans, mais j'y évoluais quand même depuis quelques années. Le moment étant toutefois mal choisi pour m'offusquer, je pris le plus sympathique des sourires et m'exprimai avec confiance :

— Bonjour, moi, c'est Scarlett !

Je regardai alors les deux femmes devant moi pour qu'elles se présentent à leur tour. Ensuite, je tournai la tête vers le directeur de vol et répétai son nom pour signaler que je m'en souvenais bien. Je fis de même pour Gilles, puis je posai enfin les yeux sur les deux blondes platine. Je me demandais qui était Samantha et qui était Cécile. Je soupçonnais que l'index accusateur appartenait à Samantha.

L'autre blonde m'adressa un grand sourire et me dit :

— Je m'appelle Cécile. Enchantée de faire ta connaissance, Scarlett.

Je lui rendis son sourire et dirigeai mon regard vers sa voisine.

— Bonjour, Scarlett, je suis Samantha, fit-elle d'un air désintéressé.

Les présentations étant terminées, Yves s'empressa de reprendre la parole :

— Maintenant que tout le monde se connaît, je vais faire vite, car je dois lancer l'embarquement dans les quinze prochaines minutes. Commençons par les positions.

« Quelle surprise ! » pensai-je ironiquement. C'était chose commune. Avant même d'entendre les détails du vol, chaque agent de bord choisissait sa position dans l'avion par ordre d'ancienneté. Étant la plus junior de l'équipage, je devrais me contenter du dernier choix, mais ça ne voulait pas nécessairement dire qu'il n'allait pas me plaire.

Gilles commença. Suivirent Martine et Marie. Puis Cécile, plus sénior que sa « meilleure amie », choisit de travailler à l'arrière avec Marie. Samantha avait maintenant le choix entre les deux positions restantes. L'une impliquait de travailler dans la cabine, mais aussi de s'asseoir devant les passagers au milieu de l'appareil. Et l'autre permettait de s'asseoir complètement à l'arrière, sans passagers, et de jaser avec ses collègues, mais nécessitait aussi de préparer tous les chariots de repas et de boissons. À voir sa parfaite manucure, je doutais que Samantha se risque à travailler dans la *galley* arrière et à soulever des contenants lourds. Elle pleurerait sans doute si elle se cassait un ongle. Elle choisit comme je le pensais la position assise devant les passagers et j'obtins celle dans la *galley* arrière. Le directeur de vol continua son discours :

— Ce soir, nous opérons le vol 234 vers Nice, avec un temps de vol prévu de sept heures et cinquantecinq minutes.

— Grrr ! se plaignit Samantha.

Voilà qui ne me surprenait pas. Elle m'avait tout l'air du genre d'agente de bord faisant partie du second groupe de sacoches. Les mollasses, qui se tuaient rarement à l'ouvrage. C'est vrai que presque huit heures de vol étaient une durée anormalement longue pour un Nice. Sept heures et demie auraient été raisonnables, et je comprenais sa déception. Trente minutes de plus signifiaient pour moi que j'en aurais pour plus longtemps à combattre le sommeil. Mais je doutais que Samantha s'exclame pour la même raison. Pour elle, cette demi-heure supplémentaire voulait plutôt dire qu'elle devrait travailler plus longtemps. Yves ignora sa réaction et poursuivit :

— Le vol est plein. Trois fauteuils roulants et deux bébés.

— Grrr ! grogna de nouveau Samantha.

La reine du groupe devait maintenant se plaindre parce qu'il y aurait trop de passagers à servir. Elle aurait sans doute préféré que l'avion soit vide pour dormir durant tout le vol. Mais sans passagers, auraitelle encore un emploi ? Elle n'avait sûrement pas pensé à ce léger détail. Elle s'empressa de demander :

— Ben là ! Est-ce qu'on a au moins nos sièges d'équipage ?

— Oui, Samantha. Ne t'inquiète pas. Vous avez vos sièges à l'arrière pour vous reposer lors des pauses, précisa Yves.

Elle se calma enfin et laissa le directeur de vol terminer son *briefing*. Curieusement, je n'avais pas entendu Cécile broncher comme sa jumelle platine. Je l'avais peut-être jugée trop vite. Cécile oscillait possiblement entre les deux groupes. Vigoureuse ou sans tonus, selon les jours. Je le saurais bien assez vite.

* * *

Le service de repas s'était fait en un tour de main. Les chariots étaient remplis de plateaux sales. J'étais dégoulinante de sueur à force d'avoir ouvert tous ces fours pour récupérer les plats chauds des passagers. Je n'avais pas eu une minute pour me relaxer. Je ne me souvenais pas d'avoir déjà été aussi occupée par le passé. Les autres agents de bord avaient-ils bien déposé les plateaux sur les tablettes ? Ou les avaient-ils seulement jetés à la figure des passagers pour aller plus rapidement ? J'étais perplexe. Cécile arriva à l'arrière pour manger son repas. Je la questionnai :

— Je n'ai vraiment pas arrêté pendant le service. Est-ce que c'est moi ou vous avez servi tout le monde en un temps record ?

— Ouais, plus vite ils sont servis, plus vite on débarrasse et plus vite on peut dormir, m'expliqua- t-elle, comme si la chose était évidente.

— Ah ! Je vois…

Je n'avais pas rêvé. Je venais de m'échiner à la tâche pour permettre au reste de l'équipage de dormir plus longtemps ! Je ravalai ma colère et sortis le chariot des repas qui nous étaient réservés afin que mes collègues puissent manger.

À peine le compartiment était-il ouvert que Samantha s'y précipita. Elle sortit un plateau, puis un autre, et fit son agencement personnel. Je compris que la salade aux pois chiches ne lui plaisait pas, car elle la remplaça par la laitue. Pour les feuilles vertes, la sauce à l'italienne déposée sur son plateau semblait ne pas l'intéresser. Elle prit celle aux tomates séchées sur un autre plateau. Par contre, le dessert lui convenait. J'avais l'impression d'observer une louve en train de chasser une biche. Ses jolis louveteaux attendaient patiemment en retrait leur part du festin.

La louve finit par s'asseoir pour manger son repas. J'aurais bien aimé qu'elle s'installe sur les sièges d'équipage, loin de ma vue, mais elle prit plutôt place sur le strapontin à l'arrière de l'avion. Je la voyais me scruter d'un regard hautain entre chaque bouchée. Je ne m'en formalisai pas et continuai à nettoyer les comptoirs humides. Soudain, elle se décida à me parler :

— Scarlett, c'est ça ?

— Oui, c'est ça, confirmai-je.

— Ça fait longtemps que tu es dans la compagnie ?

— Un peu plus de trois ans.

— Tu as un chum ?

Je n'étais pas surprise par ses interrogations. Je les appréciais, même. Samantha voulait assurément me faire la conversation. Sa dernière question, clé, pouvait ouvrir la discussion sur différents sujets : où avais-je rencontré mon mec, qui était-il, que faisait-il, quels étaient nos projets… Malheureusement pour elle, il faudrait qu'elle me questionne sur autre chose, car je n'avais rien à dire à ce propos.

— Non, personne, répondis-je.

— Ah ouin… Une belle fille comme toi ! Célibataire ! Comment ça ? me demanda-t-elle, comme si j'avais une explication logique.

— Hum, apparemment, je suis trop difficile, avouai-je en toute conscience.

— Voyons donc ! Tu as quel âge ? Vingt-six ?

— Non, vingt-neuf, lui dis-je, ravie de paraître plus jeune.

— Bah ! Si j'avais ton âge, je croquerais n'importe qui et je ne me soucierais pas de me dénicher un mari.

— Ouais, mais je vais bientôt avoir trente ans !

— Voyons, ma belle ! *Thirty is the new twenty !* Amuse-toi donc avant qu'il ne soit trop tard, me conseilla-t-elle.

M'amuser ? OK ! Mais croquer ? Wô ! « Certainement pas comme elle ! » pensai-je. Samantha n'avait pas tort. Il fallait que je me laisse aller. Et c'est ce que j'essayais de faire avec « Le jeu du flirt extrême ». Je n'avais tout simplement pas encore rencontré quelqu'un qui m'allumait assez pour aller plus loin. « Mis à part John », me dis-je. Mais ça, je n'avais pas le droit d'y penser. J'aimais bien cette Samantha, en fin de compte. Une croqueuse d'hommes, peut-être, mais aussi une femme qui savait s'amuser !

* * *

Le vol s'était bien déroulé et mon équipage avait travaillé vigoureusement, mis à part les deux sacoches mollasses qui s'étaient endormies pendant presque deux heures sur les sièges d'équipage sans laisser les autres s'y reposer. Malgré l'attitude égoïste que

Samantha avait adoptée tout au long du vol, j'avais quand même aimé notre conversation. Et puis les fâcheuses habitudes qu'elle avait acquises au fil des années n'allaient sûrement pas changer. Rien ne servait donc de s'en indigner.

J'avais passé une partie du vol à discuter de tout et de rien avec Marie et Martine dans la *galley* arrière. Elles m'avaient félicitée pour ma « zénitude d'esprit » concernant mon célibat et m'avaient aussi prédit que cette attitude attirerait inévitablement des hommes sur mon chemin, et ce, sans que je lève le petit doigt. Et si elles avaient raison ?

12

Chapitre 12

Nice (NCE)

–Mesdames et messieurs, je vous souhaite la bienvenue à Nice. Il est présentement 7 heures du matin et la température extérieure est de 15 degrés Celsius. Nous vous demandons de demeurer assis avec votre ceinture attachée…

Quinze degrés Celsius ! C'était un peu froid pour aller à la plage. Quoiqu'il était encore tôt et que j'étais ici pour trois jours. La journée allait sans doute se réchauffer. « Une température parfaite pour visiter la ville », me dis-je en récupérant mon *carry-on*.

Les passagers ayant tous débarqué, je m'avançai rapidement vers la sortie. J'avais hâte de m'asseoir dans l'autobus d'équipage. Les yeux me piquaient. « Les vols de nuit peuvent bien s'appeler des *redeyes* en anglais ! » pensai-je en posant le pied hors de l'avion. Je fus la première à en sortir. J'étais étonnée que Samantha ne m'ait pas précédée. Elle aurait été du genre à partir avant les passagers pour être certaine de monter la première dans l'autobus.

En arrivant aux douanes françaises, je remarquai que les passagers me bloquaient la route. Je les contournai, remontai la file jusqu'au douanier et attendis que celui-ci me regarde. Il me vit et me fit signe de passer immédiatement. Je soulevai ma carte d'identité pour membres d'équipage afin qu'il la regarde, mais il se contenta d'abaisser la tête en signe d'approbation. À peine y avait-il posé les yeux. « Que c'est agréable d'arriver en France ! » pensai-je.

Comme j'avais pris l'habitude de voyager léger, je n'attendis pas de valise au carrousel à bagages. Je repérai rapidement l'indication de la sortie et m'y dirigeai sans tarder. J'approchai alors de deux grandes portes coulissantes argentées. Le matériau opaque m'empêchait de voir de l'autre côté, reflétant plutôt mon image. Plus je m'avançais et plus ma silhouette se dessinait fièrement, de la courbure de mes hanches jusqu'à la carrure de mes épaules. Ma coiffure semblait encore intacte et lisse, car son éclat miroitait dans la glace. Mes lèvres rougeâtres coloraient mon visage. Derrière moi, pas âme qui vive. De tous les passagers et membres d'équipage, j'étais la première à utiliser ces portes.

Finalement, ces éblouissants miroirs s'ouvrirent et j'accédai à l'aire d'arrivée. Soudain, j'eus l'impression d'être une célèbre star de cinéma arrivant à Nice pour assister au Festival de Cannes. Les paparazzis m'attendaient. Des bouquets de fleurs m'étaient offerts. On me demandait des autographes. Tous ces gens n'étaient là que pour moi ! Il ne me manquait qu'une paire de lunettes fumées sur le bout du nez pour que je me mette à saluer mes fans.

Hélas, je rêvais. Personne ne m'attendait. Malgré mon désolant anonymat, mes faux admirateurs s'écartèrent sur mon passage, me frayant ainsi un chemin. Je fendis la foule d'un air supérieur en regardant autour de moi. Et là, brusquement, mon attention fut attirée par le vêtement rouge porté par l'un d'eux.

Machinalement, je levai les yeux pour regarder le visage de la personne au chandail rouge. C'était un homme. Un Adonis. Ses cheveux bruns tombaient sur ses épaules. Il avait l'air d'un splendide et délicieux hippie. Il m'observait lui aussi. Cet homme me disait quelque chose. Comment pouvais-je le connaître ? J'étais à Nice ! De l'autre côté de l'Atlantique !

Il me fixait encore, et plus j'avançais vers lui, plus son visage me semblait familier. J'arrivai à ses côtés et je me souvins enfin.

— Euh... Arnaud ? Salut ! dis-je en état de choc.

— Scarlett ? C'est toi ? Salut ! me répondit-il, non moins surpris.

J'étais figée. Devant moi se tenait le plus beau gars que j'aie côtoyé pendant ma première année d'université. Il était français et avait participé à un échange d'un an au Canada. À l'époque, je n'aurais jamais voulu vivre une quelconque histoire avec lui, car je savais qu'il était un véritable Casanova. Telle la Scarlett réservée que j'étais alors, j'avais refusé maintes fois ses avances. Et puis il était retourné vivre en France. Je n'avais jamais regretté de ne pas avoir été l'une des dizaines de filles ayant fini dans son lit. Par contre, maintenant que j'étais engagée dans « Le jeu du flirt extrême », j'étais soudainement prête à faire le saut.

— Tu habites à Nice ? lui demandai-je vivement.

— En fait, je vis à Monaco. Toi, tu fais quoi ici ?

« Quelle question ! » pensai-je. Comme si mon uniforme et le foulard autour de mon cou étaient mon style vestimentaire de tous les jours ! Je m'empressai tout de même de lui répondre gentiment :

— Ben, je travaille... Je suis hôtesse de l'air.

— Wow ! Tu bosses dans un avion ?

— Exactement, tu as tout compris, dis-je, embêtée de devoir confirmer cette évidence. Toi, tu viens chercher quelqu'un ?

Manifestement, j'avais emmené dans mon avion la personne qu'il attendait. Qui était-ce ? Une ancienne conquête ? Un ami ? Sa copine ? Cette dernière option me décevrait. J'étais impatiente d'entendre sa réponse.

— Un client, me dit-il en passant sa main dans sa chevelure.

J'étais soulagée. La voie était libre. Et à voir le regard qu'il posait sur moi, je sentais qu'il avait la même idée que moi en tête.

Je vis alors les autres membres d'équipage sortir par les portes argentées. Samantha devançait le groupe. Elle passa près de moi et m'aperçut en train de discuter avec Arnaud. Elle ne s'arrêta pas, mais me fit un sourire en coin tout en me lançant un clin d'œil complice. Je compris le message.

— Arnaud, je dois partir, mon équipage est arrivé, affirmai-je pour accélérer la conversation.

À mon grand soulagement, je n'eus pas besoin d'en dire davantage, car il prit les devants.

— Tu es à Nice pour longtemps ? me demanda-t-il.

— Trois nuits.

— Eh bien, ce serait dommage de ne pas pouvoir se revoir ! Écoute, je te laisse mon numéro de portable. Appelle-moi plus tard et je viendrai te retrouver ce soir, peu importe où tu seras, OK ?

— Parfait ! À ce soir ! dis-je avant de rejoindre l'équipage dans l'autobus.

* * *

J'étais à peine assise que huit paires d'yeux, incluant ceux des pilotes, se tournèrent vers moi. Je soulevai les épaules sans rien dire. J'étais bouche bée devant les hasards de la vie. Si j'avais eu à m'inventer une personne sur qui tomber, Arnaud aurait été le dernier à qui j'aurais pensé. Le silence régnait dans l'autobus, mais ça ne dura pas longtemps.

— Ouin, ouin, ouin, ça a l'air que la p'tite nouvelle a des contacts partout dans le monde, me taquina Samantha.

— Euh... Franchement, je ne sais pas quoi vous dire. J'ai connu ce gars il y a dix ans. Je ne m'attendais vraiment pas à le rencontrer tout bonnement à 7 heures du matin en atterrissant à Nice, dis-je, comme pour me justifier d'être la victime du hasard.

— Tu vas le voir ce soir, j'espère ?

À entendre le ton de Samantha, je pensai immédiatement que, si ce n'était pas moi qui profitais d'Arnaud, elle s'arrangerait pour le faire elle-même. Son air me fit sourire, mais je ne répondis rien.

— En tout cas, Scarlett, tu ne peux pas dire que ton aura ne te l'a pas servi sur un plateau d'argent ! ajouta Marie en référence aux propos qu'elle avait tenus un peu plus tôt avec Martine.

— Wô, les filles ! On se calme ! Je vais l'appeler après ma sieste et on verra s'il vient me voir. C'est un vieil ami d'université et nous allons juste prendre de nos nouvelles, déclarai-je en y croyant plus ou moins.

— Bah ! Mon œil ! lança Cécile. Il est beau comme un cœur, tu ne vas quand même pas te contenter de jaser !

— Hum, on verra. Ce gars-là est le pire coureur de jupons que j'aie jamais connu, rétorquai-je, encore incertaine de savoir comment envisager la soirée.

— Un coureur de jupons, c'est parfait, Scarlett ! Tu ne pouvais pas mieux tomber ! On sait déjà comment la soirée va se terminer. Amuse-toi pour moi, la p'tite ! s'exclama Samantha.

Maintenant, tout l'équipage savait avec qui je passerais possiblement la nuit. Quel malaise ! Ils étaient tous là à rigoler et à m'imaginer au lit avec Arnaudl'Adonis ! Ils m'encourageaient même en chœur !

— *Come on, Scarlett ! Come on !* criaient-ils en frappant des mains.

Décidément, j'avais stimulé l'esprit d'équipe. Je méritais bien un prix pour cela, même si ç'avait été involontaire ! En les entendant, je ne pus m'empêcher d'éclater de rire.

— Bon, bon, calmez-vous ! Je vais faire de mon mieux pour ne pas trop vous décevoir ! déclarai-je, amusée par la tournure des événements.

— *Good girl !* me lança Samantha avant de fermer les yeux.

J'insérai mes écouteurs dans mes oreilles, allumai mon iPod et fermai les paupières à mon tour.

* * *

— Oui, allo ?

— Arnaud ?

— Oui, lui-même.

— Salut ! C'est Scarlett ! — Ah ! Scarlett ! Salut… — Je te dérange ?

— En fait, je suis avec un client. Est-ce que tu peux me rappeler dans une heure ?

— Hum… Oui, pas de problème. À plus tard, alors.

« Quand tu seras prêt, rappelle-moi, toi ! » grognai- je après avoir reposé le combiné. Son ton avait été « net, frette, sec ». Vraiment tout le contraire de ce à quoi je m'attendais. Il ne m'avait même pas saluée en raccrochant. Je détestais qu'un gars fasse ce genre de chose, surtout quand c'était lui qui avait proposé que je le contacte pour qu'on fixe une heure de rencontre. Ne voulant pas en tirer de fausses conclusions, je décidai de le rappeler plus tard et en profitai pour aller courir le long de la Promenade des Anglais.

À mon retour dans la chambre, je pris ma douche, puis tentai un deuxième appel. Juste avant de composer le numéro, je me promis que, si Arnaud ne décrochait pas, l'histoire s'arrêterait là. Je n'avais pas l'intention de forcer les choses, mais j'espérais tout de même qu'il répondrait.

— Dring ! Dring ! Dring !

La sonnerie retentissait à l'autre bout de la ligne.

— Dring ! Dring ! Dring ! Ça sonnait encore.

— Dring ! Dring ! Dring !

Toujours pas de réponse.

Je raccrochai. GRRRR ! J'étais folle de rage ! C'était lui qui avait proposé de venir me voir et voilà qu'il jouait à l'indépendant. Je ne voulais pas lui courir après. En même temps, qu'avais-je à perdre ? Ma dignité ? Même pas ! Je reniai ma promesse faite deux secondes auparavant et composai une troisième fois son numéro.

— Dring ! Dring ! Dring !

« J'ai l'air d'une accro ! » pensai-je.

— Dring ! Dring ! Dring !

« Ça commence à être humiliant, là ! » — Dring ! Dring ! Dring ! Et il décrocha enfin.

— Allo ?

— Salut, Arnaud, c'est Scarlett !

— Salut, Scarlett ! répondit-il avec un peu plus d'entrain.

Voilà qui était un brin rassurant. Peut-être m'étaisje affolée pour rien, finalement.

— Tu peux parler, maintenant ? demandai-je ironiquement.

— Oui, oui, t'inquiète.

— Tu es toujours disponible pour venir me voir ?

— Ouais, mais je ne pourrai te rejoindre que vers 23 heures.

« Eille ! Il me niaise, j'espère ! Vingt-trois heures ! C'est une heure avant minuit, ça ! m'emportai je intérieurement. Pourquoi ne pas me dire directement qu'il ne veut pas me voir du tout ? Ou bien qu'il veut juste entrer dans mon lit ? » J'étais bouche bée. Je ne savais pas quoi lui répondre, car si j'acceptais, je savais où ça finirait. En constatant mon silence, Arnaud s'efforça de me convaincre :

— C'est vraiment dommage, Scarlett, mais je dois dîner avec mon client ce soir. Je vais quand même essayer d'arriver avant, d'accord ?

— OK ! Texte-moi quand tu auras terminé et je viendrai te rejoindre à l'hôtel. Je suis au Mercure sur la Promenade des Anglais, tu vois où c'est ?

— Ouais, parfaitement. À ce soir, alors.

— À ce soir, dis-je avant de raccrocher.

Je ne pouvais pas croire qu'il avait eu assez de culot pour m'offrir de le retrouver à une heure aussi tardive. Manifestement, il ne voulait pas juste prendre de mes nouvelles. Et depuis que j'avais parlé avec cette Samantha Blindfort, j'avais moi aussi le goût de m'amuser. Cette rencontre nocturne avec Arnaud-l'Adonis, coureur de jupons, ne pouvait que contribuer à ma cure de désintox. Je repris le combiné et composai le numéro de chambre de Samantha.

— Ouiiii ! répondit-elle avec précipitation. — Samantha, c'est Scarlett. Tu dormais ?

— Non, non, ma belle. Qu'est-ce qu'il y a ?

— Je voulais savoir si vous aviez prévu aller souper quelque part, ce soir.

— Ouais, on se rejoint à 6 heures dans le hall. Tu veux venir ?

— Oui, je serai là.

— Mais tu ne vois pas ton étalon ? s'exclama-t-elle.

— Ouais, mais l'étalon veut venir plus tard… expliquai-je en sous-entendant l'évidence.

— C'est super pour toi, parce qu'un vrai étalon ne dépense pas de l'énergie pour rien, Scarlett. Il la garde pour être performant, dit-elle en croyant sûrement me rassurer.

— Hum, à plus tard, Samantha !

— À plus tard, ma belle.

Voilà qui était loin d'être réconfortant. Un étalon ? Non ! Je savais très bien ce que les étalons faisaient aux juments lors d'un accouplement. C'était gros, dur et ça allait droit au but, sans fla-fla. Ce n'était pas du tout ce que j'avais en tête. J'avais soudain peur du sort qui m'attendait. « Tu paranoïes, Scarlett ! Arnaud est doux comme un agneau ! » tentai-je de me convaincre avant de tâcher de dormir pour récupérer des forces.

* * *

— Coin-coin ! Coin-coin ! Coin-coin ! fit le petit canard du iPhone.

Il était déjà presque 18 heures. Je me levai aussitôt et m'habillai vite pour rejoindre l'équipage dans le hall. Lorsque j'arrivai, tous m'attendaient et nous partîmes sans tarder. Nous marchâmes vers le vieux Nice, là où Marie disait connaître un bon restaurant. Nous y parvînmes au bout de dix minutes et entrâmes à l'intérieur. Je pris place près de Samantha, car j'avais étrangement beaucoup de plaisir à l'écouter parler. Cécile s'assit à nos côtés. Après que nous ayons bu quelques verres du vin maison, la conversation s'orienta à nouveau dans ma direction.

— Scarlett a une *date* ce soir avec son mec ! annonça fièrement ma collègue platine au reste du groupe.

— C'est super, ça ! s'exclamèrent-ils.

— Ouais, dis-je, gênée.

— Il ne pouvait pas souper avec toi ? demanda la douce Marie avec curiosité.

— Ben non ! C'est inacceptable, hein ? fis-je, consciente que si Arnaud avait vraiment voulu me voir il serait venu manger avec moi.

— Eh bien, ça en dit long sur ses intentions, répondit-elle.

— Et qu'est-ce que ça peut bien faire ? s'exclama Cécile en coupant la parole à Marie. Le gars ne veut rien d'autre que ça et il ne passe pas par quatre chemins pour le lui dire. C'est tout !

— Il aurait au moins pu jouer la *game*, dis-je, déçue.

— Scarlett ! À quoi as-tu pensé quand tu l'as vu à l'aéroport ? me demanda Cécile.

— Ben... hésitai-je.

— Au sexe ! Voilà à quoi tu as pensé ! dit-elle en m'enlevant les mots de la bouche.

— Ouin, reconnus-je, un peu mal à l'aise, comme si c'était un crime.

— Il n'y a rien de mal là-dedans ! s'exclama-t-elle de plus belle. Le sexe, c'est si bon !

131

J'étais sous le choc. Je savais que Cécile raffolait des plaisirs charnels, mais de là à ce qu'elle me le confirme entre deux coups de fourchette ! Personne ne parlait plus, mis à part Yves et Gilles qui, au bout de la table, discutaient d'un tout autre sujet. J'en étais d'ailleurs soulagée. Marie était restée muette depuis qu'elle s'était fait couper la parole et Martine, elle, semblait en total accord avec Cécile. Samantha, pour sa part, préparait sa réplique.

— Miam ! C'est vrai qu'il n'y a rien de mieux que du bon sexe !

— Le problème n'est pas là, Samantha ! C'est juste qu'Arnaud aurait pu au moins me faire croire l'espace d'une soirée que j'étais unique, expliquai-je.

— Ah ! Je vois ! Tu es une romantique.

— Ben, un peu.

— C'est un homme qu'il te faut, alors, pas un étalon !

— Oui, peut-être, mais crois-moi, j'ai aussi besoin d'un étalon, affirmai-je, convaincue de devoir me changer les idées une fois pour toutes.

— Wô ! Elle est vorace et exigeante, la p'tite ! déclara Cécile, impressionnée par mon commentaire.

— Ah ! Allez, les filles ! Laissez-la tranquille à la fin, intervint Marie pour venir à ma rescousse.

— OK ! OK ! On te lâche, Scarlett ! Mais est-ce que je peux au moins te donner un dernier conseil ? me supplia Samantha.

— Oui ! acquiesçâmes-nous en chœur.

Elle passa alors ses doigts dans sa chevelure blond platine, comme pour souligner l'importance de sa révélation imminente. Elle posa ensuite ses deux mains à plat sur la table, de chaque côté de son assiette, et me chuchota amicalement :

— À chaque âge, il faut profiter de ce qui s'offre à nous. À vingt ans, c'est le temps de danser et de flirter. À trente ans, de jouir de sa beauté et de son entière féminité. D'ici cinq ans, ce sera les bébés. Il sera alors trop tard pour toi. Mon conseil : c'est ton tour, Scarlett ! Ne le laisse pas passer, parce qu'il ne reviendra pas. Et s'il faut pour ça que tu rencontres un étalon, alors vas-y !

Quel judicieux conseil ! Samantha avait bien raison. J'avais la chance de m'amuser avec un homme et d'être encore libre de le faire à ma guise. Dans quelques années, les « flirts extrêmes » seraient choses du passé, alors autant en profiter maintenant. Comme je m'en convainquais, je reçus un message texte sur mon téléphone : « Salut, Scarlett. En route. Serai là dans

15 minutes. Arnaud. »

« Juste à point », pensai-je. Je payai et quittai le restaurant au son d'un « Bonne chance » lancé à l'unisson.

* * *

Lorsque j'arrivai devant l'hôtel, Arnaud m'attendait. Il me fit la bise et me proposa d'aller prendre un verre dans un pub qu'il connaissait. J'acceptai de bon cœur. Nous prîmes une table dans un coin sombre de l'établissement. La serveuse vint alors nous demander ce que nous aimerions boire. Je choisis un verre de vin rouge et lui, une bière. Nous trinquâmes et, aussitôt notre première gorgée avalée, Arnaud me dit sans la moindre gêne :

— Alors, après nos verres, on va dans ta chambre ou chez moi ?

Mon cœur fit un tour sur lui-même. « Sérieusement ? Pas la peine de me courtiser, surtout ! » me dis-je, un brin contrariée.

— Hum, Arnaud, tu ne pourrais pas être un peu plus romantique…

— Voyons, Scarlett, ne me dis pas que ce n'est pas ce que tu avais en tête ?

Je ne répondis pas tout de suite. Même si, franchement, c'était exactement ce à quoi je pensais ! Désormais, il n'existait plus de règles. Ayant temporairement abandonné tous mes principes, je n'avais pas le droit de m'offusquer de quoi que ce soit. Je décidai de me soumettre au jeu sans réserve.

— Ma chambre, alors ! déclarai-je solennellement.

— Hum, j'aime tes lèvres, dit-il aussitôt en mordillant les siennes.

Oh là ! J'avais l'impression d'avoir allumé un brasier. Je sentais Arnaud s'enflammer sur sa chaise tandis qu'il m'examinait sous toutes les coutures. Je ne pus m'empêcher de me demander quel était mon rang sur sa longue liste de conquêtes. Serais-je la cinquantième ? La centième ? La deux centième ? Je préférais ne pas trop y penser. J'admirai alors sa beauté et en conclus que, malgré son attitude qui m'agaçait, je devais le voir comme un élément indispensable à mon évolution. Sans hésitation, je lui proposai de gagner immédiatement ma chambre. Il me regarda, complètement surpris, et m'embrassa sans avertissement.

— Délicieux, murmura-t-il après un long baiser.

En effet, ce n'était pas mal du tout. Pourquoi m'en étonner ? Il devait être doué. C'était sa spécialité. Fougueusement, il m'embrassa une autre fois.

— Ayoye ! Ayoye ! m'exclamai-je. Tu me mords un peu fort, là !

— Ah ! Désolé ! C'est que je te veux tellement ! se justifia-t-il.

— Ouin, je vois ça…

Décidément, Arnaud était dominé par ses pulsions sexuelles, car en m'embrassant il perdait totalement le nord. Je n'étais plus sûre de vouloir l'inviter dans ma chambre. Si certaines femmes appréciaient la douleur pendant l'amour, moi, je n'en raffolais pas. Ou bien était-ce mon manque d'attrait pour sa personnalité qui affectait tout le reste ? Pour en avoir le cœur net, je l'embrassai encore.

— Tu vois ! Je ne mords plus, me dit-il.

— Hum, en effet.

N'ayant maintenant plus aucune raison de revenir sur ma proposition, je me dirigeai avec lui vers mon hôtel. Mes doutes s'étaient apaisés et commençaient à s'envoler complètement lorsque Arnaud me poussa contre le mur d'un édifice commercial donnant sur une sombre ruelle.

— Ah ! Scarlett ! Je te veux ! Là ! Maintenant ! me dit-il en me mordant cette fois l'oreille.

— Voyons, Arnaud ! Il y a des passants. On va arriver dans quelques minutes à l'hôtel, calme-toi ! le suppliai-je tout en le repoussant.

— Tu es trop canon, Scarlett ! Montre-moi tes nichons ! m'ordonna-t-il.

L'étalon en lui allait bondir sur sa jument. Je le sentais dur contre ma cuisse. Il s'y frottait comme s'il allait jouir d'un instant à l'autre. Je ne comprenais pas sa réaction. Et moi qui croyais qu'avoir de l'expérience apportait un minimum de maîtrise de soi. Merde ! Je n'avais pas affaire à un coureur de jupons, mais à un obsédé sexuel ! Arnaud- le-pervers ! Il était hors de question que cet animal vienne s'accoupler dans ma chambre ! Je le repoussai violemment.

— Arnaud ! Ça suffit ! Je n'ai plus le goût ! criai-je.

— Voyons, tu ne demandes que ça.

— Je t'ai dit que je n'avais plus envie !

— Tu es sérieuse ?

— Oui !

— Je n'en reviens pas ! Tu n'es qu'une allumeuse, me lança-t-il méchamment.

— Je m'en fous ! Je n'ai plus le goût !

Et je m'éloignai aussitôt de lui pour gagner la rue principale.

Comment cette situation avait-elle pu se retourner contre moi ? J'avais été remplie de bonnes intentions depuis le début de la soirée. Au bout d'une ou deux minutes de marche, je fis volte-face pour voir si Arnaud me suivait. Il n'était pas très loin derrière. Toujours aussi désireux d'atteindre son objectif, il s'empressa de s'excuser :

— Désolé, Scarlett ! Je pensais que tu aimais ça !

Je ne parlai pas.

— Allez, poulette ! Juste un petit coup !

Je gardai le silence.

— Ah ! Putain d'allumeuse ! hurla-t-il à pleins poumons.

Toujours muette, je me retournai, affichai un sourire triomphant et rentrai à l'intérieur de l'hôtel, convaincue d'avoir pris la bonne décision.

13

Chapitre 13

Montréal (YUL) – Orlando (MCO)

J'avais décidé de mettre « Le jeu du flirt extrême » de côté pour la période des fêtes afin de faire le vide. Après ma rencontre ratée avec Arnaud, j'avais demandé à Béa et à Rupert de ne plus jouer aux entremetteurs pour un moment, car j'avais besoin de digérer la pilule. Il ne fallait pas que je me décourage. Quelque part dans ce monde, il devait bien y avoir quelqu'un pour moi. J'étais encore résolue à continuer mon jeu, mais une pause était nécessaire. Je m'étais dit que je le reprendrais dès janvier. Si j'avais su ce que la prochaine rencontre me réservait, j'aurais renoncé immédiatement à ce stupide engagement.

J'en étais à ma septième journée consécutive de vol depuis le 19 décembre et je n'avais malheureusement pas pu me rendre chez mes parents pour Noël. Ma mère en avait été très peinée et moi également, mais je savais qu'obtenir des jours de congé acceptables pendant la période des fêtes était quasiment impossible lorsqu'on avait encore peu d'ancienneté. Avant mon vol, en ce matin du 25 décembre, je lui téléphonai.

— Joyeux Noël, maman !

— Scarlett ! Joyeux Noël à toi aussi ! Ton père et moi aurions tellement aimé que tu sois avec nous hier.

Toute la famille était là, il ne manquait que toi.

— Oui, je sais. J'aurais aimé être là aussi.

— Tu aurais pu dire à tes patrons que tu étais malade, voyons ! me dit-elle d'une voix autoritaire.

— Non, maman, tu sais que je n'aime pas ça.

— Même pour ta famille ?

— Maman ! Je ne t'appelais pas pour que tu me culpabilises. Je suis déjà crevée et je ne suis même pas encore rendue à l'aéroport, alors s'il te plaît, arrête !

répondis-je, légèrement contrariée.

— Ah ! Désolée, ma fille. Tu vas où aujourd'hui ?

— Hum… Je ne sais pas. Je n'ai pas regardé la destination, juste le numéro de vol.

— Je te souhaite un bon vol, alors ! Et joyeux Noël !

Je t'aime, dit-elle d'un ton empreint de tendresse.

— Joyeux Noël.

Je ne pouvais pas lui en vouloir d'être aussi directive. Elle me voulait près d'elle. C'était compréhensible. Ma mère venait par contre de piquer ma curiosité. Je fouillai dans mon sac à main et dépliai mon itinéraire de vol. En fait, depuis quelques mois, j'avais pris la mauvaise habitude de vérifier les noms de mes commandants avant chaque vol en espérant tomber sur celui qui m'obsédait tant. « Pas aujourd'hui non plus », m'étais-je dit un peu plus tôt en ne le voyant pas sur mon itinéraire, et j'avais alors oublié de regarder où j'allais partir. Dans la voiture, je lus la destination à côté du numéro de vol : MCO. Soudain, je réalisai dans quel pétrin j'étais : un Orlando, le jour de Noël ! À l'aide !

* * *

Plusieurs parcs d'attractions existent dans le monde. L'un des plus connus, Disney World, se situe tout près de la ville d'Orlando, en Floride. C'est un énorme complexe de loisirs où on peut voir tous les personnages fictifs de notre enfance, comme Mickey Mouse, Cendrillon et la Belle au Bois Dormant. Disney World attire tout le monde, moi y compris. Orlando est donc officiellement la destination rêvée pour les familles et, surtout, pour les enfants.

J'adore Walt Disney et je raffole même de Minnie et de Mickey. Le problème n'est pas là. Là où je m'affole, c'est plutôt en me rendant à Orlando. Dans l'avion luimême. Dans les airs. Au sol. Au débarquement. Partout ! Car effectuer un vol en direction d'Orlando, c'est déjà être à Disney World. C'est voir des enfants courir, crier, lancer leurs jeux au visage de leurs parents, c'est les gronder pour qu'ils s'attachent, c'est sourire sans arrêt, car on ne peut évidemment pas être bête avec des bambins. C'est tout ça à la fois et plus encore. En tant qu'agent de bord, il faut être gonflé à bloc côté énergie, ce qui, en cette belle journée de Noël, était loin d'être mon cas.

Néanmoins, je tentai de rester positive. Peutêtre seraient-ils tous très fatigués au lendemain du réveillon, sages comme des images et heureux de rencontrer sous peu Pinocchio et Geppetto ? Je garai ma voiture, récupérai mon *carry-on*, pris une profonde respiration et m'acheminai vers l'aéroport.

Une fois la fouille effectuée, j'allai rapidement dans l'un des cafés qui se trouvaient dans la zone internationale. Il me fallait ingurgiter un remontant. Un double expresso latte ferait l'affaire. Je me dirigeai ensuite vers l'avion.

Arrivée dans l'aire d'attente, j'avançai d'un pas décidé vers la porte d'embarquement. Normalement, je ne prêtais pas attention aux passagers assis sur les bancs. J'entrais plutôt directement dans l'avion en sachant que je les verrais pendant des heures à bord.

Pourtant, ce jour-là, je jetai un regard discret sur la foule avant de m'engager sur la passerelle. Et là, je les vis tous. Ils couraient, criaient, pleuraient. Comment se faisait-il qu'ils ne soient pas en train de dormir ? J'étais terrorisée. « Scarlett, ce ne sont que des enfants, ils ne te feront pas de mal », me dis-je.

Évidemment que je n'allais pas être tuée ou martyrisée par des bambins. Ils étaient inoffensifs. Ce qui allait m'abattre, c'était plutôt tout ce qu'un vol à Orlando impliquait : des enfants rois, des parents impatients, des demandes infinies. Si on brassait et qu'on incorporait le tout dans un court laps de temps, on obtenait la bande-annonce d'un film d'action. En fait, en matière de durée, un vol pour Orlando, c'était un *touch-and-go*. Un « posé-décollé » sur deux pistes différentes. J'avais le temps d'attacher ma ceinture, de la détacher, de boire un verre d'eau, de courir d'un bord et de l'autre et de me rasseoir pour l'atterrissage.

Après avoir écouté le *briefing* du commandant et effectué nos vérifications d'avant vol, les autres agents de bord et moi prîmes nos positions respectives. Les passagers commencèrent à monter à bord. Je n'apercevais pas de nourrisson dans ma section, ce qui me rendait heureuse. « Au moins, me dis-je, je n'aurai pas à débiter mon discours de sécurité pour les bébés. » C'était déjà ça !

L'embarquement se faisait très lentement. Que se passait-il, à la fin ? Je m'avançai jusqu'au milieu de l'avion pour investiguer. Ah ! Voilà ce qui n'allait pas. Les enfants précédaient leurs parents dans l'allée ! Je m'approchai du premier des bambins. Comment un bout de chou de deux ans pouvait-il progresser adéquatement dans un couloir étroit en tirant une mini-valise à roulettes Spider-Man et en s'arrêtant entre chaque rangée de sièges ? C'était impossible ! Je regardai sa mère qui était derrière lui et demandai à voir sa carte d'embarquement afin de les diriger au plus vite vers leurs places. Elle fouilla dans sa poche de manteau et me la tendit.

— 32 D ! C'est plus au fond. Suivez-moi ! dis-je, déjà désespérée.

Sachant que l'enfant en avait long à marcher et qu'il continuerait d'avancer à pas de tortue, je me baissai à sa hauteur et lui demandai gentiment de me prêter sa mini-valise qui, selon moi, était aussi encombrante qu'inutile. En fait, je ne lui donnai guère le choix, car je la ramassai sans attendre sa réponse. Il me regarda avec ses beaux yeux doux et ne broncha pas. « Parfait !

me dis-je. Une affaire de réglée ! »

— Suis-moi, petit ! l'exhortai-je d'une voix enjouée.

Je tournai les talons et avançai dans l'avion. Quelques rangées plus loin, je me retournai. L'enfant était encore loin. La famille suivait derrière, ainsi qu'un groupe de passagers impatients d'atteindre leurs sièges. Je m'accroupis légèrement tout en tenant son bagage dans une main. Les genoux pliés, je frappai à quelques reprises ma cuisse de ma main libre pour l'inviter à venir vers moi. J'avais l'impression d'être cinglée et d'appeler un chien dans une allée d'avion.

— Allez, petit ! Encore un peu ! insistai-je.

Il cessa alors de regarder autour de lui et marcha dans ma direction. « Nous allons y arriver ! » Derrière lui, la mère ânonnait :

— Allez, fiston ! Va voir la madame. Oui, c'est ça. Un peu plus loin, mon chéri.

Oh ! J'avais une de ces envies de rouler des yeux ! « Comment se fait-il qu'elle ne prenne pas son enfant dans ses bras pour aller s'asseoir à sa place ? » pensai-je. Je continuai à bougonner intérieurement pendant qu'elle encourageait son brave fils, résolue à lui montrer comment cheminer dans le couloir d'un avion.

Prise au piège, je n'eus d'autre choix que de poursuivre ma chorégraphie. Pas chassés droit devant, cinq rangées et STOP ! Demi-pirouette et HOP !

— Par ici, petit ! Encore un peu ! répétai-je.

Puis je recommençai. Pas chassés droit devant, cinq rangées et STOP ! Demi-pirouette et HOP !

— Nous y sommes presque !

J'approchais du but. Pas chassés droit devant, cinq rangées et STOP ! Demi-pirouette et HOP !

— Nous y voilà (enfin) ! déclarai-je, soulagée.

La mère s'installa. Le père et l'enfant firent de même. Je remis alors la valise Spider-Man et retournai à mes quartiers dans la queue de l'avion. Les autres passagers circulaient enfin et mes collègues prirent la relève. Je demeurai postée à l'arrière pour le reste de l'embarquement, tout en gardant un œil vigilant sur la cabine.

Rapidement, nous pûmes fermer la porte. C'était surprenant de voir à quelle vitesse les enfants avaient sagement rejoint leurs places. Mais je pouvais tout de même entendre leurs voix stridentes résonner d'un bout à l'autre de l'appareil. « Tout va bien se passer, Scarlett. Il n'y a rien de plus court qu'un aller-retour à Orlando », m'encourageai-je.

* * *

Nous étions sur la piste et venions de faire la dernière vérification dans la cabine. Les sièges étaient remontés. Les écouteurs, retirés. Les bagages, rangés. Les ceintures, attachées. Prête pour le décollage, je pouvais maintenant m'installer sur mon strapontin.

À mes côtés, une autre agente de bord était assise sur son siège. Elle s'appelait Debbie. Je ne l'avais jamais rencontrée auparavant. Belle femme, sans doute dans la mi-trentaine, elle avait l'air sage comme une image. Son ton était à la fois doux, vulnérable et apaisant. Elle semblait discrète et bienveillante, ce qui me poussa à lui confier mes soucis immédiats:

— Je n'ai jamais fait un vol vers Orlando le jour de Noël. Je ne m'attendais pas à ce qu'il y ait autant d'enfants. J'espère que le service va bien se passer.

— Qu'est-ce que tu veux dire ? me demanda- t-elle, l'air de ne pas savoir comment interpréter mon affirmation.

— Avec un vol aussi court, nous n'avons déjà pas beaucoup de temps pour servir les passagers. Alors là, avec tous ces enfants… Ça risque d'être un défi, expliquai-je.

— Ha ! Ha ! Tu veux dire que si les parents décident de traiter leurs enfants comme des rois, ça va nous prendre une éternité à les servir ?

— Ouais, exactement ! confirmai-je. Je déteste patienter comme une dinde dans l'allée en attendant que maman propose le menu entier à ses petits princes et princesses !

Comme Debbie semblait partager la même opinion, je continuai à vider mon sac :

— Quand on avance avec notre chariot rangée par rangée, les parents pourraient au moins tenter de penser à ce que leurs enfants vont boire au lieu d'attendre la dernière minute. Chaque fois, c'est la même chose. Je leur demande ce qu'ils veulent, et là, la mère se tourne vers son enfant et lui défile les choix. Ça me rend folle !

Amusée par le sujet, mon interlocutrice renchérit :

— C'est ça ! Elle se penche vers lui et lui propose du lait, du jus de pomme, du jus d'orange, de l'eau ! Et là, le pauvre ne sait jamais quoi répondre. Il hésite. Il nous regarde, il regarde sa mère et il fait…

— Eeeeeeuuuuhhhhh ! terminai-je en riant.

Nous rigolâmes ainsi pendant quelques minutes, puis l'annonce du décollage se fit entendre.

Les moteurs se mirent à bourdonner. Un puissant bruit parcourut la cabine. L'appareil vibrait légèrement, comme s'il s'apprêtait à exploser. Je baissai alors le menton vers ma poitrine et posai mes deux mains sur mes genoux.

L'intensité du bruit sourd à l'extérieur augmenta et, brusquement, nous commençâmes à avancer. Le paysage défilait par le hublot. Nous prenions de la vitesse. Je demeurai solidement assise au cas où un décollage interrompu surviendrait. L'horizon s'étirait maintenant en une étroite bande blanche, comme si l'un de ces enfants à bord l'avait peinturé. Et puis, rapidement, nous nous envolâmes. « Quelle agréable sensation ! me dis-je avant d'entendre tous les gamins crier de contentement. Cette journée de Noël ne sera peut-être pas si pire que ça ! »

Durant la montée, nous reprîmes la conversation.

— Tu ne dois pas avoir d'enfant si tu as peur d'eux comme ça, remarqua Debbie.

— Non, pas encore. Mais j'aimerais beaucoup en avoir un jour. Plusieurs, même. Quand ce sont les tiens, c'est différent. Toi, tu en as ?

— Oui, deux fils, affirma-t-elle, les yeux pétillants.

— Ils ont quel âge ?

— Mon plus grand a sept ans et mon deuxième en a cinq. Ils sont adorables. Je les aime tellement ! Et j'essaie tant bien que mal de ne pas les élever comme des enfants rois, précisa-t-elle avec un sourire.

— Tu n'es pas avec eux pour Noël. C'est dommage, lui dis-je, compatissante.

— Au moins, j'étais là hier. Et puis nous ne rentrerons pas trop tard, ce soir. Leur père s'occupe d'eux. C'est mieux que je ne sois pas là, je crois.

Étrange… Comment pouvait-elle penser que de ne pas être avec ses enfants et son mari le jour de Noël était préférable ? Je désirais en savoir plus. Elle avait elle-même amené le sujet. Peut-être avait-elle le goût de se confier ?

— Pourquoi dis-tu ça ? Ça ne va pas bien dans ton couple ?

Je me doutais bien que le problème concernait sa relation amoureuse. Sans hésiter, elle se lança dans une explication :

— Mon mari et moi nous sommes distancés depuis quelque temps. On dirait qu'on s'est oubliés quand le petit dernier est arrivé. Et puis on a essayé d'avoir d'autres enfants, mais j'ai fait deux fausses couches. Ça nous a affectés. C'est peut-être la raison de notre éloignement. Je m'ennuie de lui, mais je ne sais pas comment le lui dire. Quelquefois, je ne sais même plus si j'ai le goût qu'on se retrouve, et je pense que lui non plus, d'ailleurs.

— Je vois, répondis-je d'un ton respectueux. Tu l'aimes encore ?

— Oui, je l'aime. Je trouve seulement qu'on est devenus différents, et je ne sais pas si on peut se rapprocher.

— Eh bien, si tu l'aimes, il faut travailler sur ton couple. Tu ne peux pas abandonner. Tu as des enfants avec lui, c'est une bonne motivation, ça. Parle-lui.

Je ne savais trop que dire. Mon expérience en conseil conjugal était limitée. Je lui suggérai d'être honnête avec son mari et de lui avouer ses inquiétudes. C'était selon moi la meilleure façon de faire.

— On verra. Au moins, nous nous occupons bien des enfants. Je préfère laisser les choses aller pour le moment, déclara-t-elle, découragée.

Soudain, la consigne des ceintures de sécurité s'éteignit. Il était temps de commencer le service aux passagers. Avec seulement deux heures et quarante-cinq minutes de vol, nous n'aurions peut-être même pas l'occasion de manger notre propre repas et nous devrions alors le faire une fois au sol. Je me levai et entrepris ma besogne, oubliant les confidences de Debbie.

* * *

La première portion du vol s'était relativement bien passée. Je travaillais avec un agent de bord du nom de Todd. Il était très beau. Il avait de magnifiques yeux verts à vous faire ramollir les jambes, et il débordait de charisme et de galanterie, ce qui, bien entendu, était apprécié dans un avion.

Durant le service aux passagers, il n'avait pas cessé de m'aider dans tout ce que j'entreprenais. Il courait à l'arrière pour chercher plus de jus pour les enfants. Il soulevait les bacs remplis de repas. Il me faisait mes cafés en urgence. Il avait même donné un coup de main à l'agente de bord qui travaillait seule dans la *galley* arrière. Il était partout à la fois tout en accomplissant ses propres tâches à la perfection. Je ne pouvais être en meilleure compagnie.

Nous avions été efficaces et avions réussi à terminer notre allée bien avant nos « rivales » de l'autre côté. Ce n'était pas parce que nous étions exagérément rapides. En fait, c'était plutôt elles qui étaient lentes. Une fois arrivée à l'arrière, j'avais compris que ma chère Debbie avait traîné de la patte durant tout le service, faisant rager sa partenaire de chariot.

Il arrivait souvent que le rythme des agents de bord ne concorde pas. Cet écart d'efficacité suffisait à créer des tensions. Tel partenaire qui jasait trop avec les passagers titillait nos nerfs. Tel autre qui servait deux passagers pendant qu'on en servait dix était agaçant. Tel autre enfin qui poussait le chariot alors qu'on n'était pas encore prêt pouvait nous faire péter les plombs. Chacun avait sa propre liste noire d'agents de bord. Moi y compris. Je me demandais si mon nom figurait sur l'une de ces listes. « Celui de Debbie est probablement en train de s'inscrire sur celle de sa coéquipière. »

Le service étant terminé, nous eûmes la chance de nous asseoir dix petites minutes pour manger. J'avais faim et je désirais avaler un vrai repas, et non le déjeuner prévu sur ce vol. Je décidai alors de piger dans les repas d'équipage qui nous étaient réservés pour le trajet de retour. Todd se tenait à mes côtés et, me voyant fouiner dans le compartiment, il prit le parti de m'imiter. Je lus les étiquettes à voix haute pour qu'il fasse un choix :

— Poulet au curry, bœuf Stroganoff, lasagne végétarienne, salade du jardin.

Comme nous n'avions pas beaucoup de temps pour réchauffer les plats chauds, il opta pour la salade. « Bon choix ! » pensai-je. Je pris la même chose que lui et refermai la porte du compartiment. La descente étant imminente, Todd et moi nous installâmes sans plus attendre sur les sièges d'équipage pour manger rapidement notre repas. C'est là que l'imprévu survint.

Les autres agents de bord avaient eux aussi terminé leur service. Ceux qui n'avaient pas faim s'étaient dirigés vers l'avant de l'appareil pour faire un brin de jasette. Quant aux autres, ils étaient venus à l'arrière pour prendre une bouchée. Je les entendais parler et fouiller dans les compartiments à repas.

— Je vais prendre des céréales et un repas chaud. Tu me donnes l'omelette, s'il te plaît ? dit l'un.

— Je préfère les Corn Flakes. Ça te va, les Raisin Bran ? dit une autre.

Les portes des compartiments claquaient, s'ouvrant et se refermant. Soudain, une voix paniquée s'exclama :

— Où sont les salades ?

Je me figeai. Il n'y avait que deux salades à bord et elles étaient en train de se faire engloutir par deux membres d'équipage, dont l'un était nul autre que moi. Je regardai Todd, apeurée. Il tourna alors la tête dans une autre direction, mâchonnant tranquillement une tomate. Le comprenant à l'aise avec son choix, je réalisai que j'étais tout aussi en droit que lui de manger ces feuilles vertes. Je continuai à brouter.

— Qui a pris MA salade ? s'exclama cette fois la voix, enragée.

— Je ne sais pas, répondit une autre.

— Je t'avais dit de me la mettre de côté et elle n'est plus là !

Oh là là ! Quelqu'un avait réservé une salade ? Je ne me souvenais pas d'avoir vu un nom écrit sur l'une d'elles, alors je regardai mon couvercle et celui de Todd pour voir si quelque chose m'avait échappé. Non, rien. Aucune inscription. Et les salades étaient rangées exactement là où elles se trouvaient normalement. La responsable des repas avait failli à sa tâche. Il faut dire qu'elle avait bien d'autres chats à fouetter. La conversation continua.

— J'ai complètement oublié, Debbie. Je suis désolée, déclara la fautive piteusement.

Debbie ? La gentille Debbie ? C'était donc elle, l'accusatrice ? Je pouvais bien ne pas l'avoir reconnue, armée de cette voix ferme et menaçante. Où était passé son ton doux et vulnérable ? J'entendis alors des pas pesants se diriger vers moi. Ne sachant trop pourquoi, j'étais apeurée. J'avalai au plus vite ma dernière bouchée et attendis, telle une condamnée, l'arrivée de mon bourreau. Une ombre se profila à ma droite. Je levai les yeux dans sa direction.

— C'est toi qui manges ma salade ? Je n'en reviens pas ! me gronda Debbie.

Elle essayait de contenir sa colère pour ne pas alerter tout l'avion. Sa voix avait tout de même monté d'un cran et elle était assurément perceptible à plusieurs rangées de là. Je devais me justifier, mais je ne comprenais pas pourquoi. Todd mangeait lui aussi une salade, et pourtant elle ne lui demandait aucune explication.

— J'ai pris la salade dans le compartiment où sont rangés tous les repas d'équipage. Ton nom n'était pas inscrit dessus. Elle était avec les autres plats. Je suis désolée, mais la prochaine fois faudrait que tu le dises pour que personne ne te la prenne, déclarai-je, à la fois confiante et compatissante.

J'étais fière de ma réplique. Je n'avais rien à me reprocher. Comme si j'avais choisi délibérément de lui voler son repas ! Comment osait-elle me parler ainsi ? Elle me sermonnait comme une enfant, mais ignorait toujours Todd qui avait la bouche pleine de laitue. Elle ne sembla pas apprécier ma réponse, car elle devint rouge écarlate.

— Toi, là ! Viens dans la *galley* que je te parle ! me lança-t-elle.

Cette situation commençait à être ridicule. Je regardai Todd afin d'avoir son opinion. Il haussa les épaules pour signaler son incompréhension, puis me conseilla d'aller la calmer. Je n'arrivais pas à saisir les raisons de cette soudaine attaque contre moi. Elle m'avait semblé si gentille au décollage. Et puis pourquoi moi et pas Todd ? Je me doutais que ça avait quelque chose à voir avec mon ancienneté. Todd étant agent de bord depuis dix-sept ans, elle n'aurait jamais osé l'importuner. Je pris une profonde respiration, déposai mon plat vide sur la tablette du siège voisin et partis rejoindre *Freaking*-Debbie à l'arrière.

Aussitôt que je fus de l'autre côté des rideaux, elle me prit à partie :

— Ça fait quoi, deux ans que tu es dans la compagnie ? Maximum trois ? Moi, ça en fait dix, ma belle ! Alors tu ne viendras pas me dire comment je dois m'organiser pour mettre mon lunch de côté. OK, la junior ?

Son argument ne tenait pas la route. J'étais en effet débutante dans la compagnie, mais je suivais les mêmes formations annuelles qu'elle. Malgré tout, j'étais pétrifiée, incapable de rétorquer quoi que ce soit. « Les répliques doivent venir avec l'expérience ! » pensai-je. Les larmes montaient peu à peu à mes yeux. Je voulais à tout prix éviter davantage d'humiliation. Il me fallait conclure au plus vite afin de pouvoir filer.

— Écoute, tu as plus d'expérience que moi, j'en conviens. Je suis désolée, Debbie, mais mon intention n'était pas de te voler ta (foutue) salade, répondis-je sèchement.

Je baissai alors la tête pour ne plus croiser son regard et me dirigeai vers les toilettes où je laissai échapper quelques larmes. Je me sentais stupide de pleurer pour une situation aussi anodine, mais en même temps il ne m'était jamais arrivé de me chicaner avec une collègue. Apparemment, il y avait un début à tout.

Une fois mes larmes séchées, je retournai dans la cabine. Nous étions désormais en cours de descente et je devais vérifier ma section avant l'atterrissage. Je mis de côté cette mésaventure et m'exécutai. J'étais surprise que les enfants aient été aussi sages pendant ce vol. « La prochaine fois, me dis-je, je me méfierai plus de mes semblables que des tout-petits. »

* * *

Le débarquement étant terminé, nous récupérâmes nos valises et sortîmes de l'appareil.

« Ah ! Que je déteste voler aux États-Unis ! C'est toujours trop compliqué », pensai-je. Les Américains ont sans doute raison d'être aussi vigilants, mais leurs règles restent tout de même contraignantes par rapport aux autres destinations où un équipage faisant un aller-retour peut demeurer dans l'avion. Déjà que nous avions peu de temps au sol pour nous reposer, il nous fallait traverser les douanes américaines et repasser l'immigration pour retourner à l'appareil. Pendant ce temps, la sécurité aéroportuaire fouillait l'aéronef pour s'assurer que nous ne cachions pas quelque chose de dangereux.

En ce beau jour de Noël, je n'avais aucune envie de parcourir l'aéroport de long en large. J'aurais préféré fermer les yeux et tenter d'oublier mon altercation avec *Freaking*-Debbie. Mais, n'ayant d'autre choix que de me soumettre aux lois, j'avais suivi le reste de l'équipage hors de l'avion.

Tandis que je marchais, Todd vint me voir pour savoir si je me sentais bien. Je lui racontai ce qui s'était passé dans la *galley* arrière. Il me conseilla de ne pas m'en faire et me dit qu'il prendrait soin de moi pour le vol de retour. « Ah merde ! Le vol de retour ! » Debbie était assise sur le strapontin voisin du mien. Sachant que, une fois la porte d'un avion fermée, les tensions pouvaient s'amplifier, j'étais résolue à ne rien dire pour ne pas aggraver la situation. Je ne prononcerais pas un mot pendant l'avancée sur la piste ni pendant le décollage et je resterais ensuite planquée du côté de mon allée. « Tout va bien se passer. »

De retour dans l'appareil, nous embarquâmes de nouveaux passagers.

Le contentement se lisait dans leurs yeux. Les vacances avaient sans doute été extraordinaires. C'est vrai que Disney World rend les gens heureux. Et puis, c'était Noël, après tout. Pour eux, il n'y avait aucune raison d'être triste. Leur bonheur fit le mien et je retrouvai un peu d'énergie.

La porte de l'avion se ferma. Nous vérifiâmes nos sections et nous assîmes sur nos strapontins. Je me mis alors à regarder par le hublot en évitant de tourner la tête du côté de Debbie. Nos épaules se touchaient. Une tension régnait entre ma chemise et sa veste. Il fallait décoller sans tarder.

Soudain, Debbie s'adressa à moi. Son ton était redevenu doux, comme au moment du décollage à l'aller. *Freaking*-Debbie avait disparu. J'inclinai la tête pour l'écouter tout en regardant bien droit vers la cabine.

— Je voulais m'excuser pour tout à l'heure, me ditelle. Nous avons le vol de retour à passer ensemble et je ne veux pas qu'il y ait de malaise entre nous deux.

Moi non plus, je n'appréciais guère une telle ambiance de travail, alors j'acquiesçai. Ça ne voulait pas dire que j'allais oublier cet épisode, mais j'étais prête à jouer la comédie pour le bien de tous. La tension s'évapora aussitôt et j'en fus soulagée, car je n'aimais pas avoir des différends avec mes collègues.

Le trajet de retour s'effectua en un éclair. Le vol n'avait duré que deux heures trente, alors personne n'avait eu le temps de s'asseoir pour se relaxer. Une fois l'avion atterri, les passagers débarquèrent par la porte avant. Tandis que l'appareil se vidait peu à peu, je récupérai mon *carry-on* et enfilai mon manteau d'hiver. J'avais tellement hâte d'arriver à la maison.

L'avion étant maintenant vide, tous les agents de bord se regroupèrent. Le directeur de vol nous remercia pour notre fabuleux travail et nous souhaita un joyeux Noël. Impatients de partir, nous lui retournâmes ses vœux et sortîmes de l'avion en un rien de temps. Je fus l'une des premières à poser le pied sur la passerelle. Affamée de silence, je me pressai le long du couloir. Malgré cela, j'entendais les voix des autres agents de bord derrière moi, dont celle de Debbie.

— Ravie d'avoir volé avec toi, ma chère ! Bonne soirée ! dit-elle à une collègue.

— Oh ! Le plaisir était pour moi ! N'oublie pas de saluer John de ma part ! répondit l'autre.

« Quelle coïncidence. » Apparemment, Debbie et moi avions au moins une chose en commun : son mari et mon béguin inaccessible s'appelaient tous les deux John. Ça me fit rigoler.

Je continuai mon chemin et passai enfin les douanes. Je montai ensuite dans l'autobus qui allait me mener à ma voiture. Une fois assise sur un siège, je fus prise d'une panique soudaine. Était-ce possible que mon John soit celui de *Freaking*-Debbie ? Non ! Il ne fallait pas ! Je devais savoir, là, maintenant.

Mon cœur battait la chamade. Je suais sous ma chemise. J'avais chaud et froid à la fois. Et si c'était le cas ? Si John était bien le mari de Debbie ? Si je m'étais engueulée sans le savoir avec la femme que j'enviais depuis des mois ? *Freaking*-Debbie deviendrait alors officiellement ma pire ennemie et s'inscrirait de surcroît sur ma liste noire.

J'ouvris la pochette de ma valise. J'aurais ma réponse d'ici quelques secondes. J'insérai ma main tout au fond et attrapai mon itinéraire de vol. Je le dépliai en le tenant fermement entre mes doigts. Mon regard balaya avec attention chaque ligne du document. Je n'en avais plus rien à cirer du nom du commandant. Ce que je recherchais était de la plus haute importance. Une information précieuse qui allait peut-être bouleverser ma vie, mon cœur.

Et puis je le vis. Un mot, un court mot de quatre lettres qui me foudroya. Je transpirais tant que ma chemise blanche était trempée. Je voulais détacher mon manteau. Me refroidir immédiatement. « Respire, Scarlett, respire ! » m'ordonnai-je. Assise sur ce siège d'autobus, je lus une seconde fois son nom : ROSS.

DEBBIE RICHARD ROSS.

14

Chapitre 14

Montréal (YUL)

Quel beau cadeau de Noël ! J'avais reçu une belle surprise emballée dans du papier rose et entourée d'un joli ruban en velours rouge. En l'ouvrant, j'avais découvert un présent empoisonné. Il m'avait presque dévorée tout rond dans l'avion et m'avait transpercé le cœur dans l'autobus.

Freaking-Debbie était la femme de John Ross. La femme de mon beau commandant ! Le seul homme qui était parvenu à faire battre mon cœur violemment. J'avais maintenant toutes les raisons d'oublier John. Jamais je ne pourrais être avec lui. Il avait deux enfants avec elle et il en avait même désiré davantage. Fonder une famille avec Debbie avait été inévitablement une décision réfléchie.

La seule collègue avec qui je m'étais querellée était la mère de ses enfants. Enfin, disons plutôt qu'elle m'avait réprimandée. Jamais je ne voudrais m'immiscer dans sa vie et risquer de me faire « ramasser » une autre fois. En plus, elle m'avait expliqué combien elle aimait John et sa famille.

Encore sous le choc, je pris la route en direction de mon appartement. J'avais l'esprit ailleurs. Comment avais-je pu m'imaginer conquérir le cœur d'un homme dont la femme s'avérait être une collègue avec qui il avait eu deux enfants ? Qui étais-je pour m'être imaginée en train d'embrasser (et un peu plus) un homme marié ? J'étais si heureuse de ne pas m'être empressée de cogner à la porte de sa chambre à Barcelone…

Plus que jamais, j'étais décidée à reprendre « Le jeu du flirt extrême » là où je l'avais abandonné. À cet instant, je me jurai que, aussitôt le *rush* des fêtes terminé, Mlle Scarlett se dévergonderait. Par ici la débauche !

* * *

Quelques semaines après la nouvelle année, je reçus un courriel inattendu.

De : Bruno Bergeron < brunobergeron69@ gmail.com >
À : Scarlett Lambert < scarlettlambert@gmail.com >
Date : 22 janvier 2012
Objet : Nouvelles
Bonjour Scarlett,

Ça fait longtemps ! Comment vas-tu ? Je ne sais pas si tu es toujours célibataire, mais j'aimerais bien te revoir. Je serai de passage à Montréal la semaine prochaine. Nous pourrions peut-être aller prendre un verre ?

Voici mon numéro : 604-387-4433.

J'attends de tes nouvelles avec impatience !

Bruno

Quelle surprise ! Après presque deux ans sans me voir, Bruno Bergeron m'écrivait. Il était sans doute devenu célibataire et mettait à jour son carnet d'adresses de filles possiblement intéressantes. Dans mes souvenirs, j'avais passé du bon temps avec lui, alors pourquoi refuser son invitation ? De plus, j'avais la volonté de tenir mon engagement concernant le « flirt extrême ». Il me fallait donc accepter.

J'avais rencontré Bruno à mes débuts dans l'aviation. Il était l'un des premiers pilotes avec qui j'avais volé. Il était basé à Vancouver et moi, à Montréal. Durant mes premiers mois en tant qu'agente de bord, j'avais effectué quelques vols depuis l'Ouest canadien. Les villes du côté du Pacifique ne desservant pas toujours les mêmes destinations que celles de l'Est, j'avais eu la chance de poser les pieds en Allemagne et au Japon. Comme les vols vers l'Europe étaient beaucoup plus longs depuis l'Ouest, il m'était arrivé d'entrer dans le cockpit pour jaser avec les pilotes et m'exposer à la lumière du jour.

C'est ainsi que, lors d'un vol vers Munich, je m'étais liée d'amitié avec Bruno, qui venait d'être embauché en tant que premier officier. Comme la plupart des routes aériennes entre Vancouver et l'Europe passaient par le Nord, nous avions une vue imprenable sur les glaciers du Groenland. Le paysage était à couper le souffle. Contrairement à Bruno, c'était la première fois que je voyais ce décor majestueux depuis le poste de pilotage, mais il avait tout de même fait mine de s'émerveiller avec moi. Il était gentil, et une fois en Allemagne nous étions allés manger avec l'équipage.

Au moment de notre rencontre, Bruno avait une copine. Il ne s'était donc rien passé entre lui et moi. Toutefois, s'il m'avait fait des avances, je les aurais acceptées, car à l'époque je n'avais pas encore côtoyé suffisamment de pilotes pour les trouver prétentieux.

Sur la base de ces souvenirs, ce verre qui m'était offert ne pouvait être qu'apprécié. Nous convînmes donc qu'il m'appellerait dès qu'il atterrirait à Montréal. Ce qu'il fit.

— Salut, Scarlett, je suis au Sheraton à côté de l'aéro port. Je n'ai pas de voiture, alors ce serait sympa si tu pouvais passer me chercher.

Ensuite, on ira prendre un verre près de l'hôtel, me proposa-t-il timidement.

Naturellement, j'acceptai. Il n'était que de passage à Montréal, alors je me voyais mal refuser sa demande. « Je n'aurai qu'à l'appeler une fois arrivée à l'hôtel et il me rejoindra dans la voiture », me dis-je. Avant que je parte, Béa m'obligea à emporter du vin. Elle voulait que tout soit parfait.

— Voyons, Béa, nous allons dans un bar, je n'ai pas besoin d'une bouteille de vin, lui dis-je, convaincue que je ne la boirais pas.

— On ne sait jamais où la soirée peut te mener, Scarlett ! Garde-la donc au cas où tu en aurais besoin, me conseilla-t-elle, tout énervée pour moi. Ça fait longtemps qu'il ne s'est rien passé dans ta vie, alors il ne faudrait surtout pas gâcher cette chance.

Béa avait raison. Je n'avais pas été touchée par un homme depuis trop longtemps. Ce n'était pas les occasions qui avaient manqué, mais comme toujours je m'étais défilée. Je me dis que ces temps-là étaient révolus et que, comme ma coloc, j'allais m'amuser avec le sexe opposé. J'espérais tellement que Bruno me plairait. Et puis, même si certains aspects ne m'emballaient pas chez lui, un peu d'alcool se chargerait d'embellir ma perception des choses. J'étais décidée à me laisser porter par le courant.

**

En route pour l'hôtel, je fis l'erreur de m'imaginer le scénario parfait. J'arriverais dans le stationnement et j'appellerais Bruno pour qu'il descende. Il entrerait dans la voiture et je serais immédiatement séduite en le voyant. Nous serions aussitôt à l'aise ensemble, comme par le passé. Nous irions dans un pub tout près. Nous prendrions une bière et, ne voulant plus partir, nous commanderions un pichet. La soirée s'étirerait, puis nous sentirions le désir monter en nous et nous demanderions l'addition. Il paierait la note et, une fois de retour à l'hôtel, il m'inviterait dans sa chambre. Avant d'accepter, je l'embrasserais pour « tester la marchandise ». Ses lèvres épouseraient les miennes à la perfection et je n'hésiterais pas une seconde à le suivre pour poursuivre la soirée. Nous ouvririons ma bouteille de vin et continuerions à boire. Je n'aurais plus ni pudeur ni gêne. Je serais enfin prête à avoir du plaisir ! La chimie serait telle que j'en redemanderais. Encore et encore, jusqu'au petit matin. Le scénario idéal. Il ne me restait qu'à souhaiter que mon vœu se réalise…

J'arrivai enfin dans le stationnement de l'hôtel. Un peu timide, je décidai d'envoyer un texto à Bruno plutôt que de l'appeler : « Je suis en bas, je t'attends dans la voiture. Tu descends ? »

Aussitôt après avoir appuyé sur le bouton « envoyer », je réalisai la grosse erreur que je venais de commettre. Pourquoi avais-je posé une question ? J'étais agente de bord et je savais bien qu'il ne fallait jamais faire ça si on désirait obtenir la réponse qu'on voulait. Lorsque je devais déplacer un passager vers un autre siège, jamais, au grand jamais, je ne disais : « Pardon, madame, accepteriez-vous de changer de place, car j'ai un passager qui ne se sent pas bien, bla bla bla ? » À tout coup, la réponse aurait été « non » !

Règle nº 1 de l'hôtesse de l'air : ne jamais poser une question ! Au lieu d'interroger, il faut poliment imposer sa volonté : « Madame, je suis sincèrement désolée, mais je dois vous changer de siège pour aider un couple et leur bébé. Je vous remercie. Puis-je vous donner un coup de main avec vos bagages ? » Dit ainsi, j'obtenais à tout coup ce que je désirais. Il n'y avait pas de place pour l'argumentation. À l'inverse, ce message que je venais d'envoyer ouvrait une immense porte à la discussion, ce qui, possiblement, modifierait le déroulement de la soirée. Impatiente, j'attendis nerveusement la réponse de Bruno. Dix secondes plus tard, j'obtins celle que j'avais redoutée : « Je ne suis pas tout à fait prêt, monte donc, ma chambre est la 1102. »

Je relus cette phrase. Elle était affirmative, aucun point d'interrogation. Décidément, Bruno était plus intelligent que moi. J'allais donc faire ce qui m'avait été dicté : monter à sa chambre. Grrrrr ! Mon scénario parfait se modifiait contre mon gré. Je ramassai mon sac à main contenant la bouteille de vin, sortis de la voiture et marchai vers la porte principale.

Ayant l'impression de ne plus contrôler la situation, j'étais désormais stressée. Je me doutais que nous passerions probablement plus rapidement au dessert maintenant que j'avais accepté de monter à sa chambre. Vu les souvenirs que je gardais de Bruno, je n'avais après tout aucun problème avec ça. Il me suffirait d'engloutir un demi-litre de vin et tout serait réglé. « Au diable le bar ! » me dis-je. Mon hôte avait sans doute la même idée en tête que moi. J'allais le découvrir sous peu.

* * *

J'arrivai au onzième étage et me dirigeai vers sa chambre. Je me postai devant la porte 1102, pas encore prête à entrer. Qu'allais-je rencontrer de l'autre côté ? « Il s'en passe, des choses, en deux ans ! » pensai-je. Je ne devais pas me décourager. J'étais là pour m'amuser et je comptais bien le faire. Je pris de grandes inspirations et cognai enfin, le cœur battant.

La porte se déverrouilla. J'arrêtai brusquement de respirer. J'étais impatiente de revoir mon vieil ami pilote. Ma gorge devint sèche et mon pouls s'accéléra.

La porte s'ouvrit en effleurant les poils drus du tapis beige. Et puis je le vis. Bruno se tenait bien droit devant moi, visiblement heureux de me retrouver. Ses yeux pétillaient et je pouvais même apercevoir un filet de sueur sur son front. Il me voulait déjà. Moi ? Finalement pas !

J'avais l'impression d'avoir un inconnu sous les yeux. Les images du beau pilote d'il y avait deux ans s'étaient envolées. Bruno était petit. Trop petit pour moi. Il portait un jeans taille haute et avait inséré son t-shirt blanc dans son pantalon. Ça le rapetissait encore plus. On aurait dit que j'avais un nain devant moi. Bruno était un Hobbit ! Plus je le regardais et plus je réalisais que j'avais rêvé. Bruno était le même que dans le passé. En fait, c'était moi qui avais changé : l'admiration aveugle que j'éprouvais envers les pilotes lors de ma première année dans l'aviation s'était volatilisée depuis bien longtemps. J'étais prise au piège !

— Bonjour, mademoiselle Lambert. Toujours aussi belle, dit-il d'un air confiant.

Que pouvais-je bien répondre à ça ? « Bonjour, monsieur Bergeron, je ne vous retourne pas le compliment » ? Je me contentai de rougir avec un sourire. Il me fit signe d'entrer et ajouta :

— J'ai regardé sur Internet les bars aux alentours et il n'y a rien à part une Cage aux Sports. Je n'ai pas envie d'une ambiance aussi bruyante, je préférerais un endroit tranquille, alors j'ai pensé qu'on pourrait rester ici si c'est OK pour toi.

Je le savais ! Bruno était un petit futé. Mon plan tombait à l'eau. Je me demandai si j'arriverais à rester fidèle au but que je m'étais fixé avant d'entrer. Je regardai mon interlocuteur. Je voulais tellement me faire plaisir. C'était primordial pour mon bien-être. J'en avais maintenant l'occasion, alors pourquoi étaisje si hésitante ? Bruno ne devait pas être si pire que ça… Je l'examinai avec plus d'attention afin de prendre une décision.

Son regard était profond. Sa mâchoire était robuste et il arborait une barbe de quelques jours. J'aime les barbes, c'était un début. Sa chevelure paraissait humide. Il avait sans doute pris une douche. J'en étais rassurée. Son visage était potable. Je pouvais faire avec. Quant à sa petitesse, ce n'était qu'un léger détail qui pouvait rapidement se régler une fois à l'horizontale. J'étais décidée ! J'allais me laisser bercer par l'assurance de Bruno-le-Hobbit ! Je lui annonçai la nouvelle.

— Ouais, tu as raison. C'est vrai qu'il n'y a rien autour. Et ça tombe bien, parce que j'ai apporté une bouteille de vin, affirmai-je timidement.

Je devais accepter la situation. Je l'avais moi-même souhaitée. « Assume, Scarlett ! Assume ! »

Bruno sortit les verres et j'ouvris la bouteille. Il s'étendit sur l'un des lits de la chambre et moi sur l'autre. Nous parlâmes des événements passés tout en buvant notre potion magique. Je souhaitais que l'alcool fasse son effet incessamment. Mais, gorgée après gorgée, ma perception demeurait la même : Bruno ne m'attirait pas. « Bois, Scarlett ! Bois ! »

J'avalai mon deuxième verre de vin en un temps record. J'eus soudainement la parole facile. C'était au moins ça. « Et puis nous sommes encore installés sur nos lits respectifs, pensai-je. Je pourrai toujours me défiler si je le souhaite. » De toute façon, j'en avais l'habitude, non ?

— Alors, tu as un chum, Scarlett ? se décida-t-il à me demander.

Pour qui me prenait-il ? J'étais évidemment célibataire ! Je ne me serais pas donné tout ce mal si un homme m'attendait à la maison.

— Non, Bruno, je n'ai personne dans ma vie. Toi ? Toujours avec cette fille avec qui tu sortais ?

Je n'aurais pas dû lui répondre aussi vite. Et surtout pas lui demander s'il était libre. Il allait sans doute s'imaginer des choses obscènes.

— Bien sûr que non, Scarlett. Pourquoi t'aurais-je invitée ici si j'étais en couple ? répliqua-t-il.

« Euh… Parce que tu es un pilote ! » Je sentais que la conversation allait se diriger vers des sujets plus intimes, comme je l'avais honnêtement désiré plus tôt. Qu'allais-je faire ? Je n'avais plus envie de jouer. J'étais une stupide célibataire en train de boire trop de vin dans la chambre d'hôtel d'un gars qui me dévorait des yeux et qui était tout aussi seul que moi. Mais il ne m'attirait pas du tout. J'avais décidément besoin d'une pause.

— Je peux utiliser tes toilettes ? demandai-je avec empressement.

— Oui, pas de problème, répondit-il, un peu déçu que je coupe le fil de son stratagème.

— Je n'en aurai pas pour longtemps, le rassurai-je.

Quel plaisir je ressentis une fois dans la salle de bain ! Enfin seule ! Il me fallait reprendre mes esprits et oublier cette pression écrasante sur mes épaules. Je m'imaginai ce que Rachel et Paule diraient si elles étaient là. Elles riraient sans doute de mon ridicule et me conseilleraient de fermer les yeux et de m'amuser quand même avec Bruno-le-Hobbit. Et elles auraient raison, car j'étais d'abord une femme et j'avais des besoins physiques à combler. J'irais jusqu'au bout.

Je me penchai alors vers le miroir et fixai mon reflet dans la glace. Mon regard étincelait de détermination. J'appliquai un baume à la framboise sur mes lèvres afin d'incarner mon rôle de séductrice. Désirant éponger un surplus de *gloss*, je me dirigeai vers le siège des toilettes pour prendre un morceau de papier hygiénique. C'est là que, subitement, je les vis flotter.

ATTENTION ! HAUT-LE-CŒUR ! Des miettes ! Plusieurs miettes ! Des grosses et des petites ! Valsant partout dans la cuvette des toilettes. Dans ses toilettes ! J'étais terrorisée et complètement dégoûtée par ces corps brunâtres fraîchement expulsés d'un certain Bruno-le-Hobbit ! Ou plutôt devrais-je dire Brunole-brun ? Le même qui m'attendait impatiemment de l'autre côté de la porte. Je n'y arriverais pas. Impossible ! Pas après ce que je venais de voir.

D'un bond, je me redressai. J'allais me défiler. Encore. Je pris une grande respiration et actionnai la chasse d'eau. Il ne fallait surtout pas qu'il pense que ces immondes miettes brunes m'appartenaient. Je me lavai ensuite les mains et retournai dans la pièce principale, prête à déguerpir sur-le-champ.

Lorsque je le rejoignis, Bruno était toujours étendu sur le lit. Il me regardait droit dans les yeux, souhaitant me faire fondre de désir pour lui. Mais c'était déjà trop tard.

— Bon, Bruno, l'heure file. Je dois partir. J'aurais vraiment adoré rester plus longtemps, mais on remettra ça, déclarai-je à la hâte.

Je me dirigeai vers le lit pour récupérer mon manteau, mais je me doutais bien que mon hôte ne me laisserait pas m'éclipser comme ça.

— Mademoiselle Lambert ! Vous n'allez pas me dire que vous êtes venue jusqu'ici pour me glisser entre les mains ? me lança-t-il mielleusement.

Il se leva et vint me rejoindre entre les deux lits. Il se tenait bien droit devant moi, un sourire en coin. « Peut-être que si je l'embrassais un peu il me laisserait partir ? » me dis-je. Quelle naïve ! Comment cette idée avait-elle bien pu me traverser l'esprit ?

C'est alors qu'il inclina son corps vers moi et que, de tout son poids, il me jeta avec brusquerie sur le lit. Ses mains étaient posées de chaque côté de mon visage et ses jambes me coinçaient puissamment contre lui. Il me fixait tout en dégageant une volonté incontrôlée de me dominer.

« Je suis venue ici pour ça, pensai-je. Peut-être devais-je au moins essayer ? L'appétit vient en mangeant, non ? » Je levai alors ma tête vers la sienne en signe d'approbation. Je lui offris gentiment ma bouche pour faire un essai. Il entreprit plutôt de l'assaillir.

Ma bouche était sous le choc. J'avais l'impression d'être agressée par une langue piquante pointant vers le fond de ma gorge. Au lieu de m'approcher de Bruno, je reculais afin d'éviter d'être transpercée.

— Humm, tu embrasses si bien, me dit-il.

Je ne répondis pas. C'était une abomination. Rien de tout cela n'était agréable. Je lui donnai tout de même une autre chance. En vain. Car au bout de quelques tentatives d'invasion buccale il entra plus agressivement à l'intérieur de ma bouche. Bruno semblait avoir perdu le contrôle et respirait étrangement. Entre chaque baiser, il exhalait un souffle saccadé et faisait vibrer ses lèvres comme pour me signaler son excitation grandissante.

J'étais dégoûtée. Rien ne s'améliorait. Ce son que Bruno produisait était loin d'être excitant. J'avais plutôt l'impression d'écouter une émission de National Geographic et d'entendre un tigre émettre ce feulement utilisé lors d'une rencontre avec un de ses semblables.

— FFFFFFEEEEEUUUHHHH ! FFFFFEEEEE-
UUUUHHHH ! laissait-il échapper entre ses dents.

Sans doute convaincu que j'adorais sa performance, il s'empressa de soulever mon chandail et de tâter ma poitrine.

— FFFFEEEEEEUUUHHHH ! FFFFFEEEEEEUUUUUHHHH ! continuait-il.

Ce son me rendait folle ! Plus je participais à l'action et plus ce FEUH était prononcé. Brusquement, mon attention fut dirigée vers ma main. Bruno la tenait fermement et la guidait vers son pantalon. « Non ! Je ne veux pas ! » m'écriai-je intérieurement.

Je vis alors réapparaître en esprit le contenu brunâtre qui serpentait harmonieusement dans l'eau brouillée et sale des toilettes. C'en était assez ! Bruno-le-brun n'irait pas plus loin avec moi. « Qu'il râle avec quelqu'un d'autre ! » Sans plus d'hésitation, je repoussai le tigre agonisant, me levai, attrapai mon manteau et, avant de franchir le pas de la porte, telle une tigresse désillusionnée, je décidai de lui donner un petit conseil :

— La prochaine fois que tu invites une fille à monter dans ta chambre, assure-toi que ta *date* ne verra pas ta grosse commission !

15

Chapitre 15

Après mes décevantes expériences avec Arnaud et Bruno, je décidai de mettre fin au « Jeu du flirt extrême ». Plus jamais je n'allais m'obliger à fréquenter des hommes qui ne me plaisaient pas. Je retournai donc à mes réconfortantes habitudes auprès de mes amis, de ma famille et de mes collègues. Mon existence était bien plus agréable et beaucoup moins stressante ainsi. Je devais accepter l'évidence : ça ne me servait à rien de forcer les choses. La vie se chargerait d'arranger la situation. Enfin, je l'espérais.

Mon anniversaire ne pouvait pas mieux tomber. C'était comme si j'entamais un nouveau chapitre en me laissant bercer par la vie.

Ce jour-là, lorsque j'ouvris la porte de mon appartement, mes amis m'attendaient.

— SURPRISE ! s'écrièrent-ils en chœur.

Je figeai à l'entrée. Je me doutais que Béa prévoyait une fête pour mes trente ans, mais je ne pensais pas qu'elle inviterait autant de monde. Rupert était accompagné de tous ses amis gais, dont une série d'anciennes conquêtes. Béa avait invité son milliardaire français, Damien. Je ne savais pas qu'elle l'aimait autant. Quelques-uns de mes collègues y étaient, ainsi que Paule et Rachel. Tout ce monde était là pour moi !

— Bonne fête, ma fille ! s'exclama ma mère.

— Maman ? Papa ? Vous êtes venus du nord juste pour moi ? demandai-je, sous le choc.

— Trente ans, Scarlett, ce n'est pas rien ! Mais on ne restera pas longtemps, tu sais comment ton père n'aime pas sortir de son bois.

— Oh oui, je le sais ! Je suis si contente que vous soyez là !

Je tenais à leur souligner mon appréciation : je savais combien il devait avoir été difficile pour ma mère de convaincre mon père de venir en ville. Elle s'ennuyait tellement de moi qu'elle avait sans doute insisté. Alors que je parlais avec elle, Paule et Rachel nous rejoignirent.

— Bonne fête, Scarlett ! me souhaita Paule.

— Bonne fête ! répéta Rachel.

— Merci, les filles, dis-je sincèrement.

— Trente ans, c'est toute une étape dans une vie ! s'exclama Rachel.

— Ouais, la fameuse crise de la trentaine. Quand les femmes remettent tout en question et ressentent l'appel de la maternité… ajoutai-je.

Curieusement, j'avais l'impression d'avoir vécu cette remise en question il n'y avait pas si longtemps. L'année de mes vingt-neuf ans, qui venait de se terminer, avait été une dure période. J'avais désespérément tenté de me dénicher un partenaire et m'étais engagée à rencontrer presque n'importe qui. Mais mon plan de vie idéal était tombé à l'eau, même si j'avais tenté d'ouvrir mes horizons. Rien n'avait fonctionné comme je l'avais imaginé. Maintenant que j'avais accepté ça, il était temps de tourner la page. J'étais prête à avancer vers l'inconnu, un jour à la fois, et à l'apprécier.

Rachel se permit alors de jouer à nouveau à l'entremetteuse.

— Scarlett, je ne t'ai pas encore présenté mon compagnon pour la soirée, Marc. Mon chum voulait rester avec notre petit homme, alors je l'ai invité, précisa- t-elle, probablement inquiète de ma réaction.

166

« Elle m'énerve avec son cousin », pensai-je. Elle savait que je ne voulais rien savoir de ce Marc et voilà qu'elle tentait encore de me le présenter. Pour ne pas la mettre mal à l'aise, je la réconfortai avant de le saluer.

— C'est un *party* surprise, Rachel ! Les invités font partie de la surprise ! affirmai-je avec ironie.

Je regardai ensuite son cousin avec un faux sourire :

— Salut, Marc.

— Bonne fête, Scarlett ! dit-il gentiment.

Ma mère, qui était toujours parmi nous, s'infiltra dans la conversation.

— C'est qui ce beau jeune homme ? demanda-t-elle à Rachel tout en le regardant comme s'il était un sac à main dans un catalogue Sears.

— Marc est mon cousin, madame Lambert. Il vit dans votre coin, à Mont-Tremblant.

— Intéressant, ajouta ma mère, déjà en train de tomber amoureuse de lui. Tu fais quoi dans la vie, mon cher ?

— Je suis dans la restauration, répondit-il avec fierté. Je possède un café très à la mode dans le village de Tremblant.

— Encore plus intéressant ! renchérit-elle avant de se tourner vers moi. Scarlett, on pourrait aller prendre un café à Tremblant la prochaine fois que tu viendras me voir !

Je n'en croyais pas mes oreilles. Voilà que ma mère s'y mettait aussi. Et Rachel, toute souriante, semblait penser qu'elle avait misé juste. Je savais que ma mère était inquiète de mon célibat, mais je ne m'attendais pas à ce qu'elle m'organise une *date* avec le premier venu. Il me fallait clore la discussion : il était hors de question que je passe mon trentième anniversaire avec lui. J'avisai Marc et Rachel que j'allais revenir et demandai à ma mère de me suivre dans ma chambre en prétextant que j'avais une surprise pour elle. Innocemment, elle me suivit. Une fois la porte bien refermée derrière nous, j'explosai :

— Maman, tu as l'air de penser que je fais pitié parce que je suis célibataire, mais je suis heureuse, alors arrête d'essayer de me présenter n'importe qui, OK ? hurlai-je presque.

— Je m'excuse, Scarlett, je ne pense pas que tu fais pitié. Je sais bien qu'aujourd'hui les gens se casent plus tard. C'est juste que je le trouvais intéressant, ce p'tit gars-là. Pas toi ?

— Non, il n'est pas fait pour moi, annonçai-je sans vouloir en rajouter.

— Ah ! Comment ça ? Tu le connais à peine. Il est très séduisant et vous iriez bien ensemble, affirma- t-elle, déçue que je n'apprécie pas sa suggestion.

Maman était tenace. Si je ne lui disais pas immédiatement la raison de mon dédain pour Marc, elle s'acharnerait toute la soirée. C'était mon *party* et j'avais l'intention de m'amuser, alors je me décidai à lui exposer les faits.

— Il était marié, il a un enfant et il a trompé sa femme plusieurs fois, voilà pourquoi !

— Oh ! Je ne savais pas... Jamais je n'accepterais que tu sois avec un homme comme ça, sans honneur, sans valeur, sans cœur !

Qu'avais-je fait ? Je savais que maman était scandalisée par ce genre de tricherie. Je venais d'allumer un énorme feu. Il fallait que je l'arrête.

— Bon, ça va. Des erreurs, ça peut arriver. Marc n'est sans doute pas un bon gars, j'en conviens, mais je pense tout de même qu'on peut avoir une seconde chance dans la vie.

Comment pouvais-je dire ça ? Moi qui prônais toujours la fidélité, j'étais en train de parler de seconde chance ? Qui plus est, je n'éteignais pas le brasier, je l'alimentais.

— Ah bien là, Scarlett, franchement ! Il n'y a pas de seconde chance quand on choisit de marier une femme et d'avoir des enfants. On assume et on prend ses responsabilités. Une famille n'est pas un objet avec lequel on peut s'amuser pour s'en départir ensuite comme un vieux chandail !

Ses arguments étaient forts. Les miens, faibles et sans tonus. Je ne savais que répondre et n'eus pas à le faire car mon père arriva à ma rescousse, ouvrant la porte en trombe.

— Agathe ! On t'entend de l'autre bout de la pièce. Ça suffit ! Laisse Scarlett tranquille. C'est sa fête, là. On s'en va bientôt de toute façon, dit-il en regardant ma mère durement.

Papa agissait souvent ainsi. Il laissait ma mère m'attaquer et, quand la situation dégénérait, il intervenait pour la calmer. Pourtant, il n'y avait pas si longtemps, j'adhérais à la doctrine de ma mère. Je ne comprenais d'ailleurs pas la raison de ma soudaine ouverture d'esprit. En y réfléchissant, je savais, mais je ne voulais pas y penser. Pas maintenant, en tout cas.

Une fois mes parents partis, je rejoignis mes amis et me mis à boire allègrement. Marc tenta bien de reprendre la conversation, en vain. Quelques verres plus tard, je m'avouai enfin le pourquoi de mes propos contradictoires tenus plus tôt avec ma mère. Au fond de moi, blottie près du cœur, ma raison s'appelait John.

16

Chapitre 16

Puerto Plata (POP) – Montréal (YUL)

L a réalité peut parfois être difficile à accepter. De retour de leurs vacances, une fois à bord, les passagers se plaignent souvent : ils maudissent le lundi suivant et bénissent les hôtels tout inclus. La plupart préféreraient rester allongés une année entière sur une plage des Caraïbes. Ils seraient enfin heureux, selon eux. Mais il y en a d'autres, une infime minorité, qui apprécient le retour à la maison, contents de retrouver leurs petits bonheurs, qu'ils ne changeraient pour rien au monde. Ils ont hâte de revoir leurs enfants, leur chien, et même de retourner au travail. « Bénis soient les lundis ! » disent-ils peut-être.

Il y a aussi ceux qu'un rien rend heureux. Ils peuvent surprendre par leur singularité, mais surtout ils font réfléchir. Certains réussissent même à éveiller en moi des désirs que j'avais enfouis au plus profond de mon être. Comme cette passagère très particulière sur un vol au retour de Puerto Plata…

* * *

Nous étions en avril et volions vers le Canada. Les mois précédents avaient été fort occupés. N'ayant pas encore suffisamment d'ancienneté pour passer quelques jours dans le Sud, j'avais effectué des allersretours tout l'hiver. Au moins, je revenais à la maison chaque soir et je ne subissais pas les méfaits du décalage horaire. Je savais que les vols outre-mer approchaient, alors je ne m'en faisais pas trop avec ça.

J'avais même réussi à conserver un joli teint bronzé en m'asseyant dans les escaliers à l'extérieur de l'avion pendant les minutes de pause au sol. Parfois, sur les vols de retour, mes pommettes rougissaient, me faisant presque ressembler à tous ces passagers brûlés.

Ce jour-là, au retour de Puerto Plata, j'étais occupée à servir les boissons et, comme je faisais face aux passagers depuis mon côté de chariot, j'avais une vue panoramique sur la cabine et sur des centaines de têtes. Souvent, j'en profitais pour flairer l'humeur de mes protégés. J'observais leurs fronts plissés, leurs sourcils arqués ou l'inclinaison de leurs têtes. Étaientils en train de lire un livre ou de regarder un film ? Semblaient-ils soucieux ou reposés ? Mais, avant tout, étaient-ils brûlés ou calcinés ?

Au retour du Sud, je prenais un malin plaisir à observer le bronzage de mes passagers. Je croyais sincèrement avoir tout vu, mais j'avais tort. Il y a toujours pire.

Je venais de servir le dernier passager à la limite de mon chariot. J'avisai ma collègue que nous pouvions avancer pour nous occuper de nouvelles rangées. Nous arrêtâmes plus loin et je me tournai vers les passagers qui se trouvaient à ma droite, côté hublot, pour leur demander ce qu'ils désiraient boire.

Le passager du fond me réclama un verre d'eau. Je regardai ensuite la passagère côté allée, et là, j'eus l'impression de visionner un film d'horreur.

— Je vais prendre un Pepsi, me dit-elle.

Je figeai un instant avant d'assimiler sa requête. Comment cette femme pouvait-elle commander un

Pepsi d'un ton aussi calme ? Son teint était noir, rouge, brun et blanc. Tout ça en même temps ! À sa place, j'aurais crié pour avoir des compresses d'eau fraîche, un baril de glace, des pansements et de la crème antibiotique à profusion. Cette passagère n'était pas brûlée mais plutôt carbonisée, « pleumée », trop cuite. La pauvre ! Il fallait que je lui offre mon aide.

— Pardon, madame, est-ce que vous vous sentez bien ?

La dame leva les yeux vers moi. Son cou s'étira. J'aperçus des lambeaux de peau sèche tomber sur son beau chandail noir. Elle me regarda avec un grand sourire qui laissa voir ses dents, très abîmées. « Quelle malchance d'avoir une aussi mauvaise dentition », pensai-je.

— Oui, oui, je me sens bien. J'ai juste oublié de mettre de la crème, répondit-elle en haussant les épaules.

Son mouvement fit tomber d'autres lambeaux de peau mais, cette fois-ci, ils provenaient de ses bras. Je ressentis soudainement beaucoup de compassion pour l'homme assis au hublot. Une nouvelle fois, je m'assurai que la grande brûlée n'avait besoin de rien.

— Une compresse d'eau fraîche sur votre coup de soleil pourrait vous apaiser, lui conseillai-je.

— Ah ! OK ! Merci !

Je pris une serviette absorbante dans mon tiroir et y déposai des glaçons. Je l'aspergeai ensuite d'un peu d'eau et la lui tendis. Avec toutes ces attentions, j'en avais oublié son breuvage.

— Que voulez-vous boire, madame ?

— Vous avez du Pepsi ? s'enquit-elle.

— Oui, bien entendu.

Je saisis alors un verre vide sur mon chariot. J'avais l'impression d'avoir passé une éternité à servir cette passagère. Maintenant, il était temps d'être efficace. Juste comme je dirigeais ma main vers le tiroir de boissons gazeuses, la grande brûlée m'interpella encore.

— Vous avez vraiment du Pepsi ?

— Oui, nous en avons, confirmai-je.

— Du vrai Pepsi ? dit-elle, de plus en plus excitée.

— Oui, du vrai Pepsi.

Qu'est-ce qui était si difficile à comprendre ? Parlais-je une langue qu'elle ne connaissait pas ? Dans mon chariot, j'avais du Pepsi ! Du vrai Pepsi de la marque Pepsi ! Qu'aurais-je pu préciser davantage pour qu'elle me comprenne ? En fait, rien. La dame n'avait pas perdu l'ouïe. Non, elle était seulement éprise du Pepsi et heureuse de le retrouver.

— Hiiiiiii ! Je suis tellement contente de boire enfin du Pepsi ! Hiiiii !

Mme Pepsi s'exclamait de joie. Ses jambes et ses bras s'agitaient, c'était l'hystérie totale. Je ne comprenais pas comment une boisson gazeuse pouvait rendre une personne aussi exaltée.

— Vous aimez le Pepsi, à ce que je vois. Ça fait longtemps que vous n'en avez pas bu, c'est ça ? la questionnai- je.

— C'est ça ! J'avais apporté mes deux litres de Pepsi mais, après une semaine, il ne m'en restait plus. J'ai été obligée de boire le maudit Coke maison de l'hôtel ! Dégueulasse !

Et moi qui avais pris Mme Pepsi en pitié lorsque j'avais vu ses dents cariées. J'en connaissais maintenant l'origine. Encore sous le choc, je devais jouer la comédie, le temps de lui servir sa boisson préférée. Je m'empressai de ramasser une canette et commençai à verser le liquide dans le verre. La grande brûlée devenait de plus en plus hystérique.

— Hiiiiiii ! Hiiiiiii ! Hiiiiiii !

Je devais dire quelque chose. Un mot gentil afin de ne pas avoir l'air de la juger.

— Ah ! C'est vrai que c'est bon, le Pepsi…

J'avais l'impression d'avoir été victime d'un mauvais tour. Mais non. Et curieusement, sa réaction fut pour moi une révélation.

Mon Pepsi à moi, celui que je voulais consommer avidement, avait déjà croisé ma route. Il s'appelait John Ross. Debout dans mon allée, tout en servant Mme Pepsi, je me jurai alors qu'un jour je tenterais au moins de goûter à ma boisson préférée. Ne serait-ce que pour une nuit, histoire d'étancher un peu ma soif.

17

Chapitre 17

Montréal (YUL) – Madrid (MAD) – Toronto (YYZ) –Dublin (DUB)

L es vols outre-mer avaient maintenant commencé et j'avais déjà volé plusieurs fois en direction de Paris et Barcelone. Par contre, en cette soirée du début de juillet, je travaillais sur un long-courrier de six jours. D'abord, j'irais à Madrid et, le lendemain, je passerais la nuit à Toronto. Le jour suivant, je m'envolerais pour Dublin, en Irlande, et y passerais également une nuit pour revenir à Montréal le lendemain. C'était un beau trajet car je ne ferais que des vols directs. Après quatre ans comme agente de bord, je commençais à obtenir de meilleurs vols. J'étais donc très heureuse de partir, et ces nouvelles conditions me remplissaient d'énergie.

Une fois arrivée dans la salle d'équipage, j'appuyai ma valise contre le mur et allai imprimer mon itinéraire. Il était important d'en avoir une copie papier car y étaient affichés les détails de chaque vol : heures précises de décollage et d'atterrissage, numéros de vol, nom des hôtels où nous séjournions, de même que la liste des membres d'équipage prévus pendant tout le courrier. Aussitôt le document imprimé, je le consultai rapidement. Une information me fit sursauter. Le souffle coupé, j'en laissai échapper le bout de papier. Puis je pris une profonde inspiration, ramassai mon itinéraire de vol, le pliai en quatre et le glissai dans mon sac à main.

Je me dirigeai ensuite vers la sécurité réservée aux membres d'équipage. Tout en marchant dans l'aéroport, j'eus l'étrange l'impression que mon énergie me manquait. Chancelante, j'arrivais à peine à poser un pied devant l'autre. Finalement, au bout d'une minute, je m'approchai des deux hommes en uniforme bleu marine qui contrôlaient le passage. Ils m'apparaissaient flous. Ils me regardèrent et prononcèrent un mot que j'entendis au ralenti.

— Booooooonsooooooir !

Je me sentais prête à m'évanouir. Avais-je été mordue par un serpent venimeux entre la salle d'équipage et la sécurité ? De peine et de misère, je leur répondis et apposai mon index sur le capteur d'empreintes digitales. La lumière vira au vert et je passai de l'autre côté, dans l'aire internationale.

J'en avais pour à peine dix minutes de marche avant d'atteindre l'appareil. Ne sachant plus où puiser mes forces, je me rendis aux toilettes des femmes. J'avais besoin de m'asperger de l'eau fraîche sur la figure. « Au diable, le mascara qui coule », me dis-je, et je plongeai mon visage dans l'eau glacée qui remplissait mes mains.

Quelques purifications plus tard, ma fièvre était tombée. J'effaçai alors les traces noires sous mes yeux, séchai ma peau et fis le nécessaire pour recouvrer mon éclat. Je rejoignis la barrière d'embarquement à l'heure prévue.

À mon arrivée, tous les membres d'équipage étaient dans l'avion. J'étais heureuse de voir que je les connaissais, je n'aurais donc pas à fournir d'effort pour me rappeler leurs noms. J'avais suffisamment la tête ailleurs. Je sortis mon carnet blanc contenant les annonces aux passagers. Nous volions vers Madrid, en Espagne, aussi avais-je été assignée comme étant l'agente de bord qualifiée dans la langue du pays. Je devrais traduire en espagnol chacune des annonces tout le long du vol. Normalement, j'appréciais cette tâche, car elle me permettait de mettre en pratique les cours que j'avais suivis à l'université en Études internationales. Pourtant, ce soir-là, je la considérais comme une lourde corvée. J'espérais reprendre mes esprits au plus vite.

L'embarquement commença et les passagers entrèrent dans la cabine. Je me tenais debout près de ma porte et, pour ne pas tomber, je gardais la main posée sur l'appuie-tête de mon strapontin. Camille, ma collègue du côté droit de l'appareil, me fit signe de la rejoindre au milieu de la cabine. Elle aidait une vieille dame à prendre place. Je m'avançai vers elle en oubliant un moment mon obsédant malaise.

— Je ne comprends rien de ce qu'elle dit, Scarlett ! Elle parle trop vite ! Tu peux traduire, s'il te plaît ? me lança Camille, déjà les nerfs à vif.

— Oui, oui, pas de problème, lui dis-je, et je pris le relais.

Je regardai la vieille dame qui se tenait courbée dans l'allée. Elle portait un bonnet en laine sur la tête. Elle agrippait fortement son sac en cuir brun d'une main et, de l'autre, tenait une canne.

— *¿Disculpe señora, se necesita ayuda?* lui demandai-je gentiment.

— *¡Sí! ¡Claro que sí! ¡Mi marido está enfermo y no estamos sentados juntos! ¡No se puede!* me rabrouat-elle, frustrée de ne pas être assise avec son mari malade.

Le problème n'était pas très difficile à résoudre. J'attendrais que tous les passagers aient pris place et je ferais les modifications nécessaires pour satisfaire la dame. Il me suffisait de le lui expliquer.

— *¡Bien! No hay ninguno problema. Yo voy a...* euh ! *Voy a...* euh ! hésitai-je.

Que se passait-il ? Je n'arrivais plus à m'exprimer ! C'était impossible, je connaissais parfaitement cette langue ! Je tentai à nouveau ma chance.

— *Lo que queria decir es que...* euh ! et euh ! répétaije, embarrassée.

Mon malaise me faisait oublier mon espagnol. J'étais terrorisée ! Dans une minute, je devrais m'exprimer au micro et dicter les règles de sécurité à tous les passagers. « Je n'aurai qu'à les lire mot à mot et tout ira bien », pensai-je.

Je soupirai et repris mes esprits. Je parvins finalement à expliquer à la dame comment je comptais régler son problème et lui conseillai de s'asseoir à sa place en attendant. Elle me remercia et s'installa, le dos courbé, au bord de l'allée. Soudain, j'entendis l'annonce d'embarquement prononcée en français et en anglais par le directeur de vol. Je fus alors prise d'une nervosité incontrôlable, et des sueurs froides inondèrent ma nuque.

Je courus jusqu'à mon strapontin et ramassai mon carnet d'annonce. Barry, le directeur de vol, termina son discours. C'était à mon tour de faire le mien. Je pris l'interphone et pressai sur le bouton rouge qui allait diffuser ma voix dans toute la cabine. J'étais paniquée. « S'il faut encore que je bafouille comme une débutante, de quoi je vais avoir l'air ? » Je n'avais plus le temps de réfléchir. Je me lançai :

— *Señoras y señores, les damos la bienvenida a bordo de este vuelo de VéoAir con destino a Madrid. En preparación para...*

Je fus soudainement absorbée par mes pensées. Encore une fois. « Ce n'est pas le temps de rêvasser,

Scarlett ! Continue ! Parle ! »

— *... el despegue, les pedimos que pongan su...*

Je m'arrêtai une fois de plus. Quelle horrible annonce ! J'étais sans doute la pire des lectrices que ma compagnie avait eu le malheur d'engager. En plus, la cabine était remplie d'Espagnols et, pour la première fois de ma vie, j'avais l'impression qu'on m'écoutait. Il me fallait redresser la situation.

— … *equipaje de cabina debajo del asiento delantero o dentro de los compartimientos superiores. No está permitido fumar durante el vuelo y las botellas deben colocarse debajo del asiento. ¡Gracias!*

J'étais soulagée. Enfin une annonce terminée ! Maintenant, je devais reprendre mes esprits. Je partis fermer les compartiments des bagages et faire les changements nécessaires pour réunir ma dame espagnole et son mari malade.

Les choses semblaient enfin revenir à la normale, et je me dirigeai à l'arrière de l'appareil pour prendre un verre d'eau avant le décollage. Camille parlait avec Esther d'un voyage au Pérou. En temps normal, j'aurais été la première à m'introduire dans la conversation mais, cette fois-ci, je n'en avais pas envie. J'avais d'autres soucis. Je bus mon verre d'eau et retournai m'asseoir sur mon strapontin.

Une fois assise, j'essayai de ne pas regarder les passagers qui se trouvaient devant moi. Je les voyais me fixer, mais je n'avais pas le désir de leur parler. J'avais besoin d'être concentrée pour revoir mes procédures de sécurité en cas d'urgence, mais aussi pour penser à mes inquiétudes. Ce moment était le mien et je ne comptais pas me laisser envahir par l'entourage. Je fixai le plafond, le regard vide. J'orientai ensuite mes yeux vers le fond de la cabine, puis vers le tapis de l'allée, et enfin vers le hublot pour voir la piste. Bref, je regardais partout sauf devant moi.

Nous roulions sur la piste, et le commandant n'avait pas encore fait l'annonce du décollage. J'en avais pour quelques minutes à pouvoir jouer l'indifférente. Je continuais de fixer les alentours, sans expression. Du coin de l'œil, je pouvais voir la dame assise en face de moi. Elle me dévisageait depuis trois bonnes minutes.

Je la sentais hésitante et je savais qu'elle ne se retiendrait pas longtemps.

Comme je l'avais prédit, elle posa ses deux mains sur ses genoux et avança son torse dans ma direction afin d'attirer mon attention. La voyant inclinée à quarante-cinq degrés, je n'eus d'autre choix que de la regarder poliment. Elle m'interpella.

— Est-ce que vous restez des fois dans les autres pays ? me demanda-t-elle, heureuse d'avoir enfin réussi à me poser sa question.

— Oui, lorsque nous volons en Europe, nous restons au moins une nuit, précisai-je avec un léger sourire.

— Ouais, ça doit pas être évident comme job, hein ? ajouta-t-elle.

— Ça dépend des vols et des passagers, lui répondis-je.

— Pis... Tu n'as pas peur de la turbulence ? As-tu déjà pogné une grosse poche d'air ? insista-t-elle.

Le fameux mythe des poches d'air ! J'en avais soupé de cette question. J'avais le goût d'expliquer à cette dame toute l'insignifiance de son interrogation. Ça n'existe pas, des poches d'air ! Un avion n'avance pas dans l'air pour tout à coup arriver dans un trou sans air ! L'air est partout, entourant complètement la Terre. Il n'y a que des courants d'air chaud et froid, comme la mer avec ses remous tourbillonnants. Je me contentai de la rassurer.

— Non, madame, je n'ai jamais rencontré de la grosse turbulence, que de la petite, et c'est toujours tout à fait normal.

— Ah ! conclut-elle enfin avant de diriger son regard vers l'extérieur.

J'entendis alors l'annonce du commandant et nous nous envolâmes.

* * *

Deux minutes après le décollage, Barry recommença ses annonces. Je récupérai mon carnet blanc et je m'arrêtai à la section « Après le décollage ». Les yeux rivés sur les lignes que j'avais à lire, je me mis de nouveau à angoisser. Je voyais la dame devant moi qui m'observait attentivement. Cette fois-ci, j'espérais débiter les consignes de sécurité dans un espagnol impeccable. Barry termina. C'était à mon tour. Je saisis le micro :

— ... *les pedimos que permanescan sentados con el cinturon de seguridad abrochado hasta que la...* Je m'arrêtai brusquement.

Mais que m'arrivait-il ? Jamais je n'avais hésité à prononcer ce mot dans le passé. Il était pourtant facile à dire. « SEÑAL ! S-E-Ñ-A-L ! » répétai-je intérieurement avant de le prononcer à voix haute. J'étais rouge de honte. J'avais l'air d'une étudiante à son premier cours de langue. Je terminai mon discours en bégayant et me jurai qu'immédiatement après l'extinction du signal des ceintures je m'arrangerais pour en finir avec cette humiliation.

Quelques minutes plus tard, je pus me lever. Je devais me rendre à l'arrière pour accomplir mes tâches, mais au lieu de cela je montai à l'avant pour parler au directeur de vol. Barry était encore assis à son strapontin et fouillait dans ses documents. En voyant ma tête, il se leva d'un bond et s'inquiéta.

— Ma pauvre Scarlett ! Tu es blanche comme un drap. Ça ne va pas, hein ? me demanda-t-il, préoccupé. — Non, Barry, vraiment pas ! confiai-je, paniquée.

— Ce sont les annonces qui te stressent ?

— Non, c'est autre chose, mais ça vient chambouler tout le reste. Je ne peux pas continuer à me ridiculiser comme ça devant les passagers. C'est comme si j'avais oublié comment marcher ! dis-je.

— Écoute, j'avoue qu'aujourd'hui tes annonces laissent à désirer, alors ne les fais plus, m'ordonna mon sauveur. Je ne l'écrirai pas sur le rapport de vol.

— Oh ! Merci ! Tu m'enlèves un gros poids, là ! Demain, je te promets que ça ira mieux, assurai-je, soulagée, et je retournai à mes occupations.

Me voyant confuse et empotée, Camille entreprit de travailler deux fois plus fort. Pendant le service de repas, elle s'installa de façon à tourner le dos aux passagers et ainsi pouvoir en servir dix alors que je n'en servais que trois. Je ne me reconnaissais plus. Pourquoi ce vol me mettait-il dans cet état ? Il fallait que je parle à Béa au plus vite. Elle seule pouvait me soigner.

Après l'atterrissage, je saluai mes passagers dans un état comateux. J'avais hâte de m'entretenir avec ma meilleure amie. C'était décidé, j'allais l'appeler, où qu'elle soit. Une fois l'avion vide, je ramassai ma valise et sortis de l'appareil en traînant de la patte. Camille, par solidarité ou par pitié, m'attendit et m'accompagna jusqu'à l'autobus d'équipage.

— Tu vas voir, ça va te faire du bien une bonne sieste. Ensuite, on se rejoindra pour l'apéro. La sangria va te redonner du pep ! m'encouragea-t-elle.

— Ah ! Merci, Camille, tu es fine mais, honnêtement, je pense que c'est mieux que je reste seule ce soir, répondis-je.

Je n'arrivais pas à croire ce que je venais de lui répondre. Passer la soirée seule à Madrid ? Normalement, je partageais toujours de délicieux tapas avec mon équipage. Cette ville était faite pour la fête. Mais je n'en avais pas le désir. Je voulais réfléchir et surtout discuter avec Béa.

Lorsque j'arrivai au point de rencontre, l'équipage était regroupé à l'arrière de la camionnette. Chacun remettait sa valise au chauffeur, qui les rangeait stratégiquement dans le compartiment arrière. À mon tour, je m'approchai pour y laisser la mienne et entrai ensuite dans le véhicule. Une fois assise, je mis mes écouteurs sur mes oreilles et me laissai absorber par une mélodie pour décompresser. J'avais enfin du temps pour réfléchir. « Quel plaisir que de penser ! » me dis-je. En regardant les montagnes arides sur la route, mon malaise s'estompa enfin. Mon petit cœur se sentait mieux. L'espoir le comblait, le remplissait, et il battait de plus belle.

J'ouvris mon sac à main et y ramassai mon itinéraire de vol. Je le dépliai et relus ce qui m'avait tant chavirée.

VÉOAIR 144 Toronto (YYZ) – Dublin (DUB) – commandant de

bord : JOHN ROSS

VÉOAIR 419 Dublin (DUB) – Montréal (YUL) – commandant de bord : JOHN ROSS

18

Chapitre 18

Madrid (MAD)

Je venais de sortir de la douche et j'avais enfilé un confortable ensemble en coton ouaté gris. La fatigue me donnait froid. J'ouvris la porte du balcon pour faire entrer un peu de chaleur dans la pièce. J'entendais la vie madrilène s'activer dehors. J'adorais ce bruit. Il n'était pas tout à fait l'heure de la sieste et quelques commerçants fermaient déjà leurs portes. Je percevais le grincement des panneaux coulissants qui s'abaissaient devant les vitrines. Des conversations entre amis rebondissaient jusqu'à moi. Je suivrais le rythme des citadins et ferais la sieste. À mon réveil, j'appellerais Béa. Pour le reste, l'ambiance de la ville se contenterait de me redonner l'énergie dont j'avais besoin.

Lorsque j'ouvris les yeux, il était 18 heures. L'envie de dormir encore me rongeait mais il me fallait me lever. C'était la faim qui m'avait réveillée et j'avais envie d'aller marcher. Mais avant, je voulais parler à ma coloc. Je m'assis au bord du lit, sortis mon iPhone et ouvris une session avec Skype. Je l'appelai sur son téléphone portable. Une sonnerie européenne retentit. Béa ne répondit pas.

Je cherchai dans mes documents pour voir si j'avais pris en note son horaire. J'en trouvai une copie dans la pochette de ma valise. En effet, elle retournait à Montréal demain. Elle avait atterri à Toulouse en même temps que je me posais à Madrid. Elle était peut-être dans sa chambre en train de se préparer avant d'aller manger avec l'équipage. Je dénichai le numéro de l'hôtel où elle séjournait et composai le numéro.

— Le Novotel Toulouse, bonsoir ! répondit la réceptionniste.

— Bonsoir, j'aimerais parler à Béatrice Hamelin, s'il vous plaît.

— Oui, bonsoir, madame ! À qui désirez-vous parler ? demanda-t-elle, légèrement confuse.

Ce devait être mon accent québécois qu'elle ne comprenait pas. Je répétai ma requête.

— J'aimerais parler à Béatrice Hamelin. Elle fait partie de l'équipage de VéoAir, précisai-je en articulant davantage.

— D'accord. Un instant, madame. Je vous transfère. Au revoir !

La sonnerie retentit. Personne ne décrochait. Le timbre persistait. Peut-être Béa était-elle sous la douche ? Au bout d'un moment, je lâchai prise et raccrochai. Elle devait être sortie. Je la rappellerais plus tard.

Je changeai rapidement de vêtements et sortis le nez sur mon balcon. Les ruelles étaient bondées de monde. La ville revivait et le soleil n'était pas encore couché. Il était tôt ; à cette heure, les restaurants n'étaient pas ouverts. J'avais donc tout mon temps pour marcher dans la ville avant de m'installer confortablement quelque part.

Aussitôt sortie de l'hôtel, je me dirigeai vers la Puerta del Sol, là où les festifs Madrilènes se réunissent habituellement pour célébrer le nouvel an. Cette place est le Times Square de la ville et est entourée de plusieurs ruelles toutes aussi animées les unes que les autres. Je la traversai en direction de la Plaza Mayor. Tout en marchant, j'essayais de demeurer concentrée sur ma destination pour ne pas me perdre.

Je tenais fermement mon sac à main sous mon bras, consciente du nombre élevé de *pickpockets*.

Je me dirigeai ensuite vers le quartier de La Latina. Lorsque j'arrivai enfin là où je désirais me rendre, mon esprit était encore embrouillé. J'entrai dans un charmant café-bar pour m'y procurer un *mojito* à la crème glacée. Le serveur me le remit dans un contenant pour emporter et je partis m'asseoir sur un banc pour observer les passants. Ma première gorgée fut l'une des plus délicieuses expériences gustatives que j'ai eu la chance de vivre. Une glace à la menthe avait été mélangée à deux ou trois onces de rhum brun. Étonnamment, plus je buvais et plus mes idées devenaient claires.

« Que vas-tu faire quand tu verras John dans deux jours ? » me demandai-je. J'avais rêvé de ce jour des centaines de fois et m'étais imaginée en train de l'embrasser. Et puis son visage s'était effacé peu à peu. J'étais même convaincue que mon beau commandant n'avait été qu'un fantasme éphémère, englouti par le passé. Mais à voir comment le nom de John Ross m'avait chavirée en lisant mon itinéraire de vol, il était décidément incrusté dans ma peau. Pourquoi moi ? Je ne pouvais pas tomber amoureuse d'un homme marié !

J'avais maintenant bu la moitié de mon *mojito*. La faim faisait gargouiller mon estomac. Je me levai et me dirigeai vers la ruelle que j'avais empruntée pour arriver jusque-là. J'avais remarqué plusieurs bars à tapas en chemin. Lorsque je pris place sur l'un des six bancs en bois près du comptoir d'une *taberna,* je pensais encore à lui.

« Scarlett, tu t'étais dit que tu ferais quelque chose si tu le revoyais et, là, tu ne veux plus? » me questionnai-je.

C'était vrai. Après Barcelone, j'avais entrepris d'oublier John. Par contre, je m'étais ensuite jurée que s'il recroisait mon chemin et que j'étais encore aussi troublée par lui j'allais agir, et ce, même s'il fallait que je trahisse certains de mes principes.

« Les choses ont changé depuis, Scarlett. Tu ne peux plus penser juste à toi. Tu as rencontré sa femme ! » me rabroua mon subconscient d'une voix angélique.

« On s'en fout d'elle ! Elle t'a presque sauté à la figure dans l'avion. Suis ton cœur et pense à toi ! » m'ordonna une voix démoniaque.

Mes voix intérieures se bousculaient. Elles étaient en complet désaccord. Ma petite voix angélique me voulait raisonnable, m'obligeant à ignorer mes émotions. La voix démoniaque, elle, me dictait de profiter de l'occasion et d'être enfin égoïste. Je ne savais pas qui avait raison.

« Mais est-ce que John va vouloir de moi ? » me demandai-je.

« Il n'a montré aucun signe la dernière fois à Barcelone alors qu'il en aurait eu l'occasion dans l'ascenseur. Il ne fera rien, Scarlett, tu te fais des idées ! »

« Allume, Scarlett ! John rêvait de t'avoir dans son lit. Il te dévorait des yeux à Paris et à Barcelone. S'il te regarde encore comme ça, ce sera ton signe et tu devras saisir l'occasion.»

J'étais confuse. Rien de tout ça ne m'éclairait. Je commandai un verre de vin rouge et quelques tapas et continuai à m'interroger.

« Mais pourquoi ce n'est pas lui qui m'approche ? S'il veut tromper sa femme, c'est à lui de me faire des avances ! »

« Scarlett, cet homme-là a des bonnes valeurs et il ne veut tout simplement pas les trahir. Il a des enfants et il assume ses responsabilités. Il ne fera jamais le premier pas. Il n'y a même pas pensé », m'expliqua la voix angélique.

« Pfft ! John y a certainement pensé ! Regarde-toi, tu es craquante ! Fais le premier pas, ma Scarlett, et tu vas voir que tu ne seras pas déçue. Il attend juste ça ! Comme ça, il ne pourra pas s'en vouloir d'avoir provoqué délibérément les choses », m'expliqua à son tour le petit démon.

La voix démoniaque commençait réellement à me charmer. Elle m'entraînait dans le vice. Des images de John et moi couchés l'un contre l'autre prenaient forme dans mon esprit. Je pris une gorgée de vin rouge et engloutis un morceau de fromage avec du jambon en continuant ma réflexion.

« Mais si je décide de faire les premiers pas et qu'il accepte mes avances, j'aurai encouragé un homme marié à tromper sa femme ! » me révoltai-je.

« Exactement, Scarlett, et tu ne veux pas avoir ça sur la conscience. Il y a assez d'hommes sur cette planète pour ne pas avoir à voler ceux des autres », me dit l'ange protecteur.

« Excuse-moi ! Si jamais il se passe quelque chose entre John et toi, c'est bien parce que ton commandant t'aura laissé le champ libre. Tu ne lui auras pas tordu un bras. La culpabilité, ce n'est pas toi qui l'auras ! » rétorqua le démon, qui venait de remporter la partie.

J'avais ma réponse. J'avais envie de vivre à fond les émotions fortes que me procurait une simple pensée pour lui. Toute cette anticipation ne faisait qu'embrouiller mon esprit inutilement. J'étais décidée. Mon cœur me dicterait la meilleure chose à faire. Je me levai, payai l'addition et rentrai à l'hôtel.

* * *

Aussitôt que je franchis le pas de la porte de ma chambre, je sautai sur mon iPhone et ouvris une nouvelle session Skype. J'avais besoin d'encouragements et je savais que Béa était la meilleure personne pour ça. Elle devait être de retour à sa chambre et je risquais de la réveiller. Je composai malgré tout le numéro de son hôtel. Un homme répondit.

— Le Novotel Toulouse, bonsoir !

— Bonsoir, monsieur, puis-je parler à Mme Béatrice Hamelin, s'il vous plaît ? dis-je poliment d'un accent français impeccable pour être bien comprise.

— Oui, certainement. Je vous transfère à l'instant, madame !

— Merci infiniment, monsieur ! Au revoir !

J'avais hâte de parler à Béa et d'avoir sa bénédiction. Cette fois-ci, elle décrocha le combiné.

— Oui, allo ? dit-elle d'une voix endormie.

— Ah ! Désolée, Béa, est-ce que je t'ai réveillée ?

— C'est qui ?

— C'est Scarlett ! Tu sais, ta coloc !

— Scarlett ? Pourquoi tu m'appelles ici ? Tout va bien ? me demanda-t-elle, un soupçon d'inquiétude dans la voix.

— Oui, oui, ça va. Je t'appelle de Madrid. Je suis inquiète à propos d'un truc et j'aimerais avoir ton avis. Mais si tu es trop endormie, on peut se parler demain à ton retour.

— Non, non ! Je viens de me coucher. Le vol décolle tard demain. J'ai tout mon temps. Qu'est-ce qui se passe ?

— Eh bien, demain je vole à Toronto, et le lendemain, j'opère un vol vers Dublin et ensuite Montréal, dis-je.

Rien qu'à y penser, mon malaise reprenait. Peut-être était-ce plutôt l'alcool que j'avais consommé en trop grande quantité ? Béa voulait savoir la suite.

— Ouais, c'est quoi le problème avec cet horairelà ? Il est beau. Des vols directs, c'est super, me rassura-t-elle.

— Non, non, les vols sont beaux. Ce n'est pas ça qui m'inquiète.

— Qu'est-ce qui t'embête d'abord ? demanda-t-elle, insistante.

— En fait, mon beau commandant sera sur mon vol de Toronto-Dublin et il va passer la nuit à l'hôtel avec moi.

— Hein ! Tu veux dire que vous avez décidé de vous revoir et qu'il va dormir avec toi dans ta chambre ? Wow, Scarlett, c'est malade ! s'exclama-t-elle, folle de joie.

— Non, Béa ! Je recommence. John sera le commandant sur mon vol et tout l'équipage dormira au même hôtel. Il aura sa chambre et moi la mienne.

— OK ! C'est quand même une bonne nouvelle, tu ne trouves pas ?

Tu auras enfin ta chance, Scarlett ! Fonce ! me conseilla Béa, pleine d'entrain et de confiance.

— Tu crois ?

— Oui ! C'est ridicule de laisser partir un homme qui nous perturbe autant, Scarlett ! Peu importe d'où il vient, peu importe sa vie et son passé. Tu dois suivre ton cœur ! chanta Béa.

— Est-ce qu'il voudra de moi ?

— Tu vas le lire dans ses yeux. Et je pense que oui, me rassura-t-elle.

J'étais soulagée. J'avais maintenant son approbation. Je pouvais dormir en paix. Au moment où j'allais la remercier et raccrocher, j'entendis une voix d'homme. Cette sacrée Béa ! Elle avait ramené quelqu'un à sa chambre.

— Tu n'es pas seule, coquine ? demandai-je curieusement.

— Non, je suis avec Damien. Il est venu me rendre visite pour une nuit.

— Damien ? Le Français au yacht ?

— Oui, répondit-elle timidement.

— Ah ! Il fallait me le dire, voyons ! dis-je, aussitôt embêtée d'avoir raconté mes stupides angoisses de pilote aussi ouvertement.

— Il n'a rien entendu, Scarlett. Et je te l'aurais dit si ça l'avait dérangé. Dors bien et ne t'inquiète plus.

Son ton était si rassurant que dès qu'il parvint à mes oreilles il m'apaisa. Mes paupières étaient lourdes. Il était temps de m'assoupir.

— Merci, Béa. Dis salut à Damien de ma part et bonne nuit ! lui souhaitai-je tendrement.

— Bonne nuit, Scarlett, et bonne chance à Dublin !

Je fermai ma session Skype et réglai mon réveil pour le lendemain. J'éteignis la lumière et me glissai sous les draps. Juste avant de m'endormir, une pensée me traversa l'esprit : « Les deux prochains jours dureront une éternité. »

19

Chapitre 19

Toronto (YYZ) – Dublin (DUB)

Un siècle s'était écoulé depuis mon arrivée à Toronto. J'avais compté les heures, les minutes, les secondes et les millisecondes. Mon impatience m'avait empêchée de bien me reposer lors de ma sieste d'avant-vol. Je ne tenais plus en place, et dès que je m'asseyais sur le coin de mon lit, ma jambe droite faisait des siennes, s'agitant de haut en bas.

Ce matin-là, lorsque j'étais sortie de ma chambre pour aller chercher un café latte près de l'hôtel, j'avais souffert d'hallucinations. Dans la file d'attente du Starbucks, un homme à l'allure très similaire à celle de John m'avait pratiquement fait faire un arrêt cardiaque. Réalisant que ça ne pouvait être lui, j'avais repris mes esprits et, une fois mon café récupéré, j'étais partie au centre commercial. J'avais essayé un magnifique chandail dans ma boutique préférée et, en sortant de la cabine, j'avais encore failli faire une syncope en pensant avoir aperçu John dans une autre boutique.

Mon cœur en avait eu marre de s'activer pour rien et il m'avait suppliée de retourner à l'hôtel sur- le-champ car il ne tiendrait pas la route. Je lui avais obéi. Bientôt, mes hallucinations deviendraient réalité.

***

Lorsque notre autobus nous déposa devant l'aéroport, mon cœur recommença à s'affoler. « Le pauvre ! Il devra s'y faire car ce n'est qu'un début », pensai-je. Après le passage de la sécurité, Barry, le directeur de vol, nous avisa qu'il devait passer à la salle d'équipage pour récupérer des documents. Il nous précisa l'heure à laquelle nous devions tous être à bord et nous laissa à nos propres occupations.

L'équipage se divisa. Certains agents de bord partirent faire un arrêt au Duty Free et d'autres, au Starbucks. Camille et moi n'avions envie de rien alors nous décidâmes de nous rendre immédiatement à l'avion.

— Il paraît que Dublin est vraiment cool comme ville. Je n'y suis jamais allée. Toi ? me demanda-t-elle, énervée.

— Une fois, me contentai-je de répondre.

— Pis ? Tu connais une place pour aller souper ?

Sortir ? Un pub traditionnel ?

Un silence s'ensuivit. Je ne répondais pas. Je comprenais le sens de sa question mais je n'arrivais pas à traiter l'information. J'entendais seulement des mots prononcés l'un après l'autre. Sortir. Pub. Traditionnel. Et puis, en bruit de fond, le son produit par ses talons aiguilles qui martelaient le plancher. Camille m'interpella à nouveau.

— Hé ho, Scarlett ! Tu m'écoutes ?

— Désolé, Camille, je pensais à autre chose. Tu disais ?

— Ah ! Oublie ça ! J'aurai bien le temps de te jaser durant le vol. Ç'a l'air que ce qui te mettait à l'envers sur le vol de Madrid n'est pas encore réglé, hein ? me demanda-t-elle à la fois par curiosité et par sympathie.

— Non, pas complètement, avouai-je sans en dire davantage, et nous continuâmes notre chemin sans parler.

J'aimais bien Camille. Elle était charmante, souriante et, surtout, elle se mêlait de ses affaires. Elle respectait ses collègues, attendant plutôt qu'ils se confient s'ils le désiraient. Elle avait été engagée un peu après moi et devait avoir vingt-quatre ans. Très féminine, elle se maquillait toujours à la perfection. Ses hauts talons aiguilles en cuir vernis noir lui allaient comme un gant. À la voir déambuler sur la passerelle en direction de l'avion, je souhaitai avoir autant de prestance qu'elle.

Merde, la passerelle ! Nous y étions déjà. Allais-je avoir la force de monter à bord de l'avion ? J'avais chaud. Trop chaud. « Ce n'est plus le temps de faire la lâche », me sermonnai-je et je posai le pied à l'intérieur. Je suivis Camille vers l'avant de la cabine. Des premières rangées, nous pouvions entendre des hommes parler dans le poste de pilotage. « John est déjà arrivé ! » Ma collègue se dirigea vers la *galley* avant et je l'entendis jaser avec les deux pilotes.

— Salut ! Je m'appelle Camille. Le reste de l'équipage n'est pas encore arrivé mais ça ne devrait pas tarder.

Une pause suivit. Puis un homme parla. Je ne pouvais entendre ce qu'il disait. Camille, de son humeur resplendissante, conclut :

— Oui, OK ! Parfait ! À tantôt !

Puis elle vint s'asseoir à mes côtés. Maintenant qu'elle s'était présentée à nos pilotes, je me dis que c'était la moindre des choses que je fasse de même. D'ailleurs, je n'en pouvais plus de patienter. Je me levai et m'approchai du poste de pilotage.

J'entendais discuter. Je ne reconnaissais pas la voix de John. Après un an, j'avais sûrement oublié à quoi elle ressemblait. Comme une espionne, je restais cachée, le dos collé sur les fours métalliques. « C'est vraiment ridicule ! J'ai trente ans, voyons ! » Je décidai de prendre mon courage à deux mains et entrai dans le poste.

— Allo ! dis-je en souriant d'un air complètement décontracté.

Les deux pilotes tournèrent la tête dans ma direction. Je regardai rapidement le premier officier et m'empressai de poser les yeux sur le commandant de bord. À sa vue, mon souffle s'arrêta d'un coup. John était devant moi.

— Salut ! me répondirent-ils en parfaite synchronisation.

Le premier officier afficha un sourire discret en me saluant mais je l'ignorai totalement. Quant au commandant, il me fit le plus beau sourire que j'avais vu de ma vie. Ce sourire était, de loin, encore plus ensorcelant que ceux de Paris. Même plus électrisant que le dernier qu'il m'avait fait avant d'ouvrir la porte de sa chambre à Barcelone. Les sueurs froides m'envahirent. Mes jambes ramollirent. Il fallait éviter d'être démasquée. Je m'empressai de dire une phrase insignifiante pour pouvoir ensuite m'éclipser :

— Vous êtes arrivés bientôt ? bafouillai-je.

Qu'avais-je dit ? Je priai pour que ma question passe incognito. John allait capter mon malaise. Certainement, une telle maladresse n'allait pas lui passer sous le nez. À mon grand désarroi, mon beau commandant profita de cette occasion pour me taquiner :

— Bientôt ?

Je devais répondre et reprendre immédiatement le contrôle de la situation. Le sourire de John m'hypnotisait. Son visage et son regard aussi. Son odeur me rendait folle. Je bafouillai encore :

— Euh ! Je veux dire : ça fait bientôt que vous êtes arrivés dans l'avion ?

Mais où était donc passé mon vocabulaire ? Bientôt ? Je voulais dire LONGTEMPS ! Ce n'était pas compliqué ! L-O-N-G-T-E-M-P-S ! Mon visage vira au rouge écarlate. John devait être content de me voir perdre ainsi tous mes moyens devant lui. En constatant que les deux pilotes se moquaient gentiment de moi, je me mis à rire également. Je soulevai la main dans leur direction pour signifier qu'ils n'auraient aucune autre explication de ma part et partis m'asseoir sur un siège de passager en attendant le reste de l'équipage.

J'étais embarrassée d'avoir agi de manière aussi confuse mais, bon, je devais vivre avec. « Je finirai bien par m'habituer à sa présence », me dis-je. Il le fallait, parce que j'en avais pour deux jours avec lui. Aller et retour. Juste à y penser, je me sentais à la fois terrorisée et privilégiée.

Une fois l'équipage arrivé à bord, Barry en informa les pilotes. John se posta devant la première rangée de sièges et commença son *briefing* :

— Bonjour à tous ! Voici Stéphane Cormier, le premier officier, dit-il en levant la main dans la direction du pilote. Moi, je suis John Ross, ajouta-t-il, l'air confiant.

L'équipage les salua tous les deux et il continua :

— Aujourd'hui, nous opérons le vol 144 vers Dublin avec un temps de vol de 6 h 30. Pas de turbulence prévue.

En terminant sa phrase, il me jeta un coup d'œil rapide. Je buvais ses paroles. Après nous avoir fourni quelques détails, il posa à nouveau ses yeux sur moi et nous souhaita un bon vol avant de retourner dans le poste. Barry poursuivit avec les informations complémentaires.

Comme à l'habitude, il nous fit choisir nos positions dans l'avion. Lorsque mon tour arriva, j'avais le choix entre trois d'entre elles, dont l'une impliquait de travailler avec Barry à l'avant, en première classe. Même si je ne raffolais pas de préparer des *Bloody Caesar* ou d'offrir du poivre fraîchement moulu à mes passagers, je choisis cette position pour une raison que moi seule connaissais.

En fait, comme elle impliquait de passer tout le vol à l'avant de l'appareil et d'être, par le fait même, près du poste de pilotage, j'avais comme tâche supplémentaire de veiller au confort des pilotes. Je leur apporterais leurs repas, préparerais leurs cafés et m'occuperais de satisfaire leurs moindres petits caprices.

Par le passé, j'avais rarement choisi cette position car, bien entendu, je ne voulais pas servir de prétentieux pilotes. Camille, qui me connaissait, fut surprise par mon choix et me fit une grimace déçue.

Je compris qu'elle aurait aimé travailler avec moi et je lui suggérai de venir me rendre visite pendant le vol.

Le *briefing* terminé, Barry lança l'embarquement. Je me tenais dans ma *galley* et préparais quelques verres de champagne pour mes précieux invités. J'avais hâte de les voir ! Qui allais-je servir ? Une Mme Coco ? Je priai pour que ce ne soit pas le cas. Je me dirigeai ensuite dans l'allée pour aider une passagère. À mon retour, j'avais une vue imprenable sur le poste de pilotage et donc sur mon beau commandant. Je l'espionnai discrètement en espérant ne pas me faire piéger.

Juste comme je venais de tourner la tête vers la porte d'embarquement, j'entendis John m'interpeller. « Il a sans doute capté mon désir de lui parler », me dis-je. Je flottais sur un nuage. J'avançai vers lui et me présentai devant la porte. Qu'allait-il me dire ? « Ah ! Ma délicieuse Scarlett, je suis si content de te voir ! » ou « Depuis un an, j'attends ce moment, Scarlett, j'espère que c'est réciproque. » Oui ! Oui ! C'est très réciproque ! Tu m'obsèdes !

— Est-ce que tu pourrais demander au directeur de vol de venir me voir, s'il te plaît ? Je dois lui parler, me dit-il sans expression.

Quelle déception ! Je le savais ! Je rêvais en couleur depuis le début. Et moi qui ne pensais qu'à lui ! Il fallait que je prenne sur moi et que je me mette au boulot. Évidemment que sa priorité n'était pas de s'amuser avec l'une de ses agentes de bord. Il avait un avion à piloter. Peut-être serait-il plus réceptif une fois à Dublin ? Je l'espérais et transmis le message à Barry.

L'embarquement était maintenant terminé. J'avais commencé à servir les flûtes de champagne à mes passagers et leur avais offert des journaux. La porte venait de se fermer. Ma collègue Diane s'approcha et me remit une feuille.

— Barry fait dire que la chanteuse Helena Hébert est assise en classe économique, à 9 K, et qu'il aimerait que tu ailles lui souhaiter la bienvenue en lui disant qu'on va bien s'occuper d'elle pendant le vol.

— Euh... Ce n'est pas à lui de faire ça ?

— Oui, mais il n'a pas le temps pour le moment, précisa-t-elle avant de retourner à ses occupations.

Grrr ! Je déteste quand quelqu'un fait ça : déléguer ! Barry était trop occupé, vraiment ? Il devait, tout comme moi, ne pas vouloir jouer au têteux et s'était empressé de me refiler cette tâche ingrate. C'était lui, le directeur de vol, et c'était moi qui devais agir en tant que maîtresse de cérémonie ? Je regardai la feuille que m'avait donnée Diane.

Helena Hébert ! Je hais cette chanteuse québécoise. D'ailleurs, pourquoi volait-elle depuis Toronto ? Peutêtre était-elle devenue internationale et divisait son temps entre le Québec francophone et le Canada anglais ? Honnêtement, je m'en foutais. Tout ce que je savais, c'est que je ne supporte pas de devoir faire des courbettes à des artistes juste parce qu'ils s'appellent Untel ou Unetelle. Bon, je devais seulement accomplir la tâche qu'on m'avait donnée. Je me dirigeai donc vers le siège 9 K.

Lorsque j'arrivai à ladite rangée, je réalisai que le siège en question était vide. Personne ! « Yé ! pensai-je, elle n'est pas là, c'est une erreur ! » Je cherchai Barry pour lui dire qu'il avait reçu une mauvaise information. — Hey, Barry ! l'interpellai-je. Ton Helena Hébert n'est pas à bord. Le siège 9 K est vide.

— Impossible ! Je l'ai vue tout à l'heure, c'est moi qui ai récupéré son billet d'embarquement.

— OK... elle doit être aux toilettes. Je vais attendre qu'elle revienne alors, dis-je, convaincue que c'était le cas.

— Oui, OK ! Merci ! répondit-il avant d'aviser le personnel de cabine d'armer leur porte pour le décollage.

Je m'exécutai et me postai dans l'allée pendant que la vidéo des consignes de sécurité était projetée. Je restais bien droite et tentais d'afficher un sourire courtois. Plusieurs me regardaient au lieu de regarder devant eux. Dans ma tête, je m'amusai à prononcer les consignes en même temps que le commentateur : « Dans le cas d'une dépressurisation, un masque à oxygène tombera automatiquement à votre portée. Tirez le masque pour libérer l'oxygène et placez-le sur votre visage. Respirez normalement... »

À chaque mot réussi, je me félicitais. Qu'est-ce qu'il ne faut pas faire pour se désennuyer! Je continuai mon petit jeu tout en observant un à un les passagers dans ma section.

« Le masque peut ne pas se gonfler mais un débit d'oxygène est tout de même présent. Ajustez votre masque avant d'aider les autres... »

« Encore un point pour moi ! » pensai-je en continuant d'examiner mes passagers. La femme au 2 B me sembla familière. Elle portait un énorme chapeau beige. Elle était très belle et parlait avec son voisin. Elle devait avoir trente-cinq ans et j'avais vraiment l'impression de la connaître. Intriguée, je vérifiai son nom sur le manifeste des passagers.

En feuilletant le document, je repérai rapidement la section de la première classe. Aucun nom n'apparaissait au siège 2 B. Je comptai alors les passagers sur ma liste. Quinze. Je retournai me poster dans l'allée pour compter le nombre exact de passagers assis dans ma section. Résultat : dix-sept. De toute évidence, ça ne concordait pas. Comme le manifeste primait sur tout, j'en déduisis que deux de mes passagers s'étaient trompés de siège. L'un d'entre eux était sans le moindre doute cette fausse actrice de cinéma. « Elle peut bien se cacher derrière son sombrero ! » Comme j'allais en informer Barry, je compris enfin.

Cette femme qui m'était familière était Helena Hébert ! Je ne la connaissais pas mais je l'avais aperçue à la télévision et c'était pour ça qu'elle me disait quelque chose. Mais comment pouvait-elle s'être trompée ainsi ? Le 9 K était situé en classe économique ! Rien à voir avec le 2 B en première classe ! À la voir jaser avec son voisin, j'en conclus que lui aussi s'était introduit dans ma section. J'en informai immédiatement mon directeur de vol.

— Barry, j'ai trouvé où est assise Helena Hébert.

— Super ! Alors tu es allée la voir ? me demandat-il, soulagé.

— Non, pas encore. En fait, il semblerait qu'elle soit assise dans ma section, à 2 B, lui avouai-je, un peu choquée.

— Hum, bizarre. J'ai bien vu son billet et elle était assise avec son copain à 9 J-K.

Mme Sombrero voyageait avec son amoureux ! Étaient-ils tous les deux des idiots ou totalement aveuglés par l'amour pour ne pas s'être rendu compte que 2 B-C ne ressemblait en rien à 9 J-K ? Apparemment, deux têtes ne valaient pas mieux qu'une ! J'étais impatiente de connaître la raison de ce changement de place. Décidé, Barry se leva et se dirigea vers elle.

— Bonjour, madame Hébert. Je ne veux pas vous paraître insultant mais votre nom n'apparaît pas sur ma liste en première. Puis-je voir votre billet d'embarquement ? s'enquit-il avec une extrême politesse.

À le voir mettre des gants blancs avec cette apprentie vedette, j'enrageai. J'avais hâte d'entendre sa réplique, car je ne la vis pas sortir son billet mais plutôt arborer une mine désolée. D'une gentillesse débordante, elle s'expliqua :

— En fait, la fille au comptoir d'enregistrement nous a dit qu'il y avait des sièges libres en première et nous a suggéré de nous y installer. J'ai donc suivi son conseil.

Barry hésitait. Je pouvais bien voir qu'il ne savait pas quoi lui répondre. Cette Helena usait de son charme. Mon directeur de vol était complètement déstabilisé par elle. Mme Sombrero était entourée d'anges lumineux virevoltant et chantant ses louanges. Et puis Barry céda :

— Bon, c'est d'accord pour cette fois-ci, madame Hébert, mais j'aimerais seulement vous dire qu'il n'est habituellement pas permis de s'approprier de tels sièges, clarifia-t-il afin de s'assurer qu'une telle situation ne se reproduise plus.

Il revint dans la *galley* avant, où je l'attendais de pied ferme.

— Tu me niaises, j'espère ? explosai-je, insultée.

— Non, c'est correct, je la laisse s'asseoir en première, Scarlett. Je ne veux pas de problèmes avec les médias, m'expliqua-t-il.

— Ben voyons, Barry ! Ce n'est pas parce qu'elle est populaire qu'il faut la laisser profiter de sa célébrité ! C'est injuste ! Et je suis sûre que ce n'est même pas vrai que la femme au comptoir lui a dit ça ! continuai-je, révoltée de ce favoritisme injustifié.

— Je comprends, Scarlett, mais là, j'ai pris cette décision et on va faire avec, OK ? Je vais mettre tous les détails de l'événement dans le rapport de vol. Au moins, la compagnie saura ce qu'elle a fait.

Cette affirmation me calma un peu et je partis vérifier la cabine une dernière fois avant de m'asseoir sur mon strapontin pour le décollage. « De toute façon, c'est Barry qui la servira, pas moi ! » Puis mes pensées furent redirigées vers mon obsession : John me parlait.

Sa voix résonnait dans mes oreilles. Il s'adressait à moi. Enfin, en quelque sorte.

— *In preparation for take off, flight attendants to your jumpseats.* En préparation pour le décollage, agents de bord, à vos strapontins. *Have a good flight* et bon vol !

J'abaissai mon menton vers ma poitrine, posai mes mains sur mes genoux et laissai mon beau commandant me soulever dans les airs.

* * *

Nous étions en vol depuis trois heures et demie. Je devais entrer dans le poste de pilotage pour récupérer les plateaux de repas que j'avais servis à John et Stéphane quelque temps auparavant. Je leur apportais en même temps leur café. J'avisai Barry que j'allais entrer dans le poste et fermai les rideaux de la *galley*. Je composai ensuite le code d'accès et attendis que l'un des pilotes déverrouille électroniquement la porte. Je la poussai fortement et entrai en refermant derrière moi.

— Vous avez bien mangé ?

— Hum, tu sais comme c'est bon, la bouffe d'avion ! me répondit Stéphane, un peu dégoûté.

— Ouais, ça fait la job au moins ! répliquai-je en ramassant les deux plateaux.

Je n'avais pas envie de parler avec le premier officier. J'aurais plutôt aimé entendre la voix de John, mais il se contenta de sourire à notre brève conversation. Je regardai ensuite par le judas de la porte afin de m'assurer qu'il n'y avait personne de l'autre côté qui pourrait s'introduire dans le poste et sortis porter les plateaux. Ensuite, je ramassai les deux cafés et entrai à nouveau en refermant encore une fois derrière moi.

Je donnai le premier café à Stéphane en prenant bien soin de le lui remettre sur sa droite pour éviter de faire un horrible dégât et d'abîmer les instruments en cas de secousse. Je fis de même pour John, en le lui donnant sur sa gauche. Il me remercia avec un « Merci, Miss » qui me fit rougir. Il ne remarqua rien car il faisait encore nuit et seule la lumière projetée par la centaine de boutons illuminait le poste. Pour demeurer un peu plus longtemps près de lui, je demandai à Stéphane si le jour se lèverait bientôt. En fait, je m'étais adressée au premier officier uniquement pour ne pas paraître trop intéressée. Je faisais tout ce qui était en mon pouvoir pour avoir l'air indépendante et regardais donc à peine John. Une *game* stupide, j'en conviens, mais je ne pouvais pas m'en empêcher. Comme je pensais que Stéphane répondrait à ma question, John lui vola la parole :

— D'ici trente minutes, tu verras le soleil se lever devant nous. Je t'appellerai si tu veux venir prendre des photos, m'offrit-il gentiment.

— Oh oui ! J'aimerais beaucoup ça. Si je ne suis pas trop occupée, répondis-je en espérant que ça ne soit pas le cas.

Comme dix minutes avaient déjà passé, je demandai à John de rappeler Barry pour l'aviser de guetter la porte afin que je puisse sortir.

Les procédures de sécurité recommencèrent alors de plus belle.

Essoufflant ? Tout à fait ! Procédure n° 1 : appeler le commandant pour dire qu'on entre dans le poste de pilotage. Procédure n° 2 : s'assurer qu'aucun cinglé ne veut détourner l'avion. Procédure n° 3 : composer le code. Procédure n° 4 : appeler le directeur de vol pour sortir du poste de pilotage. Procédure n° 5 : regarder dans le judas pour voir si personne ne veut pénétrer à l'intérieur du poste. Procédure n° 6 : sortir au plus vite. Procédure n° 7 : refermer d'un bon coup la foutue porte. Procédure n° 8 : merde, j'ai oublié d'apporter un café au commandant ! Et ça recommence. Bref, ça n'en finit plus.

Lorsque j'arrivai dans la *galley*, Barry et Camille jasaient. Elle lui posait la même question qu'à moi auparavant.

— Ça serait cool d'aller souper avec l'équipage. C'est ma première fois à Dublin. Apparemment, c'est LA place pour aller dans un pub. Tu connais un resto ?

— Oui, j'en connais quelques-uns. Je suis partant pour sortir. On regardera ça une fois rendu à l'hôtel, lui répondit-il, enthousiaste.

Voilà qui était parfait. Déjà, des membres d'équipage planifiaient de sortir souper ensemble. La soirée risquait d'être plus animée ainsi. J'espérais que John et son premier officier se joindraient à nous. « Je tâterai le terrain en temps et lieu », me dis-je.

Je me demandais comment allait Mme Sombrero. J'interrogeai Barry.

— Ah ! Parle-moi en pas ! Elle n'est pas endurable ! Une vraie princesse ! chuchota-t-il.

— Je te l'avais dit qu'elle se croyait tout permis ! Son copain est aussi pire qu'elle ?

J'étais curieuse de savoir avec qui elle voyageait.

— Non, il est très gentil. Il vit à Dublin et il ne comprend pas le français.

— Ah ouin ? Madame est internationale alors ! Et comme il ne saisit pas notre langue, il pense peut-être que sa douce s'est fait inviter en première !

— Tellement ! D'ailleurs, je pense même qu'il lui a dit quelque chose comme : « Wow, tu es vraiment connue dans ton pays ! »

— Qu'est-ce qu'il ne faut pas entendre ! Tu la trouves encore aussi charmante maintenant ? me moquai-je.

— Je la déteste ! Je n'achèterai plus jamais un de ses CD.

— Tu aurais dû le savoir, Barry. Comment ça se fait que tu n'as pas flairé son attitude « je suis une chanteuse célèbre avec mon sombrero sur la tête, obéissez-moi ! » ?

— Ouin… Ce sont ses cheveux blonds qui m'ont fait craquer.

— Hé oui ! Toujours se méfier des blondes ! conclus-je en rigolant et en me levant pour aller récupérer les déchets dans ma section.

Il ne restait que deux heures et demie de vol. Le soleil était en train de se lever. Un appel du poste de pilotage se fit entendre. Je décrochai aussitôt :

— Oui, allo, Scarlett à l'appareil.

— Salut, Scarlett, c'est John, ton commandant, qui parle.

Était-il en train de me taquiner ? Je ne savais pas trop. Peut-être était-il en fin de compte un prétentieux pilote ? Impossible ! Je me contentai de répondre avec confiance :

— Oui, John… Je sais qui tu es, affirmai-je en prononçant parfaitement chaque mot.

— Je te niaise, Scarlett, dit-il, amusé. Je voulais juste te dire que le soleil se lève, alors si tu veux venir prendre des photos, tu es la bienvenue.

Je regardai l'heure et démarrai les fours pour chauffer les casseroles des repas. J'avisai ensuite Barry que j'allais prendre des photos dans le poste de pilotage avant de commencer le service du petit-déjeuner. Je composai le code, ouvris la porte d'un coup de hanche et entrai.

— Wow, c'est donc ben beau ! m'exclamai-je comme si c'était la première fois que je voyais un lever de soleil depuis le poste de pilotage.

— Ouais, c'est magnifique ! confirma le premier officier.

— Ce sont les nuages qui font toute la différence, tu ne trouves pas ? me demanda John.

— Oui, tu as raison, ils sont tout cotonneux !

Jusqu'à maintenant, j'aimais bien notre interaction. Il m'avait taquinée et ne m'avait pas ignorée en répondant à mes commentaires. Qui sait, j'avais peutêtre une chance ? Je m'assis alors sur l'un des strapontins qui étaient à l'intérieur du poste et commençai à photo graphier sans dire un mot. Après quelques clichés, Stéphane communiqua avec le contrôleur aérien et je décidai de flatter l'ego de John.

— À qui il parle ? chuchotai-je pour ne pas déranger le premier officier.

— Au contrôleur aérien en Irlande.

— Ah oui ? Et pourquoi ? demandai-je comme si je ne connaissais rien à l'aviation.

— Pour lui signaler notre position.

— Hum, le contrôleur aérien est là pour être certain qu'on n'entre pas en collision avec d'autres avions, c'est ça ?

— Oui, entre autres. C'est aussi lui qui nous donne l'autorisation pour changer d'altitude, par exemple.

— Wow ! Il faut que tu en saches des choses, hein ?

— C'est drôle que tu dises ça parce que je parlais justement avec un agent de bord l'autre jour à ce sujet et il m'a sorti l'éternel « vous autres, les pilotes, vous êtes payés trop cher pour faire ce que vous faites ». Ça m'a fait rire.

— Qu'est-ce que tu veux dire ?

— On ne me paie pas pour ce que je fais mais pour ce que je sais.

— Ah, tu as raison !

Décidément, je savais comment faire bomber le torse d'un homme, et ça fonctionnait car John me parlait de façon beaucoup plus fluide. Je le remerciai de m'avoir éclairée sur le monde de l'aviation sans qu'il se doute que je connaissais déjà toutes les réponses à ces questions.

Le soleil étant maintenant bien levé devant nous, je me devais de retourner au travail. Une fois que je fus debout près de la porte blindée, John m'interpella une dernière fois :

— Stéphane et moi parlions d'un bon resto qu'il connaît à Dublin. Vous êtes les bienvenus si ça vous tente de nous accompagner, dit-il en utilisant le « vous » pour signifier l'équipage.

— Je sais déjà que quelques personnes veulent sortir, alors ça devrait fonctionner. Je vais leur en parler, répondis-je, tout énervée d'aller souper avec lui.

— Super !

Il décrocha le combiné de l'interphone pour communiquer à Barry ma sortie du poste.

— Merci ! À tout à l'heure !

Barry et moi commençâmes le service du petitdéjeuner car il ne restait que deux heures de vol. Il fit une annonce pour réveiller les passagers.

« Mesdames et messieurs, bonjour. Sachez qu'il ne reste que deux heures avant notre arrivée à Dublin. Il est présentement 9 heures, heure locale. D'ici quelques minutes, nous passerons dans les allées pour vous offrir un petit-déjeuner continental... »

Que je détestais cette annonce ! Une vraie fanfare militaire ! La minute d'avant, c'était le calme plat, et là, l'action recommençait. Des passagers à moitié endormis bâillaient en laissant s'échapper de mauvaises odeurs dans la cabine. D'autres étaient plutôt fous de rage de s'être fait brusquer par cette foutue trompette et me fusillaient du regard. « Désolée ! Nous n'avons pas le choix ! » pensai-je. Il fallait aussitôt débuter car le service en première classe était beaucoup plus élaboré que celui en classe économique.

Les plateaux distribués, nous servîmes des pains chauds, de la marmelade et du café. Mme Sombrero, qui venait de se réveiller, souleva alors son mastodonte de chapeau et me demanda une tasse de café.

— Pourriez-vous déposer votre tasse sur mon plateau ? la priai-je.

Elle déposa sa tasse et je versai le liquide. Une fois la tasse remplie, j'avançai mon plateau vers elle pour qu'elle puisse la récupérer et lui conseillai d'être prudente :

— Attention, le café est très chaud.

Elle roula des yeux et prit immédiatement une gorgée.

— Aïe ! Aïe ! s'écria-t-elle, réveillant la cabine en entier. C'est brûlant !

— Vous allez bien, madame ? m'empressai-je de lui demander.

— Non ! Je me suis brûlé la langue ! Tu m'as servi du café bouillant !

Si j'avais pu lui déverser mon pot de café sur la tête, je l'aurais fait. J'en avais tellement envie. « Son chapeau beige serait plus beau en brun. » Il fallait la calmer.

— Pardon, madame Hébert. Je ne savais pas qu'il était aussi chaud. Désirez-vous un verre d'eau glacée pour vous soulager ? proposai-je, ne sachant que dire de plus.

— Non ! Rien du tout ! Mes cordes vocales sont enflées ! Tout ça à cause de toi ! m'accusa-t-elle.

Quelle insolence ! Ses cordes vocales ? Selon moi, elle chantait déjà comme un pied de toute façon. Ce malencontreux incident ne pouvait qu'être une belle occasion pour envisager une nouvelle carrière. Pourquoi ne pas considérer le théâtre ? Elle avait tout à fait l'air d'une actrice, car sa petite scène avait attiré l'attention de tous les spectateurs en première classe.

En l'entendant m'accuser ainsi, je me sentis soudainement brave. Je devais continuer mon service et, quoi que je fasse, je savais que ce genre de passager ne serait jamais satisfait de mes excuses. « Tant qu'à y être, autant lui en donner pour son argent ! »

— Encore une fois, pardon, madame Hébert, dis-je d'un ton extrêmement compatissant.

Je fis semblant d'avancer dans l'allée pour servir le passager derrière elle mais je m'arrêtai. Je reculai d'un pas et, tout en tenant mon pot de café d'une main et mon plateau de crème de l'autre, je me penchai tranquillement vers son oreille pour lui chuchoter :

— De toute façon, madame, chaud ou brûlant, ça ne vous fera pas chanter mieux.

Je ne regardai même pas sa réaction, mais je savais qu'elle était bouche bée. Son copain, assis à ses côtés, n'avait bien sûr rien compris de notre échange et elle se garda bien de le lui expliquer. Elle ne désirait sans doute pas se ridiculiser davantage. Je l'ignorai pour le reste du vol, ne lui offrant rien de plus que ce qu'elle me demandait.

En terminant ma besogne dans la *galley,* j'étais envahie par une triomphante fierté. J'avais cloué le bec à Mme Sombrero sans empirer la situation. Je commençai à fredonner tout bas en nettoyant le comptoir sale. En m'entendant chanter, Barry m'interpella :

— Tu as l'air joyeuse. Je peux savoir pourquoi ?

— D'ici trente minutes, 2 B sera finalement hors de ma vue ! m'exclamai-je en gesticulant. Ce n'est pas une bonne raison pour chanter, ça ?

— Oh oui ! Ça l'est ! Une bonne Guinness et elle ne sera plus qu'un vieux souvenir !

— Pour moi, un cidre Bulmers ! ajoutai-je avant de continuer à fredonner.

Perdue dans mes pensées, je dédiai cette mélodie à la soirée dont j'avais tant rêvé. Allait-elle se terminer comme je le désirais ? John me donnerait-il un signe tangible de son intérêt pour moi ?

20

Chapitre 20

Dublin (DUB)

–Tout le monde qui voulait venir souper est là ? demanda Barry au groupe.

— Il manque Diane, répondis-je.

— Elle s'en vient, précisa Camille. Elle m'a appelée juste avant que je descende pour me dire qu'elle n'était pas encore prête.

— OK ! On l'attend, dit Barry.

Il y avait de ces agents de bord qui arrivaient toujours en retard, quoi qu'ils fassent. Diane était l'une de ceux-là. Dans l'avion, nous la cherchions pour commencer les services. À l'hôtel, elle faisait son *check out* à la dernière seconde. L'équipage était déjà assis dans l'autobus depuis dix minutes lorsqu'elle montait finalement à bord, les cheveux encore mouillés. Toujours la même raison : l'insomnie. Quoi répondre à ça ? Cette calamité s'était un jour ou l'autre abattue sur chacun d'entre nous. Tous avaient déjà souffert de problèmes de sommeil et, sachant comment il pouvait être pénible de compter les moutons en plein milieu de la nuit, nous ne pouvions lui en tenir rigueur. Cette fois-ci, par contre, je me demandais bien quelle serait sa raison. Elle finit par apparaître, joggant vers nous.

— Désolée, tout le monde ! Je me suis endormie en arrivant et le réveil n'a pas sonné à l'heure prévue, dit-elle, essoufflée.

— Pas de problème ! nous dîmes en chœur.

— Alors, où allons-nous souper ? demanda Barry.

— Stéphane connaît un resto tout près, si ça vous tente, répondit John.

— Ouais, et c'est situé juste en face d'un petit pub traditionnel. Nous pourrions y aller ensuite, proposa Stéphane, nous vendant immédiatement l'idée.

— Parfait ! On te suit, dit Barry au nom de tous.

En sortant de l'hôtel, nous traversâmes de l'autre côté de la rue et entrâmes dans le parc où j'avais fait mon jogging un peu plus tôt, après ma sieste. Il s'appelait St Stephen's Green et était l'un des plus grands parcs de la ville. Nous empruntâmes le sentier central. Devant moi, je remarquai que Camille parlait avec le premier officier. Ils avaient l'air de bien s'entendre. J'espérais que cette soirée fasse partie de celles dont j'allais me souvenir.

Quelques mètres plus loin, nous arrivâmes au centre du parc. Une belle fontaine d'eau jaillissait et des enfants s'y chamaillaient pour rigoler. John se trouvait à ma droite et nous n'avions pas encore échangé un mot depuis notre départ de l'hôtel.

— Que c'est beau, des enfants ! Sans aucune malice. Ils ne pensent qu'à jouer, dit-il avec émotion.

— Ils te font penser aux tiens ? demandai-je, curieuse de savoir de quoi avaient l'air ses enfants.

— Bien sûr ! C'est difficile de ne pas y penser quand on est loin d'eux, me confia-t-il.

— Tu te sens coupable de partir ?

— Toujours ! S'il fallait qu'il m'arrive quelque chose…

— Tu veux dire un accident d'avion ?

— Oui, entre autres. C'est d'ailleurs stupide de penser ça parce que je suis le premier à savoir combien ma machine est sécuritaire.

— Justement, John ! L'avion est le moyen de transport le plus sûr qui existe ! Je pense qu'on a tous les deux plus de risque de mourir frappés par une voiture irlandaise en oubliant de regarder du bon côté de la rue que de s'écraser sur la piste ! m'exclamai-je en pointant la ruelle à proximité.

John sourit et s'assura que nous traversions prudemment. Il posa sa main derrière mon dos et me laissa passer devant lui. Je le sentais attentif à mes pas. « Quelle galanterie ! » pensai-je.

— De toute façon, à voir comment tu as fait atterrir cet avion, je n'aurai jamais peur pour ma sécurité ! ajoutai-je en le taquinant.

— Si je comprends bien, tu te sens en sécurité avec moi ? me demanda-t-il d'un ton mielleux.

Wô là ! Il me faisait dire des choses que je n'avais pas dites ! Était-il en train d'essayer de me séduire ? Voulait-il vraiment savoir si je me sentais en sécurité avec lui ou était-il ironique ? Il jouait sûrement au même jeu que moi et il ne fallait surtout pas que le chat sorte du sac. Jamais je ne lui dévoilerais mes pensées profondes, tant et aussi longtemps que je ne recevrais pas un signe tangible de sa part. Il n'était pas question que je me ridiculise en répondant sérieusement à cette question. Je continuai les taquineries.

— Oh ! Tellement, John ! Tu es le seul avec qui je me sens en confiance dans un avion ! Sans toi en avant, je suis perdue ! Je n'arrive plus à travailler et mes passagers en souffrent! Vole auprès de moi, John ! Vole ! chantai-je sur le trottoir de Merrion Row.

Ma petite scène capta toute son attention. Il semblait m'admirer. Plus je gesticulais et plus il souriait. J'étais donc loin de vouloir en finir avec mes mimiques mais, faute d'imagination, je cessai enfin. John s'arrêta net, comme pour me sermonner.

— Belle comédie, Scarlett ! Mais totalement irréelle. Je ne te crois pas ! dit-il en feignant la déception.

Nous riions tous les deux aux éclats lorsque nous arrivâmes devant le restaurant. Lorsque nous y entrâmes, une ambiance branchée régnait, ce qui nous conforta dans notre choix. Une jeune femme nous accueillit depuis son comptoir.

— *Good evening !*

— *Hello ! We would like to know if you have availability for a party of six ?* dit le premier officier.

— *Hum ! Let me check what I can do*, répondit la jeune femme avant de se diriger vers l'arrière du restaurant.

Une minute plus tard, elle revint nous voir.

— *Please follow me !* annonça-t-elle avec enthousiasme en nous guidant jusqu'à notre table.

Nous la suivîmes, bien heureux d'avoir obtenu une place dans ce restaurant bondé de monde. J'aurais aimé m'asseoir tout près de John, mais je ne voulais pas non plus paraître trop intéressée. Je décidai de prendre place au milieu de la table et donc d'avoir le plus de chances possible qu'il soit assis à proximité. À ma gauche siégeait Camille et à ma droite, Diane. Stéphane s'installa en face de Camille et Barry, devant Diane. Quant à John, il prit place devant moi. « Yé ! » Rien n'aurait pu me rendre plus heureuse. Camille, amusée par notre drôle de disposition, prit la parole :

— Ouais, on n'aurait pas pu être plus ordonnés que ça !

— Cet agencement me convient parfaitement, répondit Stéphane en lui souriant.

Ce commentaire la fit rougir et nous fit rigoler. En entendant cette remarque, je me demandai si John avait pensé la même chose que Stéphane en me voyant assise devant lui. Je redressai la tête et son regard croisa le mien. Ses yeux pétillaient autant qu'avant et je n'arrivais pas à savoir s'ils brillaient naturellement ou uniquement lorsqu'ils étaient posés sur moi. J'étais intimidée. Il avait l'air si confiant. Je ne pouvais pas soutenir son regard bien longtemps. Je baissai les yeux vers le menu.

* * *

Trois bouteilles de vin plus tard et le dessert terminé, aucun d'entre nous n'avait le désir d'aller se coucher. La soirée étant encore jeune, nous nous dirigeâmes vers le pub qui était situé juste en face, le O'Donoghue's. En entrant, nous vîmes deux hommes qui étaient installés au fond de la salle et jouaient de la musique irlandaise traditionnelle. Nous allâmes aussitôt au comptoir pour commander à boire. John se pencha alors pour me parler.

— Tu veux boire quoi ? me souffla-t-il à l'oreille.

Sa proximité suffit à faire accélérer mes pulsations cardiaques. Heureusement que les sons folkloriques débordaient d'intensité car nul doute que John aurait entendu mon cœur s'emballer. À mon tour, je me penchai vers lui pour lui communiquer mon choix.

— Un cidre, dis-je avant de diriger mon regard ailleurs pour ne pas lui montrer ma gêne.

Il s'approcha du comptoir et cria au serveur sa requête. Il revint ensuite les mains chargées de deux pintes, l'une contenant de la bière Guinness et l'autre, du cidre. Je le remerciai et l'avisai que nos compagnons avaient traversé dans la partie moins bruyante. Nous les rejoignîmes.

Une fois assis sur nos bancs respectifs, je me remémorai les paroles de Béa : « Tu vas le lire dans ses yeux », m'avait-elle dit. Elle avait peut-être raison car, peu à peu, j'avais l'impression que John me dévoilait dans son regard son attirance pour moi. Je ne pouvais expliquer pourquoi, mais je le sentais. Ce regard posé sur moi ressemblait étrangement à celui de Paris et de Barcelone, sauf que cette fois, un point différait :

sa profondeur.

Ses magnifiques perles noires me transperçaient le cœur entre chaque clignement et, de minute en minute, d'une conversation à l'autre, elles brillaient davantage. Par contre, j'attendais toujours un signe. Sans indice tangible, je n'étais pas prête à avouer ma soif de lui. « Allez, fais-moi un seul petit signe, John ! Un seul ! » lui commandai-je mentalement. Je pris une gorgée de cidre et m'adressai à lui :

— Tes parents se sont rencontrés comment ? demandai-je.

— Hum, drôle de question, dit-il, surpris. Pourquoi tu veux savoir ça ?

— Par curiosité. Je me demandais pourquoi ton père irlandais aurait eu le goût de délaisser cette délicieuse musique pour aller vivre au Québec.

— Par amour, Scarlett. Seul l'amour peut nous faire prendre de telles décisions.

John me sourit et continua.

— À dix-huit ans, ma mère est venue avec une copine en Irlande. C'est là qu'elle a rencontré mon père. L'été terminé, elle l'a ramené avec elle et ils se sont mariés l'hiver suivant.

— Wow ! Un vrai coup de foudre ! m'exclamai-je, rêveuse.

— Oui, c'est le mot ! Le plus beau dans leur histoire, c'est qu'ils sont décédés ensemble le jour de leur anniversaire de mariage, un peu avant Noël, me confia-t-il d'un ton serein.

— Oh ! Mon Dieu, John ! C'est tellement triste ! Tu as perdu tes parents en même temps ! Tu avais quel âge ?

— Ils sont décédés quand j'avais quinze ans dans un accident de voiture, ajouta-t-il, toujours aussi calme.

Son histoire m'attristait profondément. Quelle horrible cruauté du destin ! Le pauvre John ! Je l'aimais encore plus. J'aurais voulu l'embrasser tendrement pour le consoler. Je devais avoir une tête d'enterrement car c'est lui qui commença à me réconforter.

— Voyons, Scarlett ! Tu devrais voir la tête que tu as ! Ne t'inquiète pas, les beaux souvenirs ne s'envoleront jamais et je n'ai retenu que les meilleurs.

— Oui, sûrement… Mais qu'est-ce qui t'est arrivé ensuite ?

« Merde, Scarlett, tu n'en finis pas avec tes questions ! » me grondai-je. Je ne pouvais pas m'en empêcher. Mon beau commandant ! Quelle triste histoire ! Je voulais savoir la suite.

— La sœur de ma mère et son mari ont pris soin de moi.

— C'est pour ça que tu n'es pas retourné en Irlande ? demandai-je.

— C'est ça. Après la mort de mon père, j'ai perdu contact avec ma famille irlandaise. Je viens ici seulement lorsque le travail l'oblige.

Wow ! C'était la conversation la plus profonde que j'avais jamais eue avec un collègue. Il parlait avec tant de sérénité… J'éprouvais maintenant une réelle admiration pour cet homme, et je me sentais privilégiée. John se dévoilait à moi, assis sur un inconfortable banc en bois dans un pub irlandais. Il devait me faire confiance pour s'ouvrir autant. Sa présence et ses paroles me fascinaient. D'ailleurs, quelqu'un avait-il remarqué cette évidente proximité ? Et si on l'avait constatée ? Comment réagirait *Freaking*-Debbie si elle savait ? Personne ne devait apprendre mon béguin pour lui. Je fis rapidement un tour de table.

Camille parlait encore avec Stéphane, ce qui ne me surprenait pas. Ils n'avaient pas l'air dc se préoccuper de ma présence, ni de celle de John. Barry et Diane s'étaient éclipsés. Tout était sous contrôle. Pour faire diversion, je m'inquiétai de l'absence de mes deux collègues :

— Vous savez où sont passés les autres ?

— Ils sont allés fumer, précisa Camille. Je crois qu'ils veulent, après le bar, aller prendre l'air dans le parc en face de l'hôtel.

— Ah oui ? demandai-je, un peu déçue que la soirée s'achève aussi vite.

— Il est déjà 11 heures, mais ça pourrait être cool de se balader dans le parc avant de se coucher. Ça vous tente ?

Déjà 11 heures ! Le temps avait passé si vite ! Camille attendait une réponse de notre part. Je n'avais pas le goût de bouger de là, et ce, même si mon derrière souffrait du manque de confort du banc. Si nous partions, peut-être que John en profiterait pour retourner à l'hôtel comme il l'avait fait à Paris… Je devais gagner du temps. Peut-être qu'avec une Guinness de plus il me montrerait une preuve de son intérêt ? Ne désirant pas dévoiler mes intentions, je le laissai décider.

— Hum, je prendrais bien une autre Guinness. Ensuite, on verra pour le parc, dit-il en me regardant en quête d'approbation.

— Oui, je suis d'accord.

Je proposai alors à John de payer la prochaine tournée. Il accepta et m'accompagna pour récupérer les verres. De nouveau assis sur notre bûche, j'en profitai pour lui exprimer ma reconnaissance :

— En tout cas, merci de m'avoir raconté l'histoire de tes parents. C'est vrai que c'est une belle histoire d'amour.

— Bien content qu'elle t'ait plu. Tu crois au coup de foudre, Scarlett ? murmura-t-il pour que personne d'autre ne l'entende.

Quelle question ! « Bien sûr que j'y crois ! Je l'ai vécu avec toi ! » pensai-je. Je me contentai de lui répondre simplement :

— Oui, j'y crois. Et toi ?

— Bien sûr, c'est comme ça que mes parents se sont rencontrés.

— Tu en as déjà vécu un ? le relançai-je.

— Oui.

— Avec ta femme, j'imagine ?

Pourquoi j'avais posé cette question ? Bien sûr que c'était avec sa femme, sinon il ne serait pas marié avec elle à l'heure qu'il est ! Je n'avais pas le goût d'entendre parler de *Freaking*-Debbie ! Et surtout pas de la bouche de John. Je devais corriger la situation immédiatement.

— Ah ! Désolée, John, c'était une question stupide. Évidemment que c'est avec elle, dis-je en roulant les yeux.

— Hum, si tu le dis, dit-il en soupirant.

Quoi ? « Si tu le dis » ? Rien de plus ? Aucun autre détail ? Comment pouvait-il me laisser ainsi dans le doute ? De la vraie torture mentale ! Devais-je en conclure que *Freaking*-Debbie et John n'avaient pas été frappés par la foudre ? Et si ce n'était pas elle l'heureuse élue, qui était-ce ? Moi ? Voilà que j'hallucinais encore. Et mon signe *tangible* dans tout ça ? Il n'était nulle part ! Argh ! Je calai mon cidre en un rien de temps et aperçus Barry et Diane s'avancer vers nous.

— Nous allons continuer la soirée dans le parc. Vous venez ? demanda Diane.

— Oui ! On est prêts ! confirma Camille en parlant aussi pour Stéphane.

Comme je venais tout juste de terminer ma pinte, je n'avais malheureusement plus aucune excuse. Et puis j'avais également besoin d'air. J'espérais que mon beau commandant en aurait besoin autant que moi.

— Ouais, je suis prête aussi. Ça va nous faire du bien de prendre un peu d'air, dis-je pour vendre l'idée à John.

— OK ! Allons-y ! lança-t-il, décidé, en se levant d'un bond.

Nous sortîmes du pub. Je le devançai et marchai seule derrière Camille. J'étais déçue de la tournure de la soirée et je n'avais plus envie de parler. Malgré notre profonde conversation sur le coup de foudre et les autres sujets très personnels que nous avions abordés, rien ne confirmait son attirance pour moi. « Tu vas le lire dans ses yeux ! » Mon œil, Béa ! Ses yeux étaient tout simplement magnifiques. Rien de plus ! Je n'avais aucun repère. « Pourquoi aller au parc ? Pour investiguer encore et encore ? J'abandonne ! » décidai-je en suivant le groupe sur le chemin du retour.

* * *

Perdue dans mes pensées, je revins soudainement à la réalité lorsqu'une chaleur entoura ma main. Je baissai la tête pour la regarder. Des doigts fermes et puissants s'étaient introduits entre les miens. John me tenait la main ! J'étais figée et j'arrivais à peine à faire un pas devant l'autre. Il ralentit sa cadence, en m'obligeant à l'imiter. Puis il s'arrêta. Je fis de même. Mon cœur était sur le point d'exploser. Qu'allait-il faire ? M'embrasser ? Là, devant le reste du groupe ? Il ne fallait pas éveiller les soupçons. « Et puis, tant pis ! pensai-je. Fais-le, John ! Embrasse-moi ! »

Il me fixa droit dans les yeux pour capter mon attention. Pourtant, j'étais très attentive à ses gestes depuis un bon moment. Depuis une éternité, même. J'attendais qu'il s'avance vers moi pour l'imiter. « Sa bouche sera mienne d'ici une seconde », rêvai-je. Et puis il bougea délicatement les lèvres. « Ça y est, Scarlett ! Tu as enfin réussi. » Des feux d'artifices s'allumèrent à l'intérieur de moi. Mon corps se réchauffait, bouillonnait. John ouvrit la bouche :

— Je suis vraiment content que tu sois là, Scarlett, murmura-t-il avant de relâcher ma main et de continuer sa route.

Quoi ? C'est tout ? Pas de jeu de langue ? Même pas un petit baiser ? Quelle déception ! Comment espérait-il que je comprenne le sens de son message ? Il était vraiment content. Donc j'avais le feu vert ? Je n'en étais pas convaincue. Je recommençai à marcher, les épaules basses. Lorsque nous arrivâmes enfin à l'entrée de St Stephen's Green, la barrière était fermée.

— Ah ! Merde ! Il est sûrement trop tard, s'exclama Diane.

— Il y a de la lumière à l'intérieur, peut-être que l'entrée située devant notre hôtel est encore ouverte, suggéra Barry.

— Ouais, j'espère, renchérit Camille.

Nous longeâmes le parc pour rejoindre l'autre entrée. John marchait tout près de moi. Aucun de nous deux ne parlait. Les derniers mots qu'il avait prononcés retentissaient dans ma tête. « Je suis vraiment content que tu sois là, Scarlett. » Je les révisais un à un, syllabe par syllabe, lettre par lettre. Que pouvais-je bien en déduire ? Et puis, sans crier gare, je compris : le jugement avait été rendu ! Je l'avais, mon signe ! John venait de me l'exprimer. Je n'avais plus le choix, je devais agir.

Mon cœur se mit à battre la chamade. Toujours plus fort, il tentait de s'échapper de ma poitrine. Je transpirais de peur. Cet infime indice ne me permettait en rien d'évaluer mes chances de réussite. Une défaite était envisageable. Je redoutais cette possibilité. Au bout de quelques minutes, nous arrivâmes à la barrière. Elle était également fermée.

— Bon, alors, qu'est-ce qu'on fait maintenant ?

demanda Diane, décidée à ne pas aller se coucher.

— On pourrait aller au pub juste à côté, il n'est même pas minuit, proposa Stéphane.

En regardant Barry et Camille, je compris qu'ils approuvaient cette proposition. Je ne savais que dire car John ne s'était pas encore prononcé. Je désirais attendre qu'il le fasse avant de prendre une décision.

— Je vais rentrer, dit-il. Je vous souhaite une très belle fin de soirée.

Il salua tout le monde, me regarda et traversa la rue en direction de l'hôtel. « Wô ! Je ne l'ai pas vue venir, celle-là ! » pensai-je. Voilà que John me glissait entre les doigts sans que je puisse rien faire ! De toute évidence, j'avais encore halluciné. Il n'y avait eu aucun signe. J'étais démolie.

Je commençai à marcher avec le reste du groupe. Depuis la fenêtre de l'hôtel, je vis John emprunter l'escalier pour monter à l'étage. Je me remémorai alors tout ce qui s'interposait entre lui et moi et me dis que c'était sûrement mieux ainsi. Je passai la façade de l'immeuble et continuai d'avancer vers la ruelle adjacente. Entre chaque pas, des images me revinrent. Paris. Barcelone. Ses confidences. Son regard. Sa main dans la mienne. Cette chimie inexpliquée entre nous deux. Soudain, une voix m'interpella. Je l'entendis clairement s'adresser à moi.

« Scarlett ! Tu n'as pas rêvé. John te veut. Saisis ta chance ! C'est maintenant ou jamais ! Vas-y ! »

Mes doutes venaient de disparaître. Je devais retourner à l'hôtel.

Je m'arrêtai brusquement.

— Hey, la gang ! Je suis fatiguée. Je ne vous accompagnerai pas, finalement. On se voit demain ! Bye !

Aussitôt dit, je leur tournai le dos sans même attendre un au revoir. Je marchais d'un pas précipité, tout en évitant de courir, de peur d'être démasquée. J'atteignis la porte principale en un temps record.

J'avais l'impression de m'être transformée en une redoutable prédatrice. Ma proie était proche. Je la flairais. J'empruntai à mon tour les escaliers. En montant, je sautai quelques marches, ce qui m'essouffla rapidement. Je passai le niveau 1. J'entendais des pas devant moi, mais je n'apercevais toujours pas John. Je sautai encore quelques marches. Les pas semblaient proches. J'étais à bout de souffle. Il fallait que je ralentisse. Je ne désirais pas avoir l'air d'un animal affamé en pleine chasse.

Je respirai profondément, réussissant à peine à reprendre mon souffle. Je montai ensuite un peu plus haut et, voyant les escaliers s'ouvrir sur le niveau 2, je l'aperçus enfin. John me vit également. Il semblait surpris.

— Finalement, je vais aller me coucher moi aussi, dis-je, haletante.

Je le rejoignis. J'espérais tant qu'il me dise : « Scarlett, j'aimerais te serrer dans mes bras, t'embrasser et te faire l'amour toute la nuit ! » mais il ne fit évidemment rien de cela. Il se contenta de me sourire. Je restai muette. Nous passâmes une première porte, une deuxième et encore une autre. Mon cœur n'en pouvait plus d'attendre. Mes artères pompaient. D'ici une seconde, l'une allait littéralement exploser et je succomberais à une hémorragie interne. John s'arrêta à sa chambre.

— Bonne nuit, Scarlett, à demain, me souhaita-t-il gentiment.

« C'est maintenant ou jamais ! » me souffla une petite voix. Je devais l'écouter. « Mon instinct ne peut se tromper », pensai-je, et je me plantai devant sa porte pour l'empêcher d'entrer.

— John ! Tu ne peux pas partir comme ça ! Il se passe quelque chose entre toi et moi. Je n'arrive pas à l'expliquer mais je le sais. S'il te plaît, dis-moi que je ne suis pas folle !

Voilà ! Le chat était sorti du sac. Je m'étais mise à nu, là, en plein milieu du couloir de l'hôtel. Qu'allait-il me répondre ? À ma grande surprise, je ne détournai pas mon regard du sien comme je l'avais fait tant de fois auparavant. Mon instinct de chasse primait. Désormais, ma gêne osait affronter son charisme et sa prestance.

Il baissa les yeux en soupirant. Un soupir de soulagement ? De joie ? D'exaspération ?

— Bonne nuit, Scarlett, répéta-t-il.

Argh ! Argh ! Argh ! « Bonne nuit » ? Un coup de poing en pleine figure, tant qu'à y être ! Quelle humiliation ! Je soupirai à mon tour. Il ne manquait que les deux becs sur les joues pour qu'il me mette complètement K.O. Et c'est exactement ce qu'il entreprit de faire. Argh!

John s'approcha de moi et avança son visage vers le mien pour m'embrasser platoniquement sur la joue gauche. Je fixais le sol. Il recula sa tête pour s'occuper de ma seconde joue. Et puis, en route, il fit une halte inattendue. Curieuse, je levai les yeux. Et je sentis sa délicieuse bouche couvrir la mienne. John m'embrassait ! ENFIN ! Notre premier baiser ! Le plus beau des baisers ! Et peut-être aussi le dernier ? Non ! J'en voulais encore !

— John ! Allons dans ta chambre, il ne faudrait pas qu'on nous surprenne, murmurai-je.

Il me regarda, les yeux pétillants. Sa virilité le dominait. Tant mieux, car je voulais justement être dominée. Les doutes n'existaient plus. Pas ce soir-là en tout cas. Il passa la clé magnétique dans la serrure de la porte. J'entendis le déclic et nous passâmes en un rien de temps de l'autre côté.

La chasseuse que j'étais il y avait quelques instants à peine n'existait plus. Les rôles venaient de s'inverser.

À mon grand plaisir, j'étais maintenant la proie.

— Scarlett ! Sais-tu depuis combien de temps j'attends ce moment ? rugit-il tout en me poussant passionnément contre le mur.

— Depuis tout à l'heure ? répondis-je, perplexe.

Il sourit.

— Depuis Paris, me dit-il tout en s'appropriant de nouveau ma bouche.

— Moi aussi, soufflai-je avant d'être attirée sur le lit.

Avais-je bien entendu ? John me désirait depuis tout ce temps ? Eh bien, si cette nuit-là était la seule qu'il m'était permis de vivre, j'entendais bien la savourer dans les moindres détails. Je contemplai mon trophée, pris sa tête entre mes mains et, tout en gardant ma cible en vue, lui commandai mes désirs.

— Je te veux tellement, dis-je avant d'être déshabillée comme je l'avais tant espéré.

* * *

John, torse nu, m'attirait contre son sexe encore dissimulé sous son pantalon. Il m'excitait, me rendait folle de désir. Depuis déjà un bon moment, j'étais nue, tout émoustillée. Ma patience avait ses limites. Je le voulais en moi, et uniquement cela me comblerait. Pourtant, il ne semblait pas encore prêt, repoussant ma main à chacune de mes tentatives pour baisser sa fermeture éclair. Le commandant en lui voulait garder le contrôle.

Ses yeux perçants observaient mes réactions. Rien ne lui échappait. Avec force, il saisit mon menton pour que j'arrête de bouger. Je cessai de penser.

Intrigué par mon corps, il dirigea sa bouche vers ma gorge puis vers ma poitrine. Je sentais sa barbe m'érafler délicatement la peau. Il me dégustait sensuellement, tout en me soulevant vers lui avec force. En le regardant me dévorer ainsi, j'enfonçai de manière incontrôlable mes ongles dans sa peau.

— Prends-moi, John.

Aussitôt mon vœu exprimé, John braqua les yeux sur moi. Une seconde passa. Peut-être deux. Il esquissa un léger sourire, approcha son beau visage du mien et m'embrassa. Il me faisait patienter mais je savais ce qui se tramait. Ses lèvres m'hypnotisaient et pendant que mon imagination faisait des siennes, il s'éloigna de moi pour se tenir bien droit près du lit. Il m'admirait. Je fis de même. Je sentais grandir son désir. Puis il détacha ses jeans, qui tombèrent sur le plancher. Il approcha son corps du mien, avança sa bouche vers la mienne et m'exauça enfin. Alléluia !

* * *

Le soleil venait de se lever et une douce lueur rosée traversait la chambre. Je n'avais pas rêvé. John était bien là, près de moi, m'enlaçant tendrement. Je n'éprouvais pas le désir de partir mais il le fallait. Plus longtemps je resterais allongée près de lui et plus intense serait ce sentiment d'incarner sa maîtresse. Je me retournai pour le regarder dormir. Je savais que ce moment privilégié entre lui et moi était sans doute le dernier. Je posai délicatement mes lèvres sur les siennes en guise d'au revoir et me glissai ensuite hors du lit en silence. J'enfilai mes vêtements et, sur la pointe des pieds, je regagnai ma chambre.

J'aurais aimé savoir ce qu'il adviendrait de nous, mais j'avais préféré sortir en catimini pour éviter de le lui demander. J'avais été son amante l'instant d'une nuit, je n'avais pas le droit d'en réclamer davantage. Aucun regret ne m'habitait. Pas encore. J'espérais que John n'éprouve aucun remords. La douceur de ses baisers ne pouvait pas mentir, mais je voulais en avoir la confirmation. J'avais un vol de retour à opérer avec lui ; je n'avais donc qu'à attendre le bon moment pour lui parler, en espérant bien sûr qu'il se présente...

21

Chapitre 21

Dublin (DUB) – Montréal (YUL)

Nous avions commencé le dernier service de boissons avant l'atterrissage à Montréal. Durant tout le vol, j'avais flotté sur un nuage. À notre arrivée dans le lobby de l'hôtel, John m'avait demandé si j'avais bien dormi. En entendant mon « merveilleusement bien », il m'avait souri et m'avait répondu que lui aussi. Ses yeux brillaient et les miens également. Je me sentais triomphante mais consciente que je n'avais rien gagné, et que je n'y gagnerais rien.

Néanmoins, je voulais profiter du bonheur que cette nuit m'avait procuré et, pour ne pas créer de malaise entre nous deux, j'avais opté pour une autre position dans l'avion et avais travaillé avec Camille en classe économique. Mes passagers étaient choyés par ma joie extrême car je leur souriais, rigolais et répondais à leurs moindres caprices. Mon état d'esprit frôlait la frénésie. J'en fus convaincue lorsque j'eus à servir ce qui m'irritait tant : le jus de tomate.

— Qu'aimeriez-vous boire ? demandai-je au monsieur assis au siège

18 A, près du hublot.

— Qu'est-ce que vous avez ?

En temps normal, cette question m'aurait agressée au plus haut point. « Bordel ! Ça fait trois fois que je passe dans l'allée en six heures, j'ai encore la même chose que la fois d'avant, et la même chose que l'autre fois d'avant, et la même chose que l'autre fois d'avant l'autre fois ! » J'aurais ensuite regardé l'homme avec un sourire exaspéré et lui aurais énuméré quelques items de manière expéditive : « Eau, jus, boissons gazeuses, café et thé. » Par contre, ce jour-là, ce ne fut pas le cas.

— J'ai des jus, des boissons gazeuses, de l'eau, du café et du thé, dis-je lentement.

— Vous avez quoi comme boissons gazeuses ? me demanda-t-il encore.

— Du 7UP, du Pepsi, du Ginger ale, du Diet Pepsi.

— Vous avez quoi comme jus ?

D'ordinaire, j'aurais prononcé précipitamment deux choix : pomme et orange. Et j'aurais, bien entendu, évité de mentionner le jus de tomate, consciente de ses répercussions inévitables. Étrangement, ce ne fut pas le cas.

— J'ai du jus de pomme, du jus d'orange et du jus de tomate.

— Ah ! Je vais prendre un jus de tomate alors, déclara M. A.

— Très bien, dis-je, tout sourire.

Je servis ledit liquide sans broncher et le lui offris. Je passai aux passagers voisins.

— Et pour vous ? demandai-je en regardant le couple assis à B et C.

— Hum, pourquoi pas un jus de tomate ? Allons-y pour deux !

Toujours sur mon petit nuage, je servis deux verres de jus de tomate, tout en en éclaboussant légèrement sur ma chemise. J'essuyai les taches d'un coup de serviette sans m'en inquiéter et remis les deux verres à Mme B et M. C. Je me chargeai ensuite des passagers assis au milieu de la cabine.

— Qu'aimeriez-vous boire ?

— Un jus de tomate, me dit la demoiselle assise en 18 D.

— D'accord, un jus de tomate pour vous ! m'exclamai- je, annonçant officiellement que nous avions du jus de tomate à bord.

Je versai le jus dans un verre et le remis à Mlle D. Je servis ensuite le vieil homme assis derrière elle.

— Qu'aimeriez-vous boire ?

— Un jus de tomate, répondit-il.

Toujours aussi sereine, je commençai à verser le liquide. Soudain, mon carton de jus de tomate se vida et me laissa avec un verre à moitié rempli. Normalement, j'aurais soupiré et j'aurais tout simplement avisé le passager que je n'avais plus de jus de tomate dans mon chariot et lui aurais offert un jus de pomme ou autre chose. Au contraire, je choisis le dur labeur.

— Camille, tu as du jus de tomate ? demandai-je à ma collègue.

— Non, je viens tout juste de le vider.

Sans doute était-ce le résultat de mon annonce publique. Il était encore temps, et ce, sans même mentir, d'aviser M. 19 D que j'étais à court de jus de tomate. Mais non ! J'étais décidée à surmonter les obstacles. J'interpellai ma collègue dans l'allée voisine :

— Diane !

Pas de réaction.

— Diane ! Diane ! Diane !

Elle ne m'entendait pas du tout. J'aurais dû m'en douter. Elle était toujours perdue, celle-là. Je m'adressai à son collègue :

— Éric !

Il se tourna vers moi. Je remuai les lèvres pour exprimer ma requête. « Jus de tomate », murmurai-je. Enfin, je venais de retomber sur terre en réalisant que ces mots ne devaient pas être prononcés trop fort. Éric saisit le sens de ma demande et me remit discrètement le carton du précieux liquide. Je servis M. 19 D et revins à la réalité.

« Comment vais-je parler à John ? Et que vais-je lui dire ? » Je ne pouvais rien lui demander, rien qu'il ne m'eût déjà donné. Je terminai mon service et me résolus à ne rien tenter. J'en avais déjà beaucoup trop fait de toute façon. « Et puis, si John en veut plus, il n'aura qu'à me le dire. »

* * *

— Qu'avez-vous acheté pour cinquante dollars ? me demanda la douanière.

— De l'huile d'olive et un chandail.

— C'est tout ? insista-t-elle d'un ton investigateur à la « je ne te crois pas, espèce d'hôtesse qui voyage partout ! ».

— Oui, confirmai-je.

Elle inscrivit un gros R11 en haut de ma carte de déclaration et me la remit. Je n'allais pas me faire fouiller. D'ailleurs, c'était la seule inscription que je comprenais, n'ayant jamais réussi à élucider la signification de ces codes fatidiques. Je descendis à l'aire des bagages et me dirigeai vers la sortie. Je marchais rapidement, car John était passé devant moi aux douanes. Nous n'avions pas échangé un seul mot. Que des sourires qui ne voulaient sûrement rien dire. Il me devançait de quelques mètres seulement et marchait lentement. Peut-être m'attendait-il ? En tout cas, nous nous suivions de près.

Lorsque nous arrivâmes à l'autobus des employés, nous étions seuls. « Quelle belle coïncidence ! pensaije. Nous aurons le temps de nous parler. » Nous prîmes place l'un en face de l'autre. J'étais nerveuse. Que pourrais-je bien lui dire ? « John, j'en veux encore » ? Et ensuite quoi ? « Je veux être ton amante et passer en deuxième » ? Était-ce vraiment ce que je voulais ? Non ! Bien sûr que non !

Comme la porte allait se fermer, je vis entrer Stéphane, le premier officier. « Et merde, il va tout gâcher ! » Il s'assit à côté de John et se mit à lui faire la jasette.

— Wow ! Quel beau vol on a eu ! Pas une graine de turbulence, on a même été capables d'atterrir à l'avance.

— Ouais, se contenta de répondre John tout en me regardant.

— Tu retravailles quand ? l'interrogea à nouveau Stéphane.

— Dans une semaine, répondit-il, sans le questionner à son tour.

« Ah ! Qu'il m'énerve, ce Stéphane ! » Je haussai les épaules en direction de John pour lui signifier mon indifférence face aux propos de son premier officier. Il me fit un sourire discret.

— Ouin, tu es chanceux d'avoir une semaine de congé. Moi je travaille demain, continua Stéphane.

— Ah ! Ouais, c'est dommage ça, dit John, désintéressé.

— En plus, je retourne à Dublin !

— Hum.

De toute évidence, mon commandant avait les idées ailleurs. Et à le voir me fixer, je savais où elles se trouvaient. Stéphane, ne remarquant rien, monologua durant tout le trajet. J'espérais seulement que John descende au même arrêt que moi pour que je puisse lui parler.

Lorsque nous entrâmes dans l'aire de stationnement, il me fixait toujours intensément. Il profita d'un moment de distraction de la part de son coéquipier pour me faire un dernier sourire. Un sourire empreint de désolation. Et puis, discrètement, il bougea les lèvres pour me dire quelque chose. Je lus son message. « Tu es belle », prononça-t-il sans un son. Je compris qu'il ne regrettait rien. Je serrai les lèvres comme pour lui souligner qu'il n'y avait rien de plus à dire. Il avait sa vie, et moi je ne pouvais pas y entrer. Je ne le voulais pas. Pas comme ça.

Le bus fit son premier arrêt. La porte s'ouvrit mais personne ne sortit. Je réalisai alors que, bientôt, ce serait mon tour, ou le sien. Qui sait quand je le reverrais ? Un mois, six mois, un an, peut-être deux ? Je n'en avais aucune idée. Et ça m'attristait.

Brusquement, le bus s'arrêta au deuxième arrêt. C'était le mien. John resta assis. J'avais le goût de demeurer dans l'autobus et de l'accompagner jusqu'à sa voiture mais j'étais déjà debout. Je ne voulais pas éveiller davantage de soupçons. Stéphane se leva également. Il nous salua et sortit aussitôt. Je réalisai alors la possibilité qui s'offrait à moi : je pouvais me rasseoir. J'hésitais. Ce n'était plus à moi de provoquer les choses. J'avais fait ma part.

Je saluai John telle une collègue et me dirigeai vers la sortie, mais avant que je puisse descendre la porte se referma devant moi. Ne m'ayant pas aperçue, le chauffeur se préparait à repartir. « Retourne t'asseoir, Scarlett ! C'est un signe ! » me lança ma petite voix. « Scarlett, c'est à lui de prendre les devants, va-t'en ! » me dicta une seconde voix. J'hésitais encore. « Sors ! » m'ordonna-t-elle encore.

— Hey ! Monsieur ! J'aimerais sortir ! Ouvrez la porte ! criai-je depuis le milieu du bus.

John m'observait toujours sans dire un mot, et me sourit une dernière fois avant de me regarder descendre du bus, la mine basse.

En posant le pied à l'extérieur, je ressentis un vide extrême. Celui qui m'obsédait depuis si longtemps s'éloignait de moi encore une fois. Je ne savais pas quand je le reverrais. Je n'étais pas prête à compter les jours ou les mois avant de revoir mon beau commandant. Pas plus que j'étais prête à m'engager dans une nouvelle cure de désintox. Il fallait me rendre à l'évidence : j'étais assoiffée de John. Je voulais boire chaque parcelle de son corps, de ses pensées, de ses propos. Son absence m'était déjà insupportable et je venais à peine de le quitter. J'en avais assez d'attendre. Je devais trouver une solution à ma souffrance. À présent, mon seul bien-être importait. Il était hors de question que je vive une autre année sans lui. Non merci !

* * *

Lorsque je franchis le pas de la porte, Béa m'attendait avec impatience. Elle m'avait laissé deux messages sur ma boîte vocale, m'implorant de l'appeler aussitôt que j'aurais atterri afin que je lui raconte tout ce qui s'était passé. Je lui avais alors mentionné que je lui dirais tout une fois rendue à l'appartement, ce que je fis. Après de longues et précises explications, Béa me serra dans ses bras, me félicitant presque d'avoir trahi mes convictions pour suivre mon cœur. Elle était fière de moi. Pour ma part, je ne savais trop quoi penser. Je savais seulement que j'avais John dans la peau et que j'étais bien décidée à assouvir mes désirs. Je demandai conseil à ma meilleure amie :

— Béa, qu'est-ce que je fais maintenant ?

— Est-ce que tu crois qu'il veut te revoir ?

— Je ne sais pas. Pour le moment, tout ce que je sais, c'est que j'en veux plus.

— Il faut que tu lui parles et que tu lui dises ce que tu ressens.

— Qu'est-ce que ça va changer à la situation ?

— Ben là, Scarlett ! Tu viens de me dire que tu en veux plus. Il est marié et il va sûrement le rester. Mais si tu en veux plus, il faut que tu saches si lui aussi en veut plus. Ensuite, je ne sais pas, moi... tu verras en temps et lieu. Non ?

— Tu as raison, approuvai-je.

— Tu as son numéro de téléphone ?

— Non.

— Son adresse de courriel ?

— Non.

Béa réfléchit.

— Il y a toujours le courriel de job, m'informa-t-elle.

— Oui ! Comment je fais pour le connaître ?

— Rien de plus facile ! C'est notre nom complet, séparé par un point, suivi de @veoair.com.

— Super ! Tu es géniale, Béa ! m'exclamai-je en m'assoyant devant mon ordinateur portable.

Par où pouvais-je bien commencer ? « Je m'ennuie de toi, John »
? « Je considère devenir ta maîtresse » ? « Je suis en train de foutre
en l'air mes principes et mes règles de bonne conduite pour toi » ? Je
décidai de laisser mon cœur me dicter les mots. Souvent, j'en tirais les
meilleurs résultats. Une fois le courriel terminé, je le lus à haute voix à
Béa.

À : john.ross@veoair.com
De : scarlettlambert@gmail.com
Date : 07 juillet 2012

Sujet : ...
Salut John,
Je ne sais pas si je franchis la limite permise en t'écrivant ce courriel.
J'ai essayé de ne pas le faire mais, vraiment, c'est plus fort que moi. J'ai
attendu un an avant de te revoir et je ne peux pas attendre une autre
année. Je suis bouleversée comme je l'ai été après t'avoir vu à Paris et à
Barcelone, mais là c'est encore pire parce que je sais ce que je manque.
Je pense à toi et je me demande : allons-nous revivre un jour cette
dernière nuit ensemble ?
Scarlett

Je regardai aussitôt Béa, espérant recevoir son approbation.
— Excellent ! C'est touchant et ça va droit au but, me rassura-t-elle.
— Ah oui ?
— Oui ! Allez, envoie ! m'ordonna-t-elle.
— Tu es certaine ? hésitai-je encore.
— OUI ! Cent pour cent certaine ! Envoie !
J'avançai mon curseur vers le bouton « envoyer ». Je fermai les yeux
et, tout en souhaitant ne pas faire une grosse bêtise, je pressai sur la

touche fatidique.

22

Chapitre 22

Lyon (LYS)

Pleurer. Que c'est drainant de pleurer ! Surtout lorsqu'on pleure plusieurs fois par jour, pendant un mois. Parce que c'est exactement ce que je venais de faire : pleurer toutes les larmes de mon corps pour un homme. Pour ce John Ross qui n'avait même pas eu la gentillesse de répondre à mon message. « Le salaud ! Ils sont tous pareils, ces hommes ! avais-je pensé des milliers de fois. Dès qu'ils ont obtenu ce qu'ils veulent, ils nous jettent à la poubelle ! » J'étais démolie mais je n'avais pas vraiment le droit de l'être. Malgré cette seule nuit ensemble, je vivais une véritable peine d'amour. Cet état d'âme tombait mal car je volais intensément depuis un mois et ce n'étaient pas les meilleures destinations qui m'accueillaient, ce qui, de jour en jour, empirait mon état. Ce trop-plein d'émotions atteignit son paroxysme un mois après l'envoi de mon courriel sans réponse.

Nous venions d'atterrir à Lyon. Je détestais cette destination et j'avais tenté tant bien que mal d'éviter de voir apparaître les lettres LYS sur mon horaire. Je n'avais pas réussi. La raison de cette appréhension ne résidait pas dans la ville elle-même. Pas du tout. Nous mangions très bien à Lyon et les vins du Rhône étaient délicieux. Ce profond dédain prenait plutôt racine dans l'hôtel où nous séjournions : le Château Perrache.

Pour être honnête, je le croyais hanté. Toutes sortes d'histoires à son sujet circulaient au sein de la compagnie aérienne. Certains collègues disaient avoir vu une femme les regarder en plein milieu de la nuit, d'autres avaient aperçu une ombre humaine dans la télévision enneigée, et d'autres encore remarquaient, à leur réveil, des objets disposés aux mauvais endroits. Tout ce que je savais, c'est que cet hôtel m'horrifiait à un point tel que je ne parvenais jamais à y fermer les yeux.

Mon désir de pleurer ressurgit lorsque j'entrai dans le hall ce jour-là. La moitié de cette tristesse avait pour cause un homme et l'autre moitié émanait de ce terrifiant hôtel. Ce lieu me faisait peur. Et pour cause : il avait déjà été réquisitionné par les autorités allemandes durant la Seconde Guerre mondiale pour en faire le siège de la Gestapo. La chambre où j'allais dormir avait peut-être, si l'on se fiait à l'histoire, été témoin de nombreux interrogatoires faits aux opposants du régime hitlérien. Pire, un juif avait peut-être été torturé ou même tué dans cette pièce. Mon imagination faisait des siennes.

J'entrai dans la douche. Je sentais l'avion ; il fallait me purifier. Sous l'eau, je réfléchissais ou, plutôt, je me faisais des remontrances : « Scarlett, tu aurais dû savoir que John n'allait pas te répondre. Pourquoi l'aurait-il fait ? Il ne peut pas. Il n'a jamais pu. C'est uniquement parce que tu étais là, ce jour-là, à Dublin, qu'il s'est laissé tenter. Un peu d'alcool a contribué à ton succès. C'est tout. Il faut que tu l'oublies maintenant. C'est chose du passé. Au moins, tu y auras goûté. »

Le problème résidait justement là ! J'y avais goûté. J'avais touché ses lèvres, son corps. J'avais senti cette fougue qui m'avait procuré un tel sentiment de bienêtre que je n'arrivais plus à m'enlever son souvenir de la tête. Mon désir n'avait qu'augmenté. Il était loin d'être assouvi comme je l'avais pensé. Je savais que le Pepsi pouvait créer une dépendance, mais j'étais loin de me douter que John, mon Pepsi à moi, obséderait mes pensées aussitôt consommé. J'étais follement éprise de lui. Je pleurai une millième fois en fermant les robinets.

Lorsque je posai le pied sur le tapis, mon attention se dirigea brusquement ailleurs. Devant moi, le miroir était embué. Un élément utilisé à tout coup dans les films d'horreur. Soudain, j'hallucinai un doigt invisible tracer un cœur dans la vapeur d'eau. Mes larmes coulèrent de plus belle. Pourquoi moi ? À cet instant, je souhaitai ne jamais avoir rencontré John. Jamais !

La nuit tombée, je tentai de dormir, mais en vain. Je n'y arrivais pas. Peut-être était-ce parce que la lumière était demeurée allumée ? Je ne voulais pas l'éteindre car la noirceur me terrifiait. La chaleur du mois d'août m'étouffait et l'air conditionné n'arrivait pas à rafraîchir la pièce. Je décidai donc de me lever et descendis en pyjama faire un tour dans le hall.

Mes pas faisaient craquer le bois ancien du plancher des couloirs. Ayant l'impression d'être suivie par quelqu'un, j'accélérai ma cadence et atteignis la réception en un temps record.

— Bonjour, monsieur, est-ce possible d'utiliser les ordinateurs à cette heure ? demandai-je à l'homme derrière le comptoir.

— Bien sûr, madame, me répondit-il avant de me diriger vers une minuscule pièce.

Je pensais visiter des blogues de voyage pour me faire rêver et me changer les idées mais, avant ça, je décidai de regarder mes courriels. Je n'avais probablement aucun nouveau message car j'avais vérifié ma boîte de messagerie avant de partir de l'aéroport, mais c'était devenu une habitude de le faire en ouvrant un ordinateur.

J'accédai à ma boîte. À mon grand étonnement, deux nouveaux messages s'affichèrent. Je cessai de respirer. Enfin un message de John ! Mieux : deux ! Mon cœur se mit à pomper outrageusement et je commençai à transpirer. Je n'avais rien lu et déjà j'étais heureuse. J'avais enfin une réponse ! Quelle qu'elle soit, je l'accepterais. J'ouvris le premier message.

De : John Ross < john.ross@veoair.com >
  À : Scarlett Lambert < scarlettlambert@gmail.com >
  Date : 14 août 2012

Sujet : Re : …
  Scarlett,
  Je prends ce courriel alors que je pars en vol. Désolé pour le délai, je ne regarde ces courriels qu'une fois par mois. Pour répondre à ton message, oui, je suis encore bouleversé de notre soirée ensemble, et oui, je pense à toi. Je n'avais pas prévu ce qui est arrivé entre nous et la dernière chose que je veux, c'est te faire mal et te faire croire à des histoires qui te blesseraient davantage. Mes enfants sont ma priorité, et j'aurais dû faire preuve de retenue pour éviter tout cela. Facile, me diras-tu, mais ce n'est pas le cas. Tu es arrivée par surprise dans ma vie pour une raison que j'ignore encore. Mais crois-moi, j'ai beaucoup à perdre dans tout cela et j'en prends l'entière responsabilité.
  Scarlett, j'espère te voir bientôt pour te dire tout ça de vive voix. Je pense à toi et te souhaite tout le bonheur que tu mérites.
  John

J'étais soulagée. Cette réponse n'était pas celle que j'avais espéré, mais je devais l'accepter. J'appréciais que John me souligne ses inquiétudes face à l'impossibilité de la situation. Il ne pouvait pas m'en donner davantage. Je ne lui en voulais pas. Au moins, je savais qu'il pensait à moi et m'avait répondu. D'ailleurs, il l'avait fait aussitôt qu'il avait lu mon message, contrairement à ce que je croyais. Je relus trois fois son courriel. Et puis soudain, je me rappelai que j'avais un autre message. Comment avais-je pu l'oublier ? Sans plus attendre, j'en pris connaissance.

De : John Ross < j.ross.dublin@gmail.com >
   À : Scarlett Lambert < scarlettlambert@gmail.com >
   Date : 15 août 2012

Sujet : Pensées
   Scarlett, tout au long de la traversée, j'ai pensé à toi. Je veux connaître tes pensées. J'imagine qu'on va sûrement se revoir avant un an.
   John

Il voulait « connaître » mes pensées ? On allait « sûrement » se revoir avant un an ?J'attendais ce moment depuis un mois, et maintenant que j'avais enfin ce que je voulais, je ne savais pas quoi lui répondre. En fait, je n'avais qu'à répondre à sa demande. Tout simplement.

De : Scarlett Lambert < scarlettlambert@gmail. com >
   À : John Ross < j.ross.dublin@gmail.com >
   Date : 15 août 2012
   Sujet : Re : Pensées

Salut John,
   Tu voulais connaître mes pensées, alors les voici…
   Après notre nuit ensemble, j'ai pensé à toi sans arrêt. Un mois plus tard, je reçois de tes nouvelles. Je m'étais faite à l'idée que cette nuit avec toi serait la seule et unique et que c'était mieux comme ça. Même si je sais qu'il est préférable de ne pas aller plus loin, je suis persuadée que, lorsque je te reverrai, ce sera la même histoire. On va se désirer autant.
   Je suis complètement d'accord avec le fait que tu as tout à perdre

dans cette situation, et je ne veux pas briser ta vie ni celle de ta famille.

Tu me parles en code alors j'ai un peu de difficulté à savoir ce que tu veux vraiment. Ton premier message est clair, tu ne vas pas laisser ta femme pour moi. Ça, je le sais et je ne veux pas non plus que ça arrive. La question est plutôt : TOI, qu'est-ce que tu veux ? Ton deuxième message me dit que tu veux encore de moi. Moi aussi je te veux… J'attendrai de tes nouvelles.

Scarlett

Lorsque je pressai sur « envoyer », mon cœur se remplit de bonheur. J'ignorais quelle serait sa réponse à mon message, mais je savais que John voulait sincèrement me revoir. Moi aussi. J'avais si hâte de le regarder et de l'embrasser. Restait à savoir quand. Cette nuit-là, je retournai au lit sereine et dormis enfin comme un bébé. À mon retour à Montréal, j'avais reçu un nouveau courriel de John. De mon John. Ce message s'avérerait être le premier d'une longue série qui, peu à peu, allait me rendre encore plus folle de lui. Et lui de moi ?

De : John Ross < j.ross.dublin@gmail.com >
   À : Scarlett Lambert < scarlettlambert@gmail.com >
   Date : 16 août 2012
   Sujet : Re : Re : Pensées
   Scarlett,
   Je suis conscient que tu n'es pas heureuse dans tout cela et je tiens à m'excuser encore pour t'avoir fait patienter sans le savoir pendant un mois. Sache que cette situation me bouleverse autant que toi et que tout ce que je sais pour le moment c'est que je te désire et que j'ai du plaisir avec toi. C'est la première fois que je trompe ma femme et je dois vivre avec.
   J'ai toujours évité de me mettre dans des situations compliquées. Je ne veux surtout pas te blesser mais je veux te revoir car je sais que ce

sera encore meilleur que la première fois, suis-je assez clair ?

John

De : Scarlett Lambert < scarlettlambert@gmail. com >
 À : John Ross < j.ross.dublin@gmail.com >
 Date : 17 août 2012
 Sujet : Très clair

Salut John,

Je te remercie de t'excuser pour m'avoir fait patienter pendant un mois. :) Tout est maintenant plus clair. À quand notre prochaine rencontre ?

Scarlett

De : John Ross < j.ross.dublin@gmail.com >
 À : Scarlett Lambert < scarlettlambert@gmail.com >
 Date : 17 août 2012
 Sujet : Jaser ?

J'aimerais entendre ta voix... Est-ce qu'on peut se parler ? Si c'est OK pour toi, j'aimerais l'appeler ce soir. Ton numéro ?

John

Oh là là ! Ne devions-nous pas nous fixer un rendez-vous uniquement pour s'amuser au lit? Voilà que John m'affirmait vouloir entendre ma voix ! J'étais perdue. Je mourais d'envie de lui parler mais je me sentais fragile de m'aventurer dans une telle proximité. Si nous commencions à échanger quotidiennement des courriels et des appels, allais-je être capable de me contenter de quelques plaisirs charnels ? J'en doutais. Néanmoins, désirant également entendre le timbre de sa voix, je lui laissai mon numéro de téléphone.

Comme prévu, je reçus son appel dans la soirée.

— Allo Scarlett.

— Salut John, répondis-je timidement, le cœur affolé.

— Comment s'est passée ta journée ?

— Très bien. Je suis allée me faire bronzer près du canal Lachine avec mon amie Béa. Toi?

— Je me suis baigné avec les enfants.

— Ah, je vois. Et ta femme ? demandai-je spontanément, sans réfléchir.

— Elle est partie travailler. Est-ce qu'on peut parler d'autre chose ?

— Évidemment !

Je ne savais pas pourquoi j'avais amené ce sujet dès le début de la conversation. Quelle horrible erreur ! J'avais pris ma décision. Sexe pour sexe. Rien que ça. Les doutes et la culpabilité n'avaient plus lieu d'être.

C'était trop tard. Je changeai de sujet.

— Quand crois-tu qu'on pourra se voir ?

— Eh bien, j'ai regardé ton horaire et je ne vois pas de compatibilité avec le mien pour la semaine prochaine. Tu travailles beaucoup et moi aussi, dit-il, déçu.

— Ouais, je sais.

— Je pense que le mieux serait d'essayer de demander les mêmes vols le mois prochain…

— Bonne idée ! On fait ça, affirmai-je, heureuse qu'une telle option soit possible.

— On se tient au courant alors, belle Scarlett.

— Tu sais quoi me dire pour me faire rougir, hein ?

— Je ne le fais pas pour ça. Je pense sincèrement que tu es belle. J'ai une délicieuse image de toi en tête, dans mon lit à Dublin, continua-t-il d'une voix grave et puissante.

— Oh ! Et tu crois que je n'en ai pas une de toi ?

— Je l'espère bien. Ça gardera tes pensées occupées jusqu'à notre prochaine rencontre. — N'en doute pas une seconde.

— Les miennes aussi resteront occupées avec toi.

Cette dernière affirmation souleva en moi un réel inconfort. Qu'en était-il de sa relation avec sa femme ? Que se passait-il entre eux au lit ? J'étais jalouse. Je tentai tout de même de ne pas le laisser paraître. Lorsque nous terminâmes la conversation, mon envie de le revoir avait monté d'un cran. C'était mauvais signe.

* * *

Au lendemain de notre entretien téléphonique, je reçus un nouveau message. John était si charmant et attentionné. Sans le savoir, il s'approchait de mon idéal. Pourtant, la situation était loin de l'être. J'avais l'impression d'être tombée dans les sables mouvants et je n'arrivais pas à m'en sortir, et ce, même si seules mes chevilles en étaient recouvertes pour le moment. Déjà, j'étais incapable de me raisonner pour cesser toute communication avec lui. J'en voulais encore.

De : John Ross < j.ross.dublin@gmail.com >
À : Scarlett Lambert < scarlettlambert@gmail.com >
Date : 18 août 2012
Sujet : Paris

Bon matin,

Content de t'avoir parlé hier soir. J'ai fait de beaux rêves en pensant à toi… Essaie de demander Paris pour le mois de septembre. Avec ton ancienneté, tu devrais pouvoir l'avoir. Sinon, Lyon.

John

De : Scarlett Lambert < scarlettlambert@gmail. com >

À : John Ross < j.ross.dublin@gmail.com >
Date : 19 août 2012
Sujet : Pas Lyon !

Salut John,

J'ai demandé d'avoir Paris mais pas Lyon. Je déteste cet hôtel ! Il fait trop chaud, l'air conditionné ne marchait pas et il y a des fantômes… Je souhaite que Paris fonctionne.

À bientôt,

Scarlett

De : John Ross < j.ross.dublin@gmail.com >
À : Scarlett Lambert < scarlettlambert@gmail.com >
Date : 20 août 2012
Sujet : Hou ! Hou !

Je vais te protéger, belle Scarlett. Mais si tu n'aimes pas Lyon, c'est OK. Paris ce sera. Je quitte pour Istanbul ce soir. Je t'écrirai depuis la Turquie.

Je t'embrasse, John

De : Scarlett Lambert < scarlettlambert@gmail. com >
À : John Ross < j.ross.dublin@gmail.com >
Date : 23 août 2012
Sujet : Horaire

J'ai reçu mon horaire et j'ai eu deux Paris mais tu n'es pas sur mes vols. On devra trouver une autre solution. Tu ne m'as pas encore écrit depuis que tu es parti. Je n'aime pas ça…

Scarlett

De : John Ross < j.ross.dublin@gmail.com >

À : Scarlett Lambert < scarlettlambert@gmail.com >
Date : 24 août 2012
Sujet : Nouvelles

Salut,

Je vois que tu attends de mes nouvelles quotidiennement… et j'en attends aussi de toi ! Le réseau WiFi coûtait la peau des fesses à l'hôtel alors j'ai décidé de m'en passer pour une journée et de te faire languir de moi. Dommage pour Paris. Est-ce que tu es libre le 28 ?

Dors bien. Je t'embrasse, John

De : Scarlett Lambert < scarlettlambert@gmail. com >
À : John Ross < j.ross.dublin@gmail.com >
Date : 25 août 2012
Sujet : :)

Salut,

Tu es pardonné pour l'attente. Je suis habituée.

J'espère que ton vol s'est bien passé. C'est beau Istanbul, hein ? Je suis déçue aussi pour Paris et je ne peux pas le 28. Peut-être que c'est mieux ainsi…

Scarlett

De : John Ross < j.ross.dublin@gmail.com >
À : Scarlett Lambert < scarlettlambert@gmail.com >
Date : 25 août 2012
Sujet : Mieux ainsi ?

Tu penses vraiment ce que tu viens de m'écrire ? Moi non.

Je te propose une autre option alors. J'ai eu un vol pour Rome 72 heures au milieu du mois. Tu m'accompagnes ? J'ai vu que tu étais libre… John

Quelle proposition alléchante ! Rome, ma ville préférée ! Et tellement romantique… J'étais, en effet, disponible pour l'accompagner. Par contre, j'hésitais. Partir avec lui signifiait aussi mentir tout au long de la traversée pour ne pas me faire démasquer par les autres membres de l'équipage. Une fois à Rome, il nous faudrait être prudents pour que personne ne nous voie. Sans compter que j'allais passer trois jours complets avec lui. Et si après deux heures il ne pouvait plus me supporter ? Pire, si ces trois jours s'avéraient me rendre follement plus amoureuse de lui que je ne l'étais déjà ? Je devais réfléchir avant de prendre une décision. Je restai donc muette durant quelques jours, ce qui, curieusement, affola John plus que je ne l'aurais imaginé.

De : John Ross < j.ross.dublin@gmail.com >
   À : Scarlett Lambert < scarlettlambert@gmail.com >
   Date : 30 août 2012
   Sujet : C'est à mon tour d'attendre
   Scarlett, tu me brasses la tête plus que tu peux le penser. Alors qu'on ne s'est pas encore revus, je pense à toi tous les jours et je suis honnête avec toi. Tu crois que c'est plus facile pour moi d'être dans cette situation ? Eh bien non ! Tu me rends la monnaie de ma pièce pour le premier mois en me faisant attendre sans réponse. Tu devrais savoir que je ne joue pas à un jeu avec toi. Je veux te revoir et j'essaie du mieux que je peux.
   J'attends toujours une réponse pour Rome. John xxx

De : Scarlett Lambert < scarlettlambert@gmail. com >
   À : John Ross < j.ross.dublin@gmail.com >
   Date : 30 août 2012
   Sujet : Rome
   Salut John,
   Tu me brasses la tête aussi, si tu veux savoir. Non, je n'essaie pas de te

rendre la monnaie de ta pièce. Je ne joue pas de *game* moi non plus, mais il ne faut pas oublier que la raison première de nos futures rencontres devait être purement physique, sans attachement, et là ça n'a pas l'air de s'enligner pour ça. Je ne veux pas m'embarquer là-dedans. Il me semble que c'est toi qui as mis ça au clair dès le départ.

Je n'ai pas encore pris ma décision pour Rome. J'ai regardé ton équipage et je connais presque tout le monde. Nous devrons être prudents pour ne pas éveiller les soupçons. Mais si j'y vais, ça va être parfait pour qu'on puisse profiter l'un de l'autre autant qu'on le veut...

Je te reviens là-dessus...

Scarlett xxx

Pendant des jours, j'hésitai à donner une réponse définitive. Et puis Béa réussit à me raisonner :

— Scarlett, tu rêves de John depuis trop longtemps. Va à Rome, sinon tu vas toujours te demander comment ça se serait passé et tu vas le regretter, m'avisa-t-elle.

— Je sais, Béa, mais j'ai peur.

— Peur de quoi ?

— Peur de revenir encore plus follement amoureuse de lui. Je ne veux pas être une maîtresse, ni une belle-mère, ni briser une famille.

— Personne ne veut ça, Scarlett, mais tu ne souhaites pas aller passer trois jours de rêve avec celui qui hante tes pensées depuis un an ?

— Oui...

— Alors vas-y ! Pars avec lui. Fais-toi traiter en princesse et profites-en. Ensuite, si tu ne veux pas t'embarquer dans une histoire rocambolesque, tu devras couper les ponts, car plus tu continueras et plus ce sera toi qui souffriras, me conseilla-t-elle.

— Tu as raison. C'est ce que je ferai alors ! Mais seulement après Rome, répondis-je, convaincue d'avoir la force d'agir ainsi le temps venu.

Je pris le téléphone et appelai John. Ma décision était prise. J'allais l'accompagner à Rome !

23

Chapitre 23

Aéroport de Montréal (YUL)

–Mesdames et messieurs, ceci est une annonce d'embarquement pour le vol VéoAir 762 à destination de Rome. Nous invitons maintenant tous les passagers à se présenter à la porte 61.

Il me semble qu'il est tôt pour commencer l'embarquement... Le départ est prévu pour 22 heures. Je consulte ma montre. Ouf ! En effet, c'est l'heure. Je n'ai pas vu le temps passer. Distraite, sans aucun doute.

En cette chaude nuit de septembre, si le plan reste le même, je m'envolerai sous un ciel étoilé vers l'Italie avec mon beau commandant. Je suis nerveuse et, honnêtement, je ne sais plus trop quoi faire. En arrivant au terminal tout à l'heure, je me suis aussitôt dirigée vers l'aire des départs pour les États-Unis. John m'y attendait sur un banc. Les probabilités que nous rencontrions nos collègues étaient minces car les départs internationaux se trouvent dans un secteur différent.

J'étais fébrile de le revoir. Lorsque je l'ai aperçu, mes jambes ont faibli pour la millième fois.

— Salut, John, ai-je dit.

— Ah ! Belle Scarlett, a-t-il soupiré.

Je me suis assise à ses côtés sans le toucher. Il a posé sa main sur la mienne et il m'a souri. J'ai rougi.

— Tu devras t'y faire. Tu me verras pendant les trois prochains jours, m'a-t-il taquiné gentiment.

— Je sais. Je suis nerveuse, c'est tout.

— Ne t'inquiète pas, tout va bien se passer, m'a-t-il réconfortée en me serrant la main.

— Tu crois ? John, nous nous connaissons à peine. Et si ça ne se passe pas comme nous le pensions et que tu me détestes après une heure ?

— Impossible ! s'est-il exclamé sans en douter le moindrement.

John dégage une telle assurance que toutes mes inquiétudes s'envolent lorsque je lui parle. Auprès de lui, je suis rassurée. Loin de lui, c'est l'opposé : je m'affole. J'ai peur de lui donner mon cœur et que lui se refuse à me donner le sien. Je ne voulais pas lui exprimer mes craintes et je me suis contentée de lui sourire. Son visage s'est approché du mien et nous nous sommes embrassés tendrement.

— Je dois me rendre à l'avion, Scarlett. On se revoit à Rome. Les sept prochaines heures seront les plus longues de toute ma carrière de pilote ! m'a-t-il dit avant de partir.

Je suis restée assise seule sur ce banc, un court instant, pensive. Voir John m'a procuré un si grand bonheur, et lorsqu'il s'est éloigné de moi, j'ai ressenti tout le contraire. Son départ m'a rappelé ma dure réalité. Dans quatre jours, je souffrirai de son absence tout comme je l'ai fait pendant un an et durant ce mois sans réponse. Vais-je revenir de Rome bouleversée ou enfin rassasiée et satisfaite ? Je ne devrais pas me poser trop questions.

Après cette rencontre éclair, je me suis dirigée vers la salle d'équipage pour récupérer mes billets *stand-by*. Lorsque j'ai ouvert la porte, quelques membres de l'équipage étaient encore là. Je les connaissais tous et il m'a été difficile de passer inaperçue.

— Allo, Scarlett ! m'a interpellée Diane, l'hôtesse insomniaque.

— Salut !

— Hey ! Salut ! a ajouté Todd, le bel agent de bord aux yeux verts en ramassant son *carry-on*.

— Allo, Todd ! l'ai-je salué, heureuse de le voir tout en me rappelant que notre dernier vol ensemble remontait à ma rencontre avec une certaine *Freaking*-Debbie.

— Tu vas où ? m'a demandé Diane, toujours aussi curieuse.

— Rome. Je pars pour trois jours visiter une amie, ai-je menti.

Encore une fois, je venais de trahir mes principes car moi, Scarlett Lambert, je ne mens jamais. Il semblerait que John a involontairement chamboulé mon système de valeurs car m'inventer un motif pour ce voyage m'est venu spontanément. Je suis presque convaincue que je vais en Italie pour visiter une véritable amie. Après avoir ramassé mon billet, j'ai souhaité un bon vol aux agents de bord et je suis descendue m'enregistrer au comptoir de VéoAir.

Mon billet récupéré, j'ai passé la sécurité. En déambulant dans l'aire internationale, j'ai recommencé à douter, à me sermonner, à m'en vouloir. « Scarlett, tu te rends compte que tu pars avec le mari d'une collègue ? Tu es en général une bonne personne, mais là, tu ne l'es pas du tout. »

Je ne veux pas m'en vouloir de suivre mon cœur. J'ai le droit de le faire, mais il m'est difficile de l'accepter. Et si je tombe vraiment amoureuse de John à Rome ? Parce que, je dois me l'avouer, les probabilités que ça arrive sont remarquablement élevées. Vais-je pouvoir ensuite cesser toute relation comme me l'a conseillé Béa ? Je n'ose pas répondre à cette question.

Je suis désormais assise dans l'aire d'attente tout près de la barrière 61 et je refuse de bouger. J'ai pris place sur un banc en retrait des autres passagers. Ainsi, je peux réfléchir à ma guise : j'embarque ou pas dans l'avion ? Les jambes tremblantes, j'observe les alentours.

Parmi la foule, des Italiens. Beaucoup d'Italiens. Ils parlent fort, s'agitent, incapables de demeurer assis plus d'une seconde. Quelle surprise ! Pendant un instant, ils me font au moins rigoler et oublier mes inquiétudes.

Je tourne la tête pour regarder l'appareil. Mes yeux se dirigent rapidement vers le poste de pilotage. De mon banc inconfortable, je peux apercevoir la fenêtre ouverte du côté du pilote et un faisceau de lumière s'en échappe, dessinant le profil d'un homme. Mon commandant est là, à quelques mètres de moi. Seuls des centaines de passagers, un comptoir, une agente au sol, une passerelle et dix ans de vie nous séparent. Je ne sais plus quoi faire. Je n'en aurai pas fini avec lui après Rome. Je le sens. J'en ai la conviction.

L'embarquement vient d'être lancé. Une file de gens s'allonge jusqu'à moi. Je demeure assise. Je ne suis pas prête. J'ai besoin de temps pour réfléchir. Depuis toujours, j'ai rêvé de fonder une famille, d'avoir des enfants et d'être avec le même homme toute ma vie. Monter à bord de cet avion ne m'apportera rien de cela. Comment puis-je m'être imaginée heureuse dans une telle situation ? Bien sûr, je peux partir pour Rome et profiter de John trois jours durant. Mais ensuite, j'en reviendrai démolie. Si je l'aime autant que je le pense, je vais en redemander. Je le voudrai juste à moi. Pourtant, être avec lui signifie également devenir bellemère de deux enfants qu'il a eus avec une autre femme. De toute évidence, je vois trop loin en avant. John, lui, doit s'imaginer uniquement dans un lit avec moi. Pourquoi ne puis-je pas, une fois dans ma vie, penser comme un homme et vivre la vie simplement, étape par étape ? Oh là là ! Je viens de revenir à la réalité en regardant la file de passagers s'écourter. L'agente au comptoir parle au micro.

— Mesdames et messieurs, ceci est le dernier appel pour les passagers voyageant à destination de Rome sur le vol VéoAir 762. Veuillez vous présenter immédiatement à la porte 61. Appel final !

Le temps presse : qu'est-ce que je fais ? Il est hors de question que j'embarque dans cet avion avec autant d'hésitation. Me connaissant, je vais gâcher notre séjour à Rome si je n'ai pas la certitude d'avoir fait le bon choix. « Respire, Scarlett, et ferme les yeux. » À présent, je ne vois que du noir. « Concentre-toi ! »

J'imagine maintenant notre histoire. Celle entre John et moi. Je me remémore la première fois que je l'ai vu au Costa Rica. Il avait l'air tellement inaccessible. Je l'ai désiré depuis le premier jour. Assise dans cet aéroport, un an et demi plus tard, j'ai enfin obtenu ce que je voulais. Je n'ai qu'à sauter dans cet avion pour savoir où le destin nous mènera. Il est temps de faire confiance à la vie. Ça ne sert à rien de vouloir tout contrôler, de tout savoir à l'avance pour me protéger. Je dois vivre cette histoire, sinon je le regretterai pour le reste de mes jours.

Une voix féminine se fait entendre à nouveau au micro.

« Nous demandons à Mme Scarlett Lambert de se présenter immédiatement à la porte 61. Merci. »

J'ouvre les yeux et je regarde la dame au comptoir. L'aire d'attente est maintenant vide. Je me lève d'un bond. Mes jambes ne tremblent plus. Mon esprit est clair. Je monterai à bord et personne ne m'en empêchera. Personne. Je tends mon billet d'embarquement.

— Madame Lambert ? me demande l'agente au sol en le récupérant.

— Oui, c'est moi, désolée pour le contretemps, disje, souriante.

— Pas de problème, madame Lambert. Le com-
mandant venait de m'aviser qu'il n'allait pas partir sans vous. Vous le connaissez ?

— Oui, et je l'accompagne à Rome.

24

Remerciements

J'aimerais d'abord remercier ma famille, ma mère, mon père, ma sœur et mon frère, d'avoir cru en moi. Merci à ma mère de m'avoir quasiment forcée à créer un blogue qui aura mené à la publication de ce livre. Merci à ma sœur, Dominique, de m'avoir un jour offert un guide d'astuces utiles pour être publiée. La courte inscription que tu as écrite à l'intérieur, « pour que tu réalises ton rêve », m'a encouragée à persévérer.

Merci à Groupe Librex de m'avoir donné ma première chance comme écrivaine. Je vous avais moi aussi dans l'œil et je suis contente que les étoiles se soient alignées. Merci également à mon éditrice, Nadine Lauzon, pour sa patience face à mes nombreuses insécurités et pour avoir su me diriger dans le bon chemin lorsque les idées manquaient. Tes commentaires, ta franchise et tes suggestions m'ont été indispensables. Merci à Marie-Eve Gélinas d'avoir pris le relais sans me brusquer. J'ai eu l'impression de travailler avec une amie.

Merci à mes collègues agentes de bord et, avant tout, amies : Jolyane Cloutier, pour avoir lu mes chapitres les uns après les autres et pour m'avoir soutenue lors des moments difficiles. Tu as toujours été à mon écoute et je t'en remercie. Merci à Annie-Pier Coutu, Sarah Roy-

Tanguay et Marie-Ève Garand de croire en mes nombreux projets, aussi farfelus soient-ils. Merci aussi, Marie-Ève, pour les traductions.

Je voudrais également remercier mon oncle Marc de m'avoir aidée de bon cœur avec ses talents de graphiste dans mes projets. Merci à Robert Piché, collègue et ami, d'avoir répondu avec précision à mes interrogations techniques concernant la réalité des pilotes. Merci à Patrick Leimgruber d'avoir calmé mes angoisses. Quelquefois, il faut faire le grand saut et se laisser porter par le courant. Merci à Anam Cara pour m'avoir permis d'écrire paisiblement dans un décor de rêve. La mer n'a pas son pareil pour inspirer.

J'aimerais aussi remercier tous les lecteurs de mon blogue qui, par leurs commentaires, ont orienté mes écrits vers une direction plus humoristique. Un merci particulier à Yves de Destination-Terre, qui me suit et m'encourage depuis le début. Merci également à mes passagers, qui me réservent toujours quelques surprises d'un vol à l'autre. Mmes Coco et Pepsi n'existeraient pas sans vous !

Pour terminer, merci à tous mes collègues dans l'aviation pour être aussi divertissants les uns que les autres et pour m'avoir raconté vos histoires rocambolesques sans vraiment savoir où elles se retrouveraient. Peut-être avez-vous reconnu certaines d'entre elles...

About the Author

Elizabeth Landry est une écrivaine Canadienne et hôtesse de l'air qui vit à Cabarete, République Dominicaine. Grâce au succès de son blogue Lhotessedelair.com en 2012, elle publie sa trilogie à succès inspirée de sa vie à 36 000 pieds dans les airs. En 2019, elle s'installe à Cabarete et fonde en 2022 l'école de surf Cabarete Surf Company avec son mari à Playa Encuentro. L'Hôtesse de l'air est traduit en anglais sous le nom CALL ME STEWARDESS. Elle tient le blogue www.bohemianjetlag.com où elle raconte sa vie en tant que maman, agente de bord vivant en République Dominicaine.

You can connect with me on:
- 🌐 https://www.bohemianjetlag.com
- 📘 https://www.instagram.com/bohemianjetlag
- 🔗 https://www.cabaretesurfcompany.com
- 🔗 https://www.instagram.com/cabaretesurfco

Also by Elizabeth Landry

L'Hôtesse de l'air - Tome 2
Roman de fiction où l'héroïne Scarlett est agente de bord. Ses aventures sont tirées de la réalité...
Amour et turbulences à 36 000 pieds d'altitude...
Scarlett, trente ans, est agente de bord, mais elle préfère dire « hôtesse de l'air » parce que c'est plus sexy. Alors qu'elle croyait avoir enfin trouvé l'amour, la voilà confrontée à un choix déchirant : s'oublier dans une relation passionnée où elle passe toujours en second ou donner une chance à un autre prétendant, qui ressemble étrangement à son idéal.

Entre l'initiation d'une nouvelle hôtesse et un atterrissage d'urgence, les passagers ne lui laissent pas de répit et, surtout, peu de temps pour réfléchir. Heureusement que ses colocataires et meilleurs amis, Béa et Rupert, sont là pour la conseiller. Scarlett prendra-t-elle la bonne décision ?

L'Hôtesse de l'air - Tome 3

Scarlett Lambert est de retour ! Dans ce troisième tome, l'attachante hôtesse de l'air réalise qu'après avoir trouvé l'amour le bonheur n'est pas si simple... et peut entraîner bien des turbulences !

Toujours en couple avec Ethan, elle semble vivre une romance sans nuages, jusqu'à ce qu'elle se mette à le soupçonner d'infidélité. Par un étrange hasard, sa meilleure amie, Béa, est tout à coup plus distante...

Entre les vols avec des passagers pas toujours coopératifs et le retour inattendu d'un homme de son passé, Scarlett réussira-t-elle à obtenir enfin son « Ils vécurent heureux... »?

Call Me Stewardess - A novel

CALL ME STEWARDESS is the sometimes glamorous and surprisingly often not-so-glamorous life of the single thirtysomething flight attendant, Scarlett. But, as she prefers, call her Stewardess. It has a much sexier ring to it.

Scarlett is looking for love. However, when judging her life, especially when it comes to men, her friends like to point out the fact that she might be too demanding. Yet, she refuses to put her ideals and principles aside. She has managed to land her dream job, hasn't she? Surely, the rest will also fall into place!

Unfortunately, working 36,000 feet up in the air doesn't make things easy. In between crazy passenger encounters and wild co-worker stories, Scarlett remains hopeful for love. Of course, as life will have it, when love finally does show up, it will be under near impossible circumstances. Will Scarlett allow herself to embrace it? And if so, at what cost?

www.ingramcontent.com/pod-product-compliance
Lightning Source LLC
Chambersburg PA
CBHW070500030726
47503CB00004B/1116